ムニン
「えええっ!?
この鳥さんが、アナエル様の使い魔なのっ!?」

セラス・アシュレイン
「あ――」

セラスの細い腰に手を回す。

明確に〝セラス・アシュレインは蝿王のものである〟と示す行為。

遠回しに〝だから手を出すな〟というアピールである。

起源霊装

ハズレ枠の【状態異常スキル】で最強になった俺がすべてを蹂躙するまで 10

篠崎 芳

OVERLAP

CONTENTS

Illust : KWKM

プロローグ

ヴィシスは、自室の椅子に腰掛けていた。
手もとには数枚綴《つづ》りになった報告書。
しかしその視線は紙面の文字を追っていない。
考えているのは今後のことであった。
まず、ミラである。
狂美帝《きょうびてい》さえ消せばあの国は崩せる。
皇帝が死ねばウルザ方面に出張っているミラ軍も撤退するだろう。
対ミラは追放帝《ついほうてい》に任せておけば問題ない。
模造聖体《もぞうせいたい》の存在は狂美帝にとって想定外のはずである。
今回の追放帝を使った計画ならば、高確率で狂美帝の喉もとへ刃が届く。
ミラの現戦力を考えれば狂美帝抹殺は遂行可能。ヴィシスはそう分析している。
抹殺後は最果ての国との接触度合いを調べる。
そこを突き詰めていけば禁字族《きんじぞく》に辿《たど》り着き、念願の根絶も達成できるであろう。
そう、ゆえにミラは問題ない。
問題は大魔帝《たいまてい》の側である。

冷めた目で、ヴィシスは報告書の表面を爪で弾《はじ》く。
ヒジリ・タカオに任せればすべては予定通り進むと考えていた。
他の二人のS級勇者もヒジリ・タカオなら操れる。
ヴィシスはそう確信していたし、実際そうなりつつあった。
しかしヒジリの反逆によって、その目論見《もくろみ》は瓦解した。
まさか嘘《うそ》を見抜く能力を手に入れているとは、と忌々しく思う。
あの能力のせいで元の世界へ戻す気がないことをヒジリに知られてしまった。
口は災いのもと、とはよく言ったものだ。

「…………」

本来ならあの嘘を見抜く能力こそ、自分に必要なものである。
勇者の特殊能力を我が力として手に入れる——かつて、それを試みたことがあった。
しかしどうやっても、勇者の特殊能力を自分のものにはできなかった。
ヴィシスは頬杖《ほおづえ》をつく。
大して重要な情報もない報告書を、気のない顔でめくる。
今頃ヒジリは毒で野垂れ死んでいるだろう。
キリハラの方は大魔帝に始末されたと見ていい。
これで、三人のS級勇者のうち二人を失った。

今後、大魔帝とどう戦っていくか。

追放帝は女神と同じく邪王素《じやおうそ》で弱体化するため、使えない。

剣虎団《けんこだん》も対大魔帝の戦力としては力不足。

ショウゴ・オヤマダは、戦力として数えることはできるだろう。

が、やはり単体では力不足感は否めない。

オヤマダには遺跡潜りをさせ、そこにいた貴重な捕獲人面種《じんめんしゅ》を餌として与えた。

そのおかげでかなりレベルアップし、強くなった。

しかしあれがＳ級に届くかというと……。

「………………」

洗脳も、もう少し時間が欲しかった。

神殿の地下で女神を罵倒したカイジン・ファフニエルにオヤマダが激怒した時、まだ洗脳が完全でないのがわかった。

当初は洗脳も完全に思われた。

しかし、魔防《まぼう》の白城《はくじょう》の戦いで負った精神の傷が時間の経過と共に癒えてきたのか、オヤマダに自我の強さがちらつき始めた。

神殿の地下での一件があったあと、詰め込み的に再洗脳は施した。

だが、それでもやはり完全な状態とまではいかなかった。

あれでは、何かの拍子で洗脳が解けてしまう可能性もなくはない。
一応、オヤマダが任務を果たして戻ってきたら洗脳を完全とすべきであろう。
何より、不完全な洗脳状態のオヤマダをあのソゴウに会わせるわけにはいかない。
あんな状態で会わせたら、ソゴウにまで不信感を抱かれかねない。
ソゴウに知られたらまずいといえば、トモヒロ・ヤスもである。
おそらく第六騎兵隊に始末されている。
もしくは、第六騎兵隊と共に殺されたか。
「他は……」
ミラ付近で足止めを食らっているというアサギ・イクサバたち。
彼女たちは、ソゴウの支援くらいには使えるだろう。
しかし、最悪いなくともどうにかなる。
大魔帝との戦いにおいてそこまで重要ではない。
せいぜい、コバト・カシマ辺りがソゴウとの交渉材料として使える程度か。
他に戦力となりそうな手駒といえば、あとはヴィシスの徒が挙がるだろうか。
とはいえ、あれらは間諜《かんちょう》としての能力に特化している。
戦闘においては一線級に遠く及ばない。
戦闘で活躍できそうなのは、ニャンタン・キキーパットくらいであろう。

あれは戦闘能力においては、一人だけヴィシスの徒の中で突出している。
こうしてこちらの戦力を列挙してみると、やはり大魔帝討伐の頼りは――
「アヤカ・ソゴウ、ですねぇ」
あの大魔帝を一人で追い詰めた女勇者。
しかも大魔帝に加えキリハラまでも同時に向こうに回し、互角の戦いを行ったという。
どころかキリハラに対しては、手心を加えていた節すらあるというのだ。
癪《しゃく》ではあるし、短命種のクソガキではある。
しかし今、対大魔帝の戦力として最強と呼ぶにふさわしいのもまた事実。
できれば洗脳して使いたいが、洗脳のために心を壊すのは博打《ばくち》でもある。
心が壊れてしまい、そのまま使いものにならなくなった勇者は数知れない。
洗脳は、最悪失ってもいい勇者にしか施せない。
ここでソゴウを失えば、大魔帝に対抗できる勇者がいなくなってしまう。
その時、ドアが叩《たた》かれた。部屋の外の気配は察していた。
取り決めてある叩き方で、訪問者が誰かわかった。
間諜の一人だ。しかも今のは、緊急時の叩き方である。
「どうぞ」
「し、失礼いたします」

入室し、間諜は後ろ手にドアを閉めた。

「朗報を期待したいところですねぇ♪」

「そ、その……ミラ領内で確認されていた多数の聖体なのですが、すべて……消滅したようでして――」

ダァアンッ！

反射的に、ヴィシスは机の上をこぶしで叩きつけていた。

間諜は青ざめている。ヴィシスは、ため息をついた。

そして目を糸のように細め、かすかに唇を尖《とが》らせた。

「んー……消滅、しましたか。そうですか」

「……は、はい」

模造聖体がすべて消滅した。

これが示すものは一つ――追放帝の死だ。

「それから……もう、一つ。さ、先にお耳に入れておいた方がよいかと思われる情報が」

声の調子が物語っている。こちらも朗報ではあるまい。

「ミラに……蠅王《はえおう》ノ戦団が、味方しているらしいと……」

「……その情報、確定ですか？」

「い、いえ……完全な裏は取れておりません。ただ、ミラの帝都へ放った密偵の報告によると……信憑性《しんぴょうせい》は高いだろうとのことで……」

「……あー、なるほど」

　こたびのアライオン十三騎兵隊による最果ての国への侵攻。

　その戦いに関する報告書の中に、蠅王ノ戦団の名はなかったが――

「おそらくその戦いの時点から、もう蠅王ノ戦団はミラ側についていたのでしょうねぇ……で、あれば……」

　トン、トン、トン、と。

　ヴィシスは机を指で叩き、

「勇《ゆう》の剣《けん》に、第六騎兵隊……ジョンドゥも案外、蠅王ノ戦団にやられてしまったのかもしれませんねぇ」

　なぜかヴィシスには、それがしっくりくる答え合わせに思えた。

　狂美帝――あるいは、前線で暴れ回っていたという黒き豹人《ひょうじん》。

　彼らはヴィシスの想定以上に強いのかもしれない。けれども……

　勇の剣も第六騎兵隊も蠅王にやられたという線が、どうにもヴィシスの中では腑に落ちてならない。

　しかし、蠅王ノ戦団がミラ側についたとは一体どういう了見なのか？

　今のところ、動機に思い当たる節がない。

「じ、実はその……蠅王ノ戦団が味方にいることをミラは隠し立てする様子がなく、むしろ喧伝《けんでん》しているようなのです……ですので、帝都の外にまで噂《うわさ》が……」

「あー……あれですかね。狂美帝に、ほだされましたかね。ありえますねぇ。あれは、かなりの人たらしですから」

狂美帝には人をおかしくさせる魔性がある。

また、魅入られるのは異性とは限らない。

「頭も切れ、弁も立つ……そこにあの美貌ですからねぇ。私が蠅王に恨まれる心当たりはないので、これは狂美帝に籠絡されたと考えるべきでしょう。大侵攻の際の蠅王の活躍……それは今や、広く知れ渡っています。狂美帝はミラの士気を上げるため、あえてその蠅王を味方に引き入れたことを喧伝しているのでしょう。まー……理由はどうでもいいです。蠅王さんが敵側に回ったのなら、こちらは潰すだけですし？　潰しましょう、そうしましょう♪」

であるならば、セラス・アシュレインもこれで敵に回ったわけだ。

完全に敵に回った——そう見てやろう。

「あーあ」

ヴィシスはどこか投げやりな態度で、背もたれに寄りかかった。そして天井を見上げ、

「手駒として使って差し上げるのも、やぶさかではありませんでしたのに。あーあ、あー

あ……あーあ。蝿王さんたちはつく陣営を間違えましたねーこれは。とてもかわいそう」

そこでヴィシスはふと気づく。

間諜が機を見定めるような表情をしていることに。

どうやら、まだ何か報告することがあるようだ。

ヴィシスの独り言が始まったので、報告を止めていたのだろう。

「ああ、まだ何か？　ふふ、すみません。続きをどうぞ？」

にっこり笑い、先を促す。

「あ、はい……剣虎団とショウゴ・オヤマダが……共に、消息不明とのことです」

「……あらまあ」

「剣虎団はヨーゴリで消息が途絶え、また、ショウゴ・オヤマダはその北に位置するリウ近辺で消息を絶ったようでして……」

オヤマダはヴィシスの指示通り剣虎団から離脱し、帝都に潜り込んだのだろう。

追放帝《ついほうてい》と聖体軍が帝都を混乱に陥れている間にオヤマダは禁字族《きんじぞく》を探し出す。

そして禁字族を見つけた場合、そのまま息の根を止める。

これがオヤマダに与えた命令であった。

しかしこうなると――オヤマダも、殺《や》られたのかもしれない。

剣虎団も全滅した可能性が高い。

「んー……しかしオヤマダさんや剣虎団は、百歩譲ってやられることもあるでしょう。ただ、追放帝が敗北したというのが……んー……」

ヴィシスにとって、追放帝の敗北は想定の外にあった。

敵は強力な邪王素を放つ大魔帝《たいまてい》ではなく人間なのである。

いくら神聖剣の使い手といっても、狂美帝《きょうびてい》が追放帝を倒せるとはとても思えない。

となればやはり追放帝を下したのも——蠅王か。

「側近級最強を称する魔帝第一誓を下したと言われる呪術で、ですか……呪術の正体は、おそらく未知の古代魔導具によるもの……未知の詠唱呪文、辺りなのでしょうねぇ……」

こうなるとオヤマダ以外の勇者の安否もわからなくなってくる。

案外、トモヒロ・ヤスも第六騎兵隊ではなく蠅王に殺されたのかもしれない。

アサギ・イクサバたちもすでに蠅王に始末された可能性がある。

手紙と一緒に彼女らに関する情報も今や途絶えていた。

こちらも、すでに殺されていると見てよさそうに思える。

ならば——ダシに使えばいい。

ソゴウが何より大切にしている勇者たち。

彼らを殺した者を、ソゴウは絶対に許すまい。

アヤカ・ソゴウは蠅王を穿《うが》つ槍《やり》となる。

そのまま残りの報告を間諜から聞きながら、ヴィシスはふと双眸《そうぼう》を細めた。

――蠅王ベルゼギア。

ここに来て、いやに気になってきた。

そもそも何者だ？

と、ひと通り報告を終えた間諜が何か思い出した顔をした。

「あ……それからヴィシス様、実はウルザの――」

間諜のその言葉を遮る形で、勢いよく部屋のドアが開け放たれた。

「ヴィシス様、ご、ご報告いたします！」

家臣が一人、部屋へ飛び込んでくる。

「あらあら、今日は騒がしいですねー？　今度はなんでしょうか？」

「ウルザの魔戦王《ませんおう》より緊急の要請とのことです……ッ！　増援の要請と、いざという時の備えとして、家臣団と共に一時アライオンまで避難したいとッ」

「はー？」

「それが、その……ゾルド砦《とりで》陥落後に輝煌戦団《きこうせんだん》の追撃を受けた魔戦騎士団が半壊……その際に騎士団長、さらには副団長も討たれたとのこと……魔戦王は、それでかなり弱気になっているようでして……」

「今、戦上手《いくさじょうず》で名高いルハイト・ミラはウルザ方面にはいないはずですよね？　それでもだめですか。弱すぎませんか、魔戦騎士団……」

「そ、それは……実戦経験に乏しく、昨今は竜殺《ドラゴンスレイヤー》し頼りの空気も蔓延《まんえん》しており……そのためかと……」

「はぁ……つまり、戦況はひどく悪いと」

「あ、いえ……実は、魔戦王は王都モンロイを一時的に明け渡しかねないほど弱気なのですが……思った以上に、ポラリー公率いる我がアライオン軍が奮戦しておりまして。ジリジリと後退してはいるものの、かなりの善戦と言える戦いぶりを……」

あら、と眉を上げるヴィシス。

「魔防《まぼう》の白城《はくじよう》で戦った兵たち……それを中心とした軍ですね？」

「ハッ……ルハイト・ミラの不在で敵の勢いが落ちたのもありましょうが、ポラリー公は指揮官を失った魔戦騎士団や、敗走したウルザ兵の一部を上手《うま》いこと取り込んでいるようで……つ、つまり——予想以上に、ポラリー公の軍が踏みとどまっているのです……ッ」

「ふふ、ようやく朗報が聞けましたね。まあ元々、指揮官としては悪くない人材でしたから」

今、ヴィシスが抱えている問題は大魔帝だけではない。

もし狂美帝が禁呪を得ているのなら、今後脅威となりうる。それを考えればミラは少しでも消耗させておきたい。何より、ウルザが完全にミラの手に落ちるのは避けたかった。

「んー……こうなっては仕方ありませんか。ネーアとバクオスにも出兵願いましょう。先の大戦《おおいくさ》で疲弊しているなんて言い訳は認めませんからねー。がんばってもらわなくては♪　はぁぁ……対ミラは追放帝の投入で解決だったはずが、ずいぶん予定が狂ってしまいました。狂美帝さえ死んでいれば、今頃こんな面倒はなかったんですが……」

狂美帝が生きているなら、東の戦場へ出張ってくるかもしれない。

そこへ蝿王ノ戦団を引き連れてくる可能性は大いにある。

そうなればポラリー公では防ぎきれまい。

セラスのいる蝿王ノ戦団に対して、ネーアのカトレアをどこまで盾とできるか——か。

ヴィシスは「追って指示を出します」と言い、間諜《かんちょう》と家臣を下がらせた。

二人が去ったあと、ヴィシスは机のひきだしを見つめる。

ひきだしを開ける。

中には——四つの黒紫玉《こくしぎょく》。

ヴィシスはそれをしばらく眺めた。

やがて黒紫玉を一つずつ摘《つ》まみ、手のひらに置いていく。

「狂う、狂う……計画が、狂う。癪《しゃく》……実に、癪。これはまだ使いたくない、使いたくない……使う時期じゃあ、ないでしょうに。やれやれ、やれやれ——さて」

狂美帝の抹殺失敗により、今後の流れも不透明になってきた。

ゆえに、大魔帝の討伐を急ぐべきであろう。

「こうなると、今は〝彼女〟をどう動かすかが鍵ですねぇ。まさかここまで私にとって重要な鍵になるとは夢にも思いませんでした——アヤカ・ソゴウ」

ヴィシスは人を呼んだ。

「明朝、私はアヤカ・ソゴウと勇者たちを連れてマグナルへ発《た》ちます。マグナルに入ったあとは白狼騎士団《はくろう》、及びマグナル軍と合流……大魔帝討伐のため、そのまま根源なる邪悪の地へと向かい——決着をつけます」

「た、対ミラはよろしいのですか……？」

「ネーアとバクオスだけでなくアライオンからも援軍を出します。必要なのは勝利ではなく時間稼ぎ。それを徹底させれば、すぐに決着とはならないでしょう。まあ、それでも難しいとなれば——」

ヴィシスはひきだしの中へ視線を落とす。

四つの黒紫玉。

ひきだしを、閉める。

「次の手は、打ちますので」

明朝。

朝焼けを彩る蒼《あお》と橙《だいだい》。

そこへいわし雲の白を加えた濃淡が、空に美しい層をなしている。

白い鳥たちが高く鳴きながら北へ飛び去って行くのが見えた。

少し肌に寒い清冽《せいれつ》な早朝の空気。

そんな澄み渡った空気に包まれた、なだらかな平原。

朝露に濡《ぬ》れた下生えを整列した兵の足が踏みしめている。

軍馬や馬車は、今か今かと出立の合図を待っていた。

勇者たちの他にも、アライオンからも少しばかり戦力を出している。

アライオン兵が１０００ほど。

そこに、女神の手足となって動く急造の新生アライオン騎兵隊が加わっている。

ヴィシスは、すでに出陣の準備を終えたアヤカ・ソゴウと対面した。

「おはようございます、ソゴウさん」

「おはようございます」

「ふふ、それでは行きましょうか――大魔帝へ、引導を渡しに」

「はい」

「そして、キリハラさんを救いに」

大魔帝を倒すと口にした時以上に、ソゴウはその目に強い光を宿した。

彼女は手もとの槍を握り締め、力強く頷《うなず》いた。

「はい」

――まあ、もう始末されている確率の方が高いですけどね。

そのひと言はもちろん、心の中にしまっておく。

「さて」

ヴィシスは騎乗し、他の勇者や兵たちの方へ身体《からだ》を向けた。

「同胞であるはずの狂美帝の乱心により、当初の想定通りとはいきませんでしたがっ……これより我が神聖連合《しんせいれんごう》は、大魔帝との戦いを終わらせるべく魔帝討伐戦に入ります！　我々は邪悪などには決して屈せず、これからも負けぬのだと知らしめましょう！　何度でも……そう、何度でも――――ッ！」

大音声《だいおんじょう》を発し、女神は、目的地の方角へ馬首を巡らせた。

「いざ、北へ！」

1．使い魔、来たりて

「えぇえぇえっ!?　この鳥さんが、アナエル様の使い魔なのっ!?」

手短に説明を受けたあと、頓狂な声を上げたのはムニン。

ミラにいる俺たちのところへやって来たエリカ・アナオロバエルの使い魔。

俺たちは、その使い魔を館の部屋へ招き入れた。

「最果ての国の大恩人、アナエル様……使い魔ごしとはいえお話しできる日がくるなんて。すごいわ……」

ムニンはしきりに恐縮し、はわわぁと口に手をやっている。

今、使い魔はテーブルの上に待機していた。

例の文字盤はすでに用意済み。

「こっちも共有しておきたい情報がある。最果ての国の件だが――、……ん?」

待ってられないとばかりに文字盤を踏む使い魔。

そのまませかせか動き回る。

使い魔は言語による発話も可能だが、それをすると負荷が強く、エリカが数日寝込む。

なので、こっくりさんを参考に作ったこの文字盤を使って意思疎通を行う。

「先にまず俺に伝えたいことがある?……わかった」

再び動き回る使い魔。文字盤を用いた伝達はやはり時間を要する。

が、得られたのは時間をかけるに値する情報だった。

「——高雄《たかお》姉妹が？」

「タカオ姉妹と言うと、上級勇者の……」

セラスも高雄姉妹のことは知っている。

蠅王《はえおう》ノ戦団メンバー内だと、イヴに至っては魔群帯で対面までしている。

一方、俺はといえば廃棄後は一度も会っていない。

「ヴィシスの抹殺に失敗して魔群帯に逃げ込んで来た、か」

高雄姉妹の情報は小山田《おやまだ》からもすでに得ている。

が、得たのは反逆に失敗し逃げたところまで。

なるほど——その後、禁忌の魔女の協力を取り付けようと魔群帯入りしたのか。

で、死にかけながらもどうにか目的のエリカに出会えた。

この姉妹とエリカの巡り合わせには、セラスも驚きを示している。

「ちなみに高雄姉妹は、十河《そごう》や桐原《きりはら》がどうなったかは知ってるのか？」

尋ねると、使い魔が動く。

「顚末《てんまつ》は知らない、か」

十河と桐原の話はこれも小山田から情報を得ている。

十河が大魔帝《たいまてい》をあと一歩まで追い詰めたこと。
桐原が大魔帝を助け、そのまま裏切ったこと。
が、高雄姉妹はそれを知らない。
逃亡後は追撃を避けるべく、そのまま急いで魔群帯に入ったのだろう。
エリカも十河と桐原のその件のことは今初めて知ったそうだ。
ここ最近はアライオン方面の情報収集をしていなかったという。
まず俺たちを見つけるのを最優先したのだという。
エリカの報告は続いた。
その間、ムニンが飲み物を用意してくれた。機を見て使い魔にも水を与える。
やがて、エリカの報告が一段落した。
女神への反逆から魔群帯入りするまでの高雄姉妹の細かな経緯もわかった。
大魔帝がいきなり城に現れ、邪王素《じゃおうそ》でヴィシスが弱体化した。
姉妹はそれをチャンスと捉えて、ヴィシス抹殺を試みる。
しかし謎の黒い玉でパワーアップしたヴィシスによって返り討ちに。
そのあと禁忌の魔女に助けを求めようと考えた姉妹は、魔群帯へ向かった。
そしてヴィシスは勇者たちを、元の世界に帰すつもりがない。
高雄姉の見立てによれば、とのことだが。

「で……高雄妹はそれ以上の情報をしゃべるつもりはなさそうだ、と」

たとえば、自分たちの固有スキルについてなどもまだ話さないという。

〝姉貴に確認してからじゃないとこれ以上は話せない〟

〝自分はバカだから、どこまで明かしていいかわからない〟

そう言ったあと『助けてもらったのに……全部話せなくて、ごめんな』と謝罪の言葉を口にしたという。大事な決定は姉に判断を仰ぐ。あの妹らしい。

高雄樹《いつき》はほんと崇拝レベルで信頼してるんだよな、あの双子の姉のことを。

「けど……エリカが助けてくれたのには高雄妹も深く感謝してる、と」

つーか……毒、か。

あのクソ女神、毒物まで使いやがるのか。

エリカがその解毒薬を作れたのは、本当に幸いだった。

「話を聞く感じだと、エリカの暗殺が目的でヴィシスが送り込んだって線は……なさそうだが」

〝姉妹はヴィシスの送り込んだ刺客ではないと思う〟

エリカもそう推測していた。

確かに、これが暗殺作戦ならリスク管理がガバガバすぎる。

もし仮に、俺の知らない姉の固有スキルとかで毒を解除できるのだとしても……失明リスクを負ってまで粘るのは、どう考えてもやりすぎである。

そもそも地図なしで入ってる時点で無謀がすぎるのだ。

あの魔群帯でイヴやエリカが姉妹を見つける確率自体、低いにもほどがあるしな。

……ただ、失明リスクを負ってまでやるケースが一つだけある。

「一応聞くが、洗脳の線は？」

『それはない』

簡潔にエリカは否定した。

エリカから見てそうなら、ないと見ていいだろう。

と、お伺いを立てるようにセラスが口を開いた。

「あの、トーカ殿……これは、もしかしたらタカオ姉妹との共闘が可能となるのではありませんか？」

それは、俺も一案として考えていた。

「そうだな。高雄姉妹との共闘……一考の余地は、あるのかもしれない」

元々、狂美帝《きょうびてい》と浅葱《あさぎ》たちの案として、向こうの勇者を説得しこちらへ引き込む案は出ている。

しかも、失敗したとはいえ姉妹はヴィシスに反逆している。

このことは説得の難度を大幅に押し下げたと言っていい。

ただ、姉の意識が戻らないことには交渉のしようがないのはネックである。

妹の樹は大事な決定はしない——できない。

となると、共闘を持ちかけるにしても姉が目覚めてからの話になる。

エリカによれば、意識がいつ戻るのかはまったくわからないそうだ。

俺はそのことをみんなに伝えた。

聞き終えたムニンが、うぅん、と懸念めいた表情で唸《うな》る。

「でもお姉さんの方は……視力を失っていたら、戦いに参加するのは難しいかもしれないわね……」

「確かにな……失明していたら、戦いへの直接参加は難しいかもしれない。ただ、あの姉なら戦闘以外でも頼りになると思う。ま……ちょっと、変わってはいるけどな」

そういえば——あの姉妹も異世界に来て、何か変化があったのだろうか？

「ま……S級とA級が一人ずつ女神陣営から抜けたってだけで、こっちには朗報だ」

あとは——大魔帝か。

十河があと一歩のところまで追い詰めたという。

なら、大魔帝が深手を負っている可能性は高い。

でなくとも、十河への警戒はかなり強まったはず。

〝十河綾香《あやか》に真正面から一対一でぶつかっては勝てない〟

そう理解したのではないか？
ならば——大魔帝はどうする？
数で押し潰すか？
だが、情報からして先の大魔帝の奇襲は大規模では行われていない。
つまり大群での奇襲はありえない。
ならおそらく——正攻法で、根源なる邪悪の地から再び南進してくる。
軍勢を引き連れて。
——となる予想はつくが、この前の大侵攻でかなり戦力を失ったとも聞く。
それを見越したヴィシスは、北からの侵攻は当面ないと判断した。
ゆえに白狼《はくろう》騎士団を西のヨナトへ送ることができた。
……にしても。
今の十河綾香は、大魔帝を凌駕《りょうが》する力をつけている。
小山田によれば今もアライオンにいるそうだが……。
いよいよ、厄介な壁となるのかもしれない。
もし十河が敵に回るようなことがあれば極力戦闘は避けるべきだ。
大魔帝と正面からやり合って勝つほどの強さなら、まず正攻法は通じまい。
となれば……搦《から》め手《て》を用いての無力化が、最善手になるか。

だが、やはりできることなら説得案を取りたい。

いくつか説得材料はある。

特に、高雄姉のもたらした〝女神は勇者たちを元の世界に帰すつもりがない〟という情報はでかい。

あの高雄聖《ひじり》のことだ。見立てと言ってはいたが、ほぼ確証は摑《つか》んでいるのだろう。

……説得案、か。

もし――小山田と同じく洗脳されていたら、それも難しいわけだが。

ただ、特に他の勇者が洗脳されてるってこともなさそうだ。

なら、やたらめったらと試みることのできる手法ではないのかもしれない。

ここは物知りなダークエルフに聞いてみるか。

「エリカ、ヴィシスの洗脳について教えてほしいんだが」

ＹＥＳが返ってきた。

……さすがはエリカ。一時期、クソ女神の傍《そば》にいただけはあるな。

説明によると、

「精神が――心が一定以上壊れている必要がある、か」

つまり、小山田は精神が崩壊していたから洗脳された。

「ただし、洗脳は失敗すれば使い物にならなくなる危険性もある……と」

大魔帝への切り札である最高ランクの勇者がそうなってしまったら女神も困る。

だが、最高ランクでない小山田ならどっちに転んでもよかった。

で、大魔帝が生きている以上、ヴィシスは十河綾香の洗脳という賭けには出られない。

特に、他二人のS級勇者が手もとにいない今はなおさらだろう。

なら、十河がヴィシスに洗脳されているという懸念は今のところ杞憂《きゆう》と考えていい。

俺はやや思案したのち、

「ちなみにセラス……さっき話に出てた大魔帝の奇襲についてだが、根源なる邪悪が過去に転移術みたいなのを使った例は？」

「いえ、私の知る限りでは」

エリカも知らないという。

「ヴィシスにとっても想定外の動きだった、ってことか」

転移は一回限りか？

でないなら、大魔帝側の奇襲も警戒しなくちゃならない。

クソ女神との決戦中に乱入される、なんて事態もありうる。

ここは、今のところ不確定要素として想定しておく必要があるな。

「――にしても、イヴはよくやってくれた」

魔群帯で高雄姉妹を見つけたのは、ファインプレーと言っていい。

「ヴィシスは毒で高雄聖《たかお》を始末したつもりでいるはずだ。そう思い込んでいてくれれば、高雄聖は今後〝死者〟として行動できる」

そう、俺と同じように。

と、また使い魔が動き出した。

〝トーカたちのことは姉妹に伝えていない。妾《わらわ》たちと蠅王《はえおう》ノ戦団との繋《つな》がりや、トーカの正体のことも〟

エリカの判断らしい。

「そいつは、いい判断だ」

どやっ、みたいな仕草をする使い魔。

〝エリカと蠅王ノ戦団の繋がりはまだ明かさない〟

引き続き、この方針でいくことに決まった。

「それじゃあ、俺たち側の状況も共有しとくか」

最果ての国に入る直前、俺たちは使い魔の死体を見つけた。

以降、使い魔——エリカとの接触は断たれていた。

エリカはあのあと近くにいた別の使い魔で接触を試みたという。

しかし、アライオンの騎兵に射殺《いころ》されてしまったそうだ。

で、これのせいで近くに使い魔がいなくなってしまった。

俺たちとの接触が遅れに遅れたのはそれが原因だったらしい。

つまりだ――エリカは最果ての国で起きたことを、ほぼ丸々知らない。

俺たちを見つけられた理由についてもエリカは話した。

ミラで何か騒ぎが起こっているのが、エリカは気になった。

そして使い魔で情報収集をしているうち、蝿王の名を耳にしたらしい。

エリカは、ミラの近くにいたその使い魔でさらに情報収集を進めた。

で、最終的にここへ辿《たど》り着いた……と。

蝿王がミラと組んだという噂《うわさ》はじわじわと広がってるようだ。

それが周知されていくのはこちらの想定通りなので、問題はない。

俺はそのまま、最果ての国で起こったことをエリカに伝えた。

禁呪の件とクロサガのことも話した。

途中、ムニンの自己紹介が入る。

「あ――ク、クロサガの族長を務めておりますムニンでございますっ……ますっ！　お会いできて光栄ですわアナエル様！　お噂はかねがね……ぁ、でも使い魔越しだと〝会った〟と言うのも微妙なのかしらねっ？　ええっと……み、未婚です！」

カチコチに恐縮し、小鳥に向かってキラキラ目で自己紹介している姿。

事情を知らないヤツが見たら、なんとも奇妙な光景に映るだろう。

あと……未婚かどうかは、マジにどうでもいい情報だと思うぞ。

どういう経路を辿って出すべきと判断した情報なんだ、それは。

まあ、そんなこんなでムニンは自己紹介を終えた。

「……はぁぁ、緊張したわぁ――ええ!? だだだ、だってあの伝説のアナエル様なのよ? いーい? 最果ての国で暮らしてた者なら神話の人物みたいな存在なの! し、ん、わ!」

「そうか」

「トーカさん、反応が薄すぎないかしら!? すっごいことなのよ!? すっごい!」

「いや、俺にとっちゃエリカは単に頼りになる仲間って認識だしな……すごいヤツなのは認めるが、もっと気楽な相手だと思ってるよ」

ふと卓上の小鳥に視線をやると、ちょっと嬉《うれ》しそうにも見えた。

気のせいかもしれないが。

ムニンの自己紹介も終わったので、俺は話題を変えた。

イヴの両親と、その仲間たちを虐殺した勇《ゆう》の剣《けん》の件についてである。

今後を考えると、このことはエリカと方針を話し合う必要がある。

まず、俺はエリカにあのクソどもの話をした。

「で、この件だが……イヴにはまだ伏せといた方がいい気がするんだ。俺が見るところ、あいつはそこまで復讐《ふくしゅう》にこだわっちゃいない」

そう伝えると、エリカも同意を示した。

「イヴは今、念願だったリズとの平和な日々を過ごしてる。今の時期に、わざわざそういう方面で感情を揺さぶる必要はないと思う。リズにしてもだ」

リズの——第六騎兵隊の件も、エリカに伝えた。

「いつかは伝えるべきなのかもしれない。でも、当面あいつらはただ幸せに過ごせればそれでいいと思う。ほら、あいつらは……仇《かたき》を討って喜ぶような感じじゃないだろ？」

あの二人の過去に起きたことは確かに悲惨のひと言に尽きる。

そしてそれは、動かしようのない過去だ。

ただ、二人はその過去に執着していない。そう見える。

囚《とら》われていないのだ——俺と、違って。

ま……あれだ。

復讐について語る時、よく引っ張り出される理屈がある。

〝自分にひどいことをした相手に囚われて人生を過ごすより、そんな相手のことは忘れて自分が幸せになることの方が実は一番の復讐なんだよ〟

みたいなヤツ。

そう、本来はそれが正しい。

いわば復讐の正攻法。

ゆえに、俺のやろうとしてる復讐は邪道と言える。

で、俺はその邪道をやる——直接、復讐を果たす。

あとは……復讐によって起こった一切を引き受ける覚悟が、あるか否か。

これは、それだけの話だ。

「とまあ……そんなわけで、イヴとリズには仇の件を明かさない方針でいきたい」

異論は、返ってこなかった。

エリカは『わかったわ』と文字盤の上を動き、

『さて、これでひとまず情報の共有は済んだわね。ああ、それと……』

使い魔がさらに文字盤の上を動き回る。

締めのひと言とばかりに、エリカはこう伝えてきた。

『最果ての国を救ってくれてありがとね、トーカ』

自らが建国に携わった国なのだ。気になっては、いたのだろう。

「別に、あんたのためにやったわけじゃないさ。それに、俺たちはそれ以上にあんたに助けられてるしな。ま、英雄である〝アナエル様〟に礼を言われて悪い気はしないが」

『素直じゃないように見えて、実はけっこう素直なところがトーカって感じよね』

「あんたは思ってた以上に、素直すぎるけどな」

『大丈夫よ。相手は選んでるから』

次いで、エリカは指示を求めてきた。今後の方針――主に、姉妹の扱いについて。

俺はそれにひと通り応答し終えてから、

「高雄姉妹のことで今後何かあれば、使い魔で尋ねてくれ。俺もこの流れは想定しなかったから、姉妹の扱いについてはまだ決めかねてる。定まったら、また指示を出す」

ちなみに今回の帝都襲撃の話は、また日を改めることにした。

大分エリカも疲れてきたらしい。ひとまず〝スレイは大怪我《おおけが》を負ったが、一応大丈夫そうだ〟ということだけは伝えておいた。で、

「あれだな……鳥かごとかが、必要か」

エリカが操作をやめる――意識を剝がすと、使い魔は普通の動物に戻ってしまう。

たとえばこの小鳥なら、そのままどこかへ飛び去ってしまいかねない。

前みたいに、どっかで射殺されたり捕食されても困る。

その時、セラスが「そういえば……」と人差し指を唇に添えた。

そして彼女は、記憶を探るように中空へ視線をやった。

「この館の、どこかの部屋に……空っぽの鳥かごがあった気がします。最初に館の中を調べた時に見た記憶が……確か、二階の奥の部屋にあったかと」

すぐにその部屋へ行くと、セラスの記憶通り空っぽの鳥かごが置いてあった。

この館の本来の性格を考えれば、飼ってる鳥を連れてくる客人とかもいたのだろう。

それをありがたく思いながら鳥かごに使い魔を入れる。

一応、まだエリカが操作してるようだ。

エサとかもあとで手配しないとな。

「ん？」

呼び鈴が鳴った。館の玄関前に設置されている鈴の音だ。誰か訪ねてきたらしい。

エリカは一旦操作をやめるという。

俺は手短に礼を言ってから、蝿王のマスクを被《かぶ》った。

「一応、セラスとムニンもついてきてくれ」

皆で、下の階に降りる。

玄関へ行く前に、俺は訪問者が見える位置から外を確認した。

「狂美帝《きょうびてい》か」

護衛を四人連れている。玄関まで行き、俺はドアを開けた。

「これは陛下……もうそちらの状況は落ち着かれたのですか？」

「後始末を進める態勢は整えてきた。各所への指示も出し終えたのでな。ここから先は、しばし宰相任せだ。余は、そちたちの様子を見に来た」

狂美帝の視線が俺の背後へ。

「すでに報告で聞いているが、禁字族《きんじぞく》も無事のようで何より。セラス・アシュレインも無事のようだが……もう少々、休んだ方がよさそうにも見えるな。例の黒馬は？」

「陛下の手配してくださった方々が、治療を施してくれております」

あのあと、ホークの代わりの新たな連絡役がやって来た。

イバラ・シートと名乗っていた。選帝三家《せんていさんか》の人間だという。

俺はその時、イバラにスレイの治療を頼めるか尋ねた。

イバラは事務的に『陛下にお伝えいたします』と答えた。

それから1時間ほど経《た》って、白い長衣の男女が数名やって来た。

今、スレイはその白い長衣たちから簡易厩舎《きゆうしや》で治療を受けている。

さて――皇帝を玄関先にずっと立たせておくわけにもいくまい。

俺は中へ迎え入れようとする。が、狂美帝は〝ここで話す〟と仕草と視線で伝えてきた。

こちらも無言で了解の意を示してから、

「陛下、ホーク殿の件はお悔やみを……また、ホーク殿を救えなかったのは我々の手落ちもございます。その点については申し訳なく……ワタシもこの結果は、残念に感じております」

背後で、セラスが身を強《こわ》ばらせる気配があった。狂美帝が長い睫毛《まつげ》を伏せる。

「あれは優秀な家臣であった。そうだな――余よりも、あれの死が応えるのはルハイトやもしれぬ。あれは、ホークを可愛《かわい》がっていたゆえな」

そういえば、ルハイト・ミラの筆頭補佐官だったか。

「ワタシとホーク殿との関わりはあまりに短い期間ではありましたが……賢く、能力の高い人物との印象がございました。何より、優れた人格者であったと」

「あのような優れた実直さは一見すると単純な人格に見える。が、このような世では育むのが難しい人格でもある。惜しい人材であったのは、事実であろうな」

セラスの、息を吞《の》む気配。

「わ、私が——、……あ」

てのひらを突き出している——狂美帝が。

「その先はよい。ヴィシスの送り込んだ勇者……ホークを人質に取ったその勇者がそちとこの区域で相対した際の話は聞いている。責任を感じるのはかまわぬが——余にとっては、終わった話。そちがこの件で後悔を覚え、無念や謝罪の気持ちを抱くのは自由だ。しかし悪いが、余はそれに付き合うつもりはない」

冷然と突き放すでもなく。さりとて、優しく受け止めるでもなく。

狂美帝は腕を下げると、視線を己の左肩へ流し、そこに垂れる金髪を緩く撫《な》でた。

「ただ……そちには今後も役目が残っていよう。いつまでも罪の意識に拘泥し、前へ進む足を泥に取られ続けることを、ホーク・ランディングは望むまい」

「あ——」

「そちに責を求めるなら、ホークをここへ向かわせた余にも責任はあろう。しかしそのあたりを言い出せばキリがない。どこまで遡るのか――誰まで、遡るのか。過去へ対するそういった〝もしも〟への追及は、どこかで断たねばならん。それでも……」

スゥ、と視線をセラスへ戻す狂美帝。

「それでも責任を感じるなら、礎とするがよい」

「いし、ずえ……」

「あれの死を礎とし、そちの糧としろ。余らがホークと共に目指したヴィシス討滅。それを叶《かな》えるべく過日より学び――己をさらに磨き、先へ進む糧とせよ。それこそがあれへの……ホーク・ランディングへの手向《たむ》けとなるのではないか？」

きゅっ、と唇を引き結ぶ気配。

「――はい……必ずや」

狂美帝の表情がほんのわずか、和らいだ。

「その危ういほどの実直さ……どこか、ホークと似ている。今の世に収まりの悪いところも。本来ならホークも、今起きているこの暗黒の狂騒や、宮廷内の駆け引きにはそぐわぬ男であった。なまじ〝そちら側〟にも適応できる能力があったのが、不幸だったのやもしれぬな」

形のよいあごを上げ、空を仰ぐ狂美帝。

「混じりけのない実直さや隔てなき深い情は尊い。しかし、諸刃《もろは》の剣《つるぎ》でもある。荒《すさ》んだ世では特にな。実直さや情の通用する世は理想と言えよう。が、現実は違う。純粋善では真の邪悪を制することはかなわぬ。余は、そう考えている。なぜなら善性とは、時に手足や思考を縛る鎖となるからだ。つまり、善性とは尊いと同時に――ひどく不自由なのだ」

その思考は俺の考えとも似ている。

邪悪を制することができるのはより強力な邪悪でしかない、という考えに。

狂美帝は小鳥めき、鼻を軽やかに鳴らした。

「ただ、その実直さや情を宿した者を……どうにも余は嫌いにはなれぬらしい。排除する気に、なれぬらしい」

「…………」

「ふっ……そちは不自由の側だな、セラス・アシュレイン」

「私、は――」

「ヴィシスの打倒が、そちやホークのような者が生きやすい世を作る……そうなればよいと、余は思う」

「…………」

「こたびのこと、あまり引きずらぬことだ。そちのような根が生真面目な者は、そうであるがゆえに心を急激に病むことがある。まあ、そこの蠅王《はえおう》が傍《そば》にいれば心配はないかもしれぬがな」

今回の件――セラスをあずかる者として考えれば、蠅王にも責任の一端がある。

ゆえに、先ほどの狂美帝の言葉は俺の立場では口にできない言葉である。

〝あまり気にするな〟

本当の意味で今セラスにそう言えるのは、ルハイトか、この若き皇帝だけだろう。

「それから個人的に一つ……先ほど皇帝としていくつか所感を述べたが、それとは別に、ホークを見捨てず救おうと動いたそちの心には礼を言うべきであろうな。ツィーネ・ミラ個人として」

これもまた、狂美帝にしか口にできぬ言葉だろう。

あるいは俺への貸し一つ――そんな腹づもりなのかもしれない。

そしてここで、その〝配慮〟を流すわけにもいくまい。

俺は、恭しく一礼した。

「陛下のご配慮、お心遣い……そして寛大なお心に感謝いたします。セラスへの――そして、ワタシへの」

狂美帝は目もとを緩めた。

時たま見せる年相応に映るあの微笑。

ああいう微笑《ほほえ》みは作ったものではなく、本心からのものに見える。

「ああ——なるほど。余はやはり、そこに惹《ひ》かれている……か。この心の動きには、いさささか余自身も新鮮な驚きを禁じ得ぬらしい。ともあれ——」

狂美帝は含みのある視線を俺へチラと向け、

「余はともかく、今こちらへ呼び寄せているルハイト……あれから何か言われるのは覚悟しておくがよい。まあ——大丈夫であろうがな。あれも皇帝の器《うつわ》だ。この戦いが始まって以降、それが誰であれ、配下を失う覚悟は決めているだろう」

と、クールダウンするみたいに狂美帝は小さく息を落とした。

「……本題の前に、長話がすぎたな」

今の話とは別に本題があるらしい。

「例の大宝物庫の所属品のことだ。それらを今日、そちたちに譲渡しようと思う」

城の方へ一瞥《いちべつ》をくれる狂美帝。

「問題なければ、余は今からそちたちを大宝物庫へ案内しようと考えている。あまり心身の疲労が抜けていないなら、日を改めるが……」

セラスとムニンは問題ないと答えた。

もちろん、俺も問題はない。

大宝物庫——俺が欲しかったものは二つ。

転移石《てんいせき》。

そして、紫甲虫《しこうちゅう》──ピギ丸の最後の強化剤を作るために必要な……最後の、素材。


俺たちは狂美帝に連れられて、そのまま城内へと入った。

城の中ではまだ慌ただしさが尾を引いていた。

回廊を行き交う者の姿がひっきりなしに目につく。

そんな中をぞろぞろと連なって歩く皇帝の一団。

俺は狂美帝直々の要望でその横を並んで歩いていた。皇帝と肩を並べて歩くなど不敬な気がしなくもない。しかし、望んだのが皇帝自身なのだから問題はあるまい。

「封印部屋の件も急ぎたいが、あれはルハイトが戻ってからにするつもりだ。封印部屋では何が起こるかわからぬ。余に何かあった場合、カイゼ一人では心配なのでな」

とのこと。

廊下を一つ折れる。通り過ぎざまに、人々の視線が俺たちを捉えていく。

「宝物庫の品も、本来なら先の一件が起こる前に渡せればよかったのだが……戻るなり、あの状況だったのでな」

初めてこの城に来た時、家臣が慌てて狂美帝に駆け寄っていたのを思い出す。

で、何か耳打ちされていた。

あの時からすでに事態は動いていたわけだ。

確かに、剣虎団《けんこだん》のところへ行く前にピギ丸の強化ができればよかった。

が、素材の紫甲虫にはある種の抽出作業が必要となる。

抽出には最低でも三日かかる。そしてあの時点では、三日も猶予はなかった。

なので俺もピギ丸の強化を後回しにした、というわけである。

では転移石の方はどうなのかというと、今の時点で使うのは時期尚早に思えた。

あれは、できればこのあとに控える対女神戦で使いたい。

帰還の魔法陣を描くのもぱぱっとできる作業じゃないしな……。

で、セラスとムニンはリスト内に特にほしいものはないとのことだった。

となると残るは最果ての国勢が欲しがったものだが――これは、俺たちが今手に入れても渡すのはそれなりに先の話になる。

そんなわけで、大宝物庫の件は後回しとなっていた。

そもそも戦いに有用な武具類や魔導具やらはすでに、ほぼすべてミラの輝煌戦団《きこうせんだん》につぎ込まれている。それはリストを渡された時にも聞かされていた。

つまり、戦闘方面においてはもうロクなものが残っていなかったのである。

一方、転移石は知らなければ宝石類にしか見えない。

紫甲虫にしたって、価値を知らなければ変わった生物の死骸である。

そういうものは、残っているわけだ。その上で、

「以前説明したように、大宝物庫の品は正式名称が不明なものも多い。そこで管理用の仮称をつけて絵に起こすわけだが……当然、絵に起こし切れなかったものもたくさんある」

「まだ絵に起こしていないものの中に、直接目で見ることで判別できる有用なものがまじっているかもしれない、と？」

「そうだ。余たちにはわからずとも、そちたちにとって価値のあるものが見つかるかもしれぬ。もちろんほしいものがあれば、その場で譲渡するつもりだ」

なるほど――俺たちをこうして直接連れてきたのは、そういうことか。

俺たちは地下への螺旋《らせん》階段をくだった。

階段が終わると、今度は長い回廊が現れた。回廊の先は暗く、見通すことはできない。

回廊の壁には光沢感があり、磨き抜かれた大理石を思わせる。

床にはほぼ凹凸が見られない。

なんというか、ちょっとした一流ホテルや美術館の床を想起させる雰囲気だった。

ここからは護衛がランタンを手に先行するという。

灯《あか》りなら俺の皮袋とかセラスの光の精霊もあるが、まあ、ここは任せよう。

やがて俺たちは、両開きの扉のある突き当たりまで来た。

青銅みたいな質感の大きな扉である。

狂美帝《きょうびてい》が懐から大きな鍵を取り出し、護衛に渡す。
別の護衛が二人、扉の手前まで駆け寄る。
そして、鍵を持った護衛が解錠した。
解錠の音を確認すると、左右に立つ二人の護衛が取っ手を摑《つか》み、引っ張り始めた。
けっこう力が必要らしい。だが、ほどなく扉は開いた。
今度は、狂美帝が先頭となって歩き出す。
狂美帝は入ってすぐの壁際に白い手をつくと、
「少し待て——今、明かりをつける」
前の世界で言えば、部屋の明かりのスイッチのありそうな位置だ。
そこに、水晶の板が嵌《は》め込まれていた。
その板からは、こちらも水晶でできているらしい線が放射状にのびている。
狂美帝の手が青白く光った。
すると水晶板が光り出し、そこから水晶線へと光が伝っていく。
光の線はさらに、壁、天井、床へとのびていった。
部屋中に、光が巡る。
光量が増し、それによって視界が開けていく。
なるほど。あの水晶板に魔素を流すと、照明になるって仕組みか。

これで室内——宝物庫内が、よく見渡せるようになった。

まず目につくのは、整然と並ぶ背の高い巨大な棚だろうか。

その光景は、エリカと一緒に探し物をしたあの地下室を少し思い出す。

……中の広さというか、スケールは段違いだが。

天井は高い。地下とは思えぬ開放感がある。

また、床や壁と合わせて、光の線が模様めいて綺麗《きれい》だった。

宝物庫の内部全体は長方形に近い——と思う。

棚も奥まで続いていた。

雑然とした印象はなく、いわゆる〝財宝が乱雑にうずたかく積まれている〟みたいな感じはない（逆に、雑然とした倉庫はエリカの別の倉庫部屋を思い出す……）。

徹底管理されたネット通販会社の巨大倉庫、みたいなイメージが近いか。

壁際には梯子《はしご》が綺麗に並べられている。その傍にはたくさんの踏み台も見える。

作業卓らしきものの並ぶ一角もあった。

立ち並ぶ棚の奥のスペースは、美術館の展示場みたいになっている。

棚に並べにくいものを並べているのだろう。

「少々ホコリくさいが、そこは我慢してもらおう」

狂美帝はそう言って手櫛《てぐし》で横髪を梳《す》き、

「質問があれば、遠慮せず余に聞くとよい。連れてきた護衛のうち三人はここの管理にも携わっている者だ。そこの三人にも、何かあれば尋ねるがよい」

一人は完全な護衛だが、他は普段からここに関わってる人間のようだ。

宮廷画家の家系の者もいるとか。

品のいい懐中時計へ視線を落とし、狂美帝は言った。

「余が共にいられる時間に限りはあるが、時間まで、ゆるりと見て回るがよい」


事前に要望した品々は、すでに入り口近くの卓に用意してあった。

もちろん紫甲虫と転移石もそこにある。俺は、それらを手に取って確認した。

紫甲虫は――『禁術大全』のイラスト通り。

本物で間違いなさそうだ。

ん？

「セラスさん、ほら見て！　これ、素敵な首飾りだと思わない!?」

セラスとムニンは俺と離れ、二人連れ立って先に棚の方を見に行っている。

というか、ムニンがセラスを誘った。

緑色の宝石のついた細い銀のネックレス。

ニコニコ顔のムニンが、自分の首の前にそれを持ってきていた。

服とかでよくやる〝これ、似合うかしら!?〟的な仕草だった。

「え、ええ……とても、素敵だと思います」

セラスは遠巻きに眺める俺の方をチラと一瞥し、

「ですがムニン殿、ここへは我が主《あるじ》の目的達成に役立つものを探しに来ているわけですし……着飾るための装飾品は、対象外なのでは……」

「えーっ!?」

まさかムニン……ほしいものはなんでも貰《もら》えるつもりだったのか。

いやまあ、頼めば貰えるんだとは思うが。

「そんなぁぁ……だめかしら？　くすん」

なんとも言えない苦い笑みを浮かべるセラス。

「ど、どうなのでしょう？　そこは我が主や、皇帝陛下に聞いてみませんと……」

「殿方の士気を高めるって意味では、無意味ではないと思うのよね！　わたしたちの主さまだって、内心けっこう喜ぶんじゃないかしら!?　たとえばね、ほら……これをセラスさんが一糸まとわぬ姿で身につけたら、とぉっても……その、とってもね………いえこれちょっと待って!?　だめ……これはいくらなんでもまずいわ！　こ、これはちょっと刺激が強すぎる……はぁぁぁ……はふぅ」

勝手に脳内妄想を繰り広げて——勝手に真っ赤になって。

勝手にトーンダウンしていく、クロサガの族長。

「ム、ムニン殿……」

たはは、と苦笑いをさらに歪《ゆが》めるセラス。と、ムニンの目がすぅっと薄く開いた。

「セラスさん——動かないで、そのまま」

「？　私の顔に、虫でも止まっていますか？」

「絶対、動かないでね？」

「は、はい……」

「えいっ」

ムニンが、ネックレスをセラスの頭上からかけた。

「え!?　あ、あのムニン殿っ!?」

「あらぁ!?　一糸まとわぬなんて言っちゃったけど……やっぱり、服を着てても断然似合うわね！　似合いすぎるわー、セラスさん！　素敵！」

なぜかムニンは勢いそのままにセラスに抱きついた。

抱きつくというか、抱き締めていた。

「ム、ムニン殿……っ？」

首を軽く後ろへ引くムニン。正面同士の互いの顔が、近距離で向き合う形となる。

「ふふ……本当に綺麗ねぇ、セラスさんって。宝石が意思を持ってそのまま人の形になったみたい。もちろん外見だけじゃなくて……あなたは中身まで、宝石みたいに綺麗」

と、あたふたしていたセラスの表情が、柔和な笑みへと変わっていく。

「……ふふ。ムニン殿は、いつも私のことを褒めてくださいますね……時にはこうして、まるで元気づけるように」

こほん、と招き猫みたいな仕草で咳払《せきばら》いするセラス。

「その……お褒めくださっている喩《たと》えが、私にふさわしいかはともかく――」

セラスは目もとを緩め、うららかな日差しのように、ムニンに微笑《ほほえ》みかけた。

「ありがとうございます、ムニン殿」

「――――」

姫騎士と見つめ合ったまま、まるで時間が止まったみたいに硬直するクロサガの族長。

やがてムニンは頬を染めてぽやーっとなり、うっとり顔になった。

「い、今の微笑み……反則、じゃないかしら？　同性のわたしでも――は、花嫁にしたくなっちゃう……」

「……ムニン殿？」

「あの、ご趣味は？」

「ど、読書です……」

「………何をやってるんだ、あいつらは」

と、ムニンが我に返ったようにハッとなる。

「――ああ、だめよわたし！　セラスさんは、主様のものなのに！」

そして明るい笑みを浮かべると、セラスの背後にサッと回った。

そのままセラスの両肩に左右の手を置き、

「ふふっ――まあ冗談はここまでにして、一緒に宝物庫の品定めをしましょ？」

「あ……は、はい」

まだ当惑しているセラスを、ぐいぐい前へ押していくムニン。

「ふふふ、なんだか楽しくなっちゃってね？　セラスさんはわたしのこういうところにも、嫌な顔せずに付き合ってくれるから……つい甘えちゃうのよねっ」

セラスの顔に理解の色が差し、やんわり綻ぶ。

「なるほど……そういうことでしたら、甘えてくださってもけっこうです。ただ、私は諧《かい》謔《ぎゃく》を解するのがあまり得意ではないので……器用に対応できるかは、わかりませんが」

「いいのよ♪　でも、セラスさんはこういうの迷惑じゃない？」

「いえ……ありがとうございます。私も、ムニン殿の明るさに救われている部分はあると思います。たとえば、そう……もし自分にこんな姉がいたら素敵だな、とも」

「あらぁ♪　んもーセラスさん……やっぱり好きっ！」

今度は後ろから、思いっきりセラスを抱き締めるムニン。

「……ついでにちょっと、くすぐっちゃおうかしら？」

「ム、ムニン殿……っ！　それは、困りますっ……」

「ほぉら、おねえちゃんと一緒に見て回りましょうねー？　よしよし♪」

苦笑してはいるが。

今のセラスの笑みには、困惑の色が一切ない。

ああいうところはムニンも気が回るというか……大人な感じがする。

俺だとああいう路線じゃ無理だしな。というか、俺が急にあんなテンションになったら、セラスからしたら軽くホラーだろう。

さて……一応、俺も見て回──

「………………」

ちょいちょい、と棚の陰から俺を手招きする者があった。

今の仕草はなんとなく、その人物らしくない──いや、あるいは年相応の仕草、と言い換えるべきなのか。

俺は歩み寄り、

「ワタシに何か──陛下？」

「そちも大宝物庫の中を見て回るのだろう？　余もここにはそれなりに詳しい。案内役としては、適役と思うが。それに――」

狂美帝《きょうびてい》は、離れた位置にいるセラスたちを一瞥《いちべつ》した。

「そちと二人きりで話せる機会も、そうないのでな」

「でしたら是非……それにワタシも陛下とは一度、二人きりで言葉を交わしてみたいと思っておりましたゆえ」

狂美帝はわずかに首を傾け、淡い微笑みを浮かべた。

俺としても、こういう機会は一度作っておきたかった。願ってもない。

宝物庫の中をぐるりと見渡す狂美帝。

「正確には完全な二人きり、とは言えぬが――それはいずれ、な」

そうして俺たちはどちらからともなく、二人並んで歩き出した。

俺は棚に視線を散らしつつ、

「改めまして、先ほどはありがとうございました」

「セラス・アシュレインのことか。そちも感じているようだが……ホークの件、あの者はすべての責が自分にあると思っている節がある。実際は違うわけだが……感情の方に引きずられているのだろう。ゆえに、しかるべき者が〝許し〟を与えることの方が今は必要と見てな」

ムニンにじゃれつかれているセラス。和やかな光景だった。狂美帝はそれを見つつ、

「千々に乱れた感情からきている混乱も、時が経《た》てば徐々におさまろう……このあとは、そちたちが支えてやればよい」

もちろん、と言葉を継ぐ狂美帝。

「女神陣営との戦いにおいて、セラス・アシュレインにはこれからもっと働いてもらわねばならぬからな。こんなところで足を止めてもらっては、余も困る」

「女神陣営との戦い……今後、陛下はどう動くおつもりなのでしょうか？」

「ルハイトが戻ってき次第、まず封印部屋の秘密を解き明かす。その後、余は東のミラ軍と合流し――アライオンまで攻めのぼるつもりだ」

「ウルザ攻略後にアライオンまで攻めのぼる……となると、進軍の方向的にネーアとバクオスの存在は無視できぬかと。そこは、いかがなさるおつもりですか？」

「今のネーアとバクオスは、我が軍と正面からぶつかる分にはやはり取るに足らぬ。アライオン十三騎兵隊を失った今のアライオン軍がそこに加わろうと、やはり我が軍は止められぬだろう。そもそも本格的な攻勢は余が合流してからとなっている。しかし、今の抑えた戦いでもすでに我が軍はウルザ軍を圧倒している」

「ただし――」

「ああ」

狂美帝も気づいている。

今後のウルザ〜アライオンへの進軍には、大きな三つの不確定要素があることを。

「まず、大魔帝《たいまてい》の動き次第では進軍計画に大きな狂いが生じる。どころか、もし大魔帝がアライオンと手を組むなどという事態となれば最悪だ。まあ、これはないと余は見ているが」

「二つ目の不確定要素は、例の追放帝《ついほうてい》や白き軍勢ですね？」

「そうだ。女神側から想定外の戦力が出てくる事態は想定せねばなるまい。とはいえ、やれることはその想定を元にできるだけ下準備を整えておくくらいだが」

「そして残る一つは、異界の勇者」

通り過ぎざま、狂美帝が棚の縁を白い指でスーッと撫《な》でた。

彼はホコリの薄《うっす》らついたその指の腹を眺め、

「先日、アライオンの王城で起きた大魔帝による奇襲……それに関する情報が少しずつ入ってきている。今のアライオンはその一件で浮き足立っているため、間諜《かんちょう》も動きやすい」

狂美帝はその間諜から得た情報の内容を明かした。

内容は俺が小山田《おやまだ》や高雄《たかお》姉妹から得た情報とも一致していた。

こちらだけが持っている情報もあるにはあったが。

「三名のＳ級勇者のうち一人が大魔帝側に寝返った。裏切ったのはタクト・キリハラという男らしい。勇者内で仲違《なかたが》いでもあったか……しかし、勇者は根源なる邪悪の天敵だ。おそらく利用され、いずれ始末されるに違いあるまい」

…………。

桐原《きりはら》が大魔帝の懐に潜り込み逆に騙《だま》し討ちにする――そんなパターンは、ないだろうか？

実際、今もって桐原拓斗《たくと》の強さは未知数に近い。

この前の大侵攻の時、桐原が東軍で戦果を挙げたという話は伝わってきた。

が、戦場にいた兵たちは高雄姉の方を評価している雰囲気が強いという。

高雄姉と比べると兵たちの桐原への心証はあまりよくない、とも聞く。

伝聞の限りでは、だが。

「それよりも余が頭を抱えているのは、ヒジリ・タカオが行方知れずという点かもしれぬ」

「オヤマダという勇者によれば……女神に反逆し、返り討ちにあったとか」

高雄姉妹がエリカに保護されている事実は、今はまだ伏せておく。

姉は狂美帝と通じてたって話だが……そのへんのことは、姉本人から一度話を聞いてから判断したい。もちろんその前に必要と判断したら、高雄姉妹の件は狂美帝に伝えるが。

「大魔帝が王城に現れたことで、その邪王素《じやおうそ》の影響で女神が弱っていた――おそらく、そこを狙ったのでしょう」

俺がそう言うと狂美帝は思案顔で小さく唸《うな》り、

「そして……女神とヒジリが戦っている最中に大魔帝が退却し、女神の弱体化が解け、ヒジリは返り討ちにあった——それが、妥当な予想に思えるが」

「追放帝や白き軍勢のように、女神がまだ何か奥の手を隠し持っていた——それも、考慮すべきかと。たとえば、邪王素を一定時間のみ中和する奥の手などの存在です」

「……それもありうるな。しかし……奥の手か。ゼーラのような者たちがまだヴィシスの手駒にいるとすれば、我々にとっては喜べぬ話だな」

「ただ、追放帝や白き軍勢が気軽に使えぬ手駒であるのも事実かと。過去の情報を知るセラスに聞く限り、過去にそういったものを持ち出してきた例はないようです。つまり今の女神は——それを使うしかない状況にまで追い込まれている、とも取れます」

「……できれば使いたくない、か」

考えに深く沈むように、こぶしを口もとにあてる狂美帝。

「そこも、ヴィシスのいるアライオンがこの大陸を統一しない理由と関係している……そう見てよさそうに思えるな」

「その点は、ワタシも同意にございます」

ヴィシスはこの大陸でやりたい放題とはいかない。

事実——いっていない。

〝目的達成のために自ら動かず、わざわざ回りくどい手を使う〟

〝強力な手駒や手段があるのに、あまり使いたがらない〟

やはり制約か何かがあると考えないと、この辺りの説明がつかない気がする。

「タカオ姉妹の生存は……あまり期待せぬ方がよいかもしれぬな」

「たとえば本当は死んでいる——始末しているのにヴィシスがあえて嘘《うそ》をついている、と？」

「他の勇者の精神的負荷を緩和するため、すでに始末したものを〝行方不明で捜索中〟としているのかもしれぬ。もちろん姉妹が今も余のいる場所を目指していることもありうるから、捜索は行わせる。だが、今の時点であの姉妹頼りは危険であろう」

「不確定要素に縋《すが》るのは危険……おっしゃる通りかと」

「危険な不確定要素といえば、だ」

狂美帝はその透明感のある瞳に危惧を宿し、言う。

「残るS級勇者——当面はそれが、最大の〝鍵〟となろう」

つまり、

「アヤカ・ソゴウ」

「そうだ。アヤカ・ソゴウ本人の自己申告が情報元《もと》ゆえ、不確定の余地は残るが……裏切った勇者と大魔帝の両名を向こうに回し、互角に戦ったそうだ」

「彼女は、嘘をつくような人間ではないと思います」

「面識が？　ああ――そちは、あの魔防《まぼう》の白城《はくじょう》で共に戦ったのだったな……どうだった、印象は？」

「真《ま》っ直《す》ぐで情に溢《あふ》れた少女です。いささかの危うさはありましたが」

「対女神の戦いは我々だけでやれなくもない。しかし、裏切った勇者やタカオ姉妹を頼れない以上――対大魔帝戦の鍵は、そのアヤカ・ソゴウとなろう」

「味方に引き入れたいと考えている、と聞きましたが」

「コバト・カシマという勇者が――」

鹿島《かしま》？

「自分に説得の機会を与えてほしい、と言っている」

「勝算は……あるからこそ、申し出たのでしょうね」

「アサギ・イクサバも味方に引き入れられる確率は高いと言っている。あの者がそう言うなら……まあ、勝算はあるのだろう」

〝女神に頼らずとも元の世界に戻れる〟

これなら十河《そごう》も説得に応じる可能性は高い――と思う。

何か弱みさえ握られていなければ、だが。

外堀を埋められた上で巧みな口車に乗せられるとか。

誰かの死が引き金となって、おかしくなってしまうとか。

人質を——取られるとか。

そう……直近の情報がないのは桐原だけではない。

十河もだ。

〝かなり強くなった〟

それ以外、今の十河を知るすべは乏しい。

一応、今後はエリカが使い魔で女神周辺の動きを探ってくれることになっている。

そっちから十河の今の状態を知れるのを期待したいところだが——

「…………」

あの時——再会した時、あいつは言った。

『私が守りたいと思った人たちを、傷つけようとする誰かがいたら……その時は私、その〝誰か〟の前に——全力で、立ちはだかるつもりです』

廃棄されそうになっている三森灯河《みもりとうか》を守ろうとしたクラス委員長。

あの状況で、たった一人で、あのクソ女神に楯突《たてつ》いた女子生徒。

「おっしゃるように——彼女は、最大の不確定要素かもしれません」

興味深げに狂美帝が小首を傾《かし》げ、俺を見上げる。

「ふむ?」

「もし完全に敵として回った場合、勇者の中で最も厄介な相手はアヤカ・ソゴウ……ワタシも、そう思います」

「もし敵対した場合、搦《から》め手《て》が必要となるか」

「正面からぶつかるのは悪手かと」

「実直な人物とも聞くが」

「彼女の場合――ゆえに、読めない」

単純に見えるからこそ逆にシンプルじゃない。

つまり、どんな方向にでも転ぶ可能性を秘めている。

いわば、危うい可能性のかたまり。

「異界の勇者……彼らの影響はやはり根源なる邪悪との戦いのみにはとどまらぬ、か」

ある意味、俺もその一人と言えるのか。

「そういえば……そちが始末したのも異界の勇者とのことだが、死体の報告があがってきていない。その勇者の死体はどうした？」

「死体はこちらで処理しました――跡形もなく。ご心配なく。必要な情報は吐き出させてから始末しましたので」

よく考えると、まったくもって悪役めいた台詞《せりふ》である。

「そうか」

それ以上、狂美帝《きようびてい》は追及してこなかった。

話は、今後の動きの方針へと戻った。

東の戦場へは狂美帝が向かう。

では大魔帝のいる北への対応はどうするのか、という話へと移った。

「ミラの北は、ヨナトとマグナルとなりますが……両国とも疲弊しているとはいえ、帝都の残存戦力で対処できるのですか？　それとも、陛下は早速——」

「ああ。ことによっては早速、最果ての国の助力を請う」

ミラは強い。しかし現状、立ち位置としては孤立無援。

そんな中、最果ての国の存在は大きい。

交渉時、あれだけの条件をあっさり受け入れたのも頷《うなず》ける。

ちなみに、海路のことも一応聞いてみる。

狂美帝によれば、海軍はあるものの大きな動きはできないという。

これは他国も同じはず、とのことだ。

理由はある。

根源なる邪悪が現れると、凶悪な海棲《かいせい》生物が活発化するためである。

海流も目に見えて乱れる。岩礁も変化し、隆起し、軍艦がほぼ役に立たなくなるそうだ。

漁もリスクが増し、遠洋まで出るのは躊躇《ためら》われる。

で、根源なる邪悪の地——その周辺は元より航海不能領域である。

ゆえに根源なる邪悪が現れると、海路は選択肢から外れる。

この辺りはセラスから軽く聞いてはいたが、やはりその事実は変わらないようだ。

「いちかばちかで、ヨナトの港から西方の不毛の地へ脱出したがる者もいるがな」

皮肉っぽく、狂美帝はそう言った。

ヨナトの西——海の向こうには別の大陸がある。

が、不毛の地だという。

その途中にある小さな島に住み着いた者もいる。けれどそこもさほど安全な地ではないらしい。海から魔物が現れ、人を襲うこともあるとか。

「大魔帝《たいまてい》を倒さない限り、海にも平穏は戻らぬ。そして根源なる邪悪の地へは、やはり陸路しかない」

「しかし、その陸路も限られている」

「うむ」

根源なる邪悪の地とそれ以外は、山越え不能な山脈で区切られている。

北の果てへ向かうにはマグナルの大誓壁《ナイトウォール》を通るしかない。

「マグナルといえば、噂《うわさ》に名高い白狼《はくろう》騎士団はどうなのです？」

「勇者を除けば、今や女神の手駒で警戒すべき数少ない戦力の一つであろう。聞き及んでいるだろうが、団長の〝黒狼《こくろう》〟ソギュード・シグムスは出色《しゅつしょく》の人物だ。兄の白狼王《はくろうおう》もよく〝本音を言えば王座はソギュードに譲りたい〟などと口にしていた。ある席では、弟がかたくなに首を縦に振らぬため仕方なく王座にいるとまで言っていた。そのソギュードを含むマグナルがヴィシス寄りなのは、残念なことだ」

白狼王は行方知れずで、この前の大侵攻で戦死したとみられている。

ならば、実質的に今のマグナル王はその〝黒狼〟ともいえるわけか。

「他に警戒する相手を挙げるなら、ヴィシスの徒——ニャンタン・キキーパットか。ヴィシスの徒の中では一人突出して優秀と聞く。人材難と見える今は、女神にとって貴重な人材であろうな」

ニャキのねえニャ。

「それで……そのニャンタンだが、そちの身内の姉だそうだな？」

「ええ」

「敵として立ちはだかるなら最後は戦うしかない。が、できるだけ無事に引き渡せるよう努力はしよう」

「ありがたく存じます」

「しかし……ニャンタン・キキーパットも、白狼騎士団も、勇者も、ヴィシスも、大魔帝も……今後どう動くか、現状がどうなっているかは結局わからぬわけだ」

狂美帝は物憂げに、しかし、あまり陰鬱さのないため息をついた。

「やはりすべては、その時の状況に合わせての対応となろう……余も先を想定こそするが、すべてを見通すことはできぬ。想定外とは、常に起こるものだ」

それは——俺がセラスたちに以前言ったことに近い。

「最も重要なのは、備えつつも急変の事態にどう素早く対処できるか……臨機応変に動けねば、上に立つ者としては足りぬだろう」

言って、狂美帝は足を止めた。そのまま俺を見上げる。

彼は目もとを少し和らげ、薄い微笑《ほほえ》みを浮かべた。

そして、薬指の先を自分のこめかみに添えてみせた。

「この狂美帝を全知全能の神か何かと勘違いしている者も多い。その期待に応え続けることの、なんと困難なことか。そちにも……少しはわかるか？」

「ええ、わかります。とても」

ただ、と俺は続ける。

「たまにはそれが困難であると近しい者へ素直に吐き出すのも、大事かと。あまり、お一人で抱え込まぬことです」

俺が言うことじゃないかもしれないが。

……それに、それは俺もセラスから言われたことがある。

「案ずるな」

言って、再び歩き出す狂美帝。

「少なくとも二人、余にもそういう理解者はいる」

途中で右へ折れ、俺たちは隣の棚の並びに入った。

セラスたちとちょっとずつ離れてきている。

狂美帝は、また足を止めた。

そして胸の左右に垂れる二房の髪を、彼は手で梳《す》いた。

首の横辺りで紐《ひも》によって結ばれたその長い髪。二本の尻尾のようにも見える。

狂美帝はその二房の髪を、それぞれ両手で持ち上げた。

さらり、と。

上質な絹めいた金髪が両のてのひらから滑り落ちる。さながら、澄んだ流水のように。

「この二房の髪……これを結ぶこの紐は、ルハイトとカイゼが定期的に結び直している。儀式的にな。これは決意の証《あかし》なのだ、我々の」

この美しき小さな皇帝の理解者——それはどうやら、二人の兄のようだ。

「我が一族の悲願……女神ヴィシスの排除——復讐《ふくしゅう》。ヴィシスを討たねば我がミラの一族はこの螺旋《らせん》から解放されぬ。二代目ドット帝がヴィシスから受けた屈辱……歴代の皇帝たちが跪《ひざまず》き、辛酸を舐《な》めさせられ……遠回しに自らやその周囲の者を消され……初代ファルケン帝の抱いた覇権の夢も、いまだ果たされずにいる。ある意味、ゼーラの言は正しい。そう、我々は呪われているとも言えるのだ……〝ファルケンドット〟という飾帝名《しょくていめい》……我が名も、その呪いの泉の中に……」

独白めいて、狂美帝はそう呟《つぶや》いた。

瞳には感情が見て取れた。

憂愁――そして悲哀。

声にも、しっとりした翳《かげ》のようなものが感じられる。

狂美帝にしては珍しく、感情がはっきり出ているように思えた。

繋《つな》いできた呪い、か。

今の言葉を信じるなら、狂美帝はその呪いを断ち切るべくヴィシスを討ちたいのか。

連綿と受け継がれてきた――皇帝一族すべての呪いを。

追放帝《ついほうてい》とかいうヤツはまあ、違ったのかもしれないが。

「つまり二人の兄上も、あなたとその呪いを共にする者……共犯であり、理解者なのですね」

「ああ。本来なら帝位争いの一つくらいあってもよさそうなものだが、ある段階であの二人は降りた。あれらの母も折れた。そして――余に仕える道を選んだ」

気になることがある。

「失礼を承知で、一つお聞きしたいことが」

「なんでも聞くがよい。答えるか否か——感情を動かすか否かは、余が決める」

「ルハイト殿が陛下を快く思っていない……そんな噂があるようです。そしてこの噂は秘されたものではなく、それなりに知られているもののようです。この噂、実際のところはどうなのでしょうか？」

狂美帝なら、その噂も耳に入れているはずだ。

しかし……さっき語った兄二人の話とその噂が、どうにも噛《か》み合ってこない。

「予備だ」

狂美帝はそうひと言、簡潔に答えた。

予備？

謎かけのように、俺へ流し目を送ってくる。

思考を走らせる。

予備……つまり——保険？

……まさか。

「その後のこと……失敗した時のことを考え、その噂を自ら？」

「ふふ、今のひと言で至ったな。理解が早くてよろしい。……ああ、その通りだ。確実ではないが……機能する目も、なくはあるまい？」

少し悪戯《いたずら》めき、わずかに首を傾ける狂美帝。

要するに、こういうことか。

ミラが敗北した場合はルハイトが裏切り、狂美帝を討つ。

〝元々ルハイト・ミラは狂美帝に不満があった〟

今までは派閥勢力の差や恐怖、あるいは弱みなどの理由で逆らえなかった。

しかし狂美帝が敗色濃厚となった時——好機とみたルハイトが、反乱を起こす。

〝内心ルハイトは狂美帝を快く思っていない〟

以前からそう噂されているなら——〝伏線〟は、張られている。

「そうなった時、余は乱心すればよい」

「…………」

「その際、民から憎まれるように振る舞えば振る舞うほど……ルハイトは手のつけられぬ悪帝を討った英雄となる。それならば、こたびの戦いが最悪の結果となろうと、ミラという国はかろうじて生き延びられるかもしれぬ」

つまり敗北した時はヴィシスに反逆の旗振り役の首を差し出す、ってことか。

……あの性悪女神が、それで許せばいいがな。

「今の話はルハイトもカイゼも承知している。あの兄たちが協力すればそれなりに上手《うま》く運ぶであろう……そう、兄上たちなら……」

狂美帝《きょうびてい》は微笑んでいる。すべてを受け入れるみたいに。

けれど、そこにはある種の儚《はかな》さがあった。

「この戦いが勝利で終わったとしても、その過程で起きたことでミラは他国民から一身に恨まれるかもしれぬ。それが無視できぬ程度まで膨らめば、やはり余はこの首を差し出す覚悟がある。処刑は盛大に行えばよい。余のこの首一つでおさまるなら、安いものと思わぬか？」

……この戦い、狂美帝は相当な覚悟で臨んでいる。

皇帝一族の悲願である復讐を果たすために。呪いを――解くために。

しかし、

「勝てば、よろしい」

「？」

「負けた時のことを考えるのも大事かもしれません。ですが、勝てば問題はありますまい。また……」

蝿面《はえめん》越しに狂美帝を見下ろし、

「勝利後の懸念のこともです。首を差し出さずとも、操り切ればよろしい。そう、今のあなたのように。今だって、あなたはたくさんの者たちに〝全知全能の神か何かと勘違いさせている〟のでしょう？　つまりあなたならそれができる――ワタシは、そう思いますが」

一瞬、狂美帝の表情が固まった。

それから彼は視線を落とし、フッ、と淡い笑みを浮かべた。

「まったく……簡単に言ってくれる」

「ワタシなりの激励と受け取っていただけましたら」

「余が〝激励〟されるとはな──ふん」

不敬な物言いだったかもしれないが、狂美帝が気分を害した様子はなかった。

「ああ、それとな……ルハイトが余に不満を持っている──そんな噂《うわさ》を流す効果は、もう一つある」

俺は少し考えて、

「……反皇帝派の炙《あぶ》り出しですか？」

カリスマに溢《あふ》れているとはいえ、全員が全員心酔者ともいくまい。

狂美帝は口端をやや吊《つ》り上げると、横目で俺を見つつ、人差し指を立てた。

「そうだ。それによって裏でルハイトを担ごうとする者を炙り出せる。その者を見定めるには、よい機会であろう？」

なるほどな。そういう狙いもあるのか。……にしても。

俺は棚の隙間から覗《のぞ》く遠くのセラスを一瞥《いちべつ》し、

「陛下は、セラスにもう少し休んだ方がいいとおっしゃってくださいましたが……陛下も、多少はお休みになった方がよろしいかと」

「全知全能の神でも、か？」

「失礼を承知で申しますが――所詮、偽物ですゆえ。休息も必要かと」

くすり、と狂美帝の薄い唇から笑みが漏れた。

今度はなんというか、不意に出たくしゃみを隠すみたいな笑いだった。

「確かに余は、偽物だな」

彼は目もとを緩め、

「わかった。できるだけ、そうしよう」

人は疲れていると本音が出やすい。弱気にもなりやすい。

狂美帝とて人間だ。

案外、さっきみたいな話を誰かにしたかったのかもしれない。

……そんな感じがしたので、話させたのもあったが。

ま、立場的に愚痴や弱音は周囲へこぼしにくいのだろう。

たとえそれが、理解者だと話した兄二人であっても。

いや……俺だってそうか。

大好きな人たちだからこそ。

叔父さんたちだからこそ——話せないことも、ある。

「身内ではないからこそ、話せることもありましょう」

「……かもしれぬな」

数ラータル（メートル）歩いてから、狂美帝は再び口を開いた。

「話しやすいついでに一つ、相談がある。そちを余の配下に、という話が出ていてな」

「ワタシを？」

「正式に爵位を与え、同胞とした方が安心して戦える——そんな意見が出た。そちは素性が不明ゆえ、そうした方がミラ側の者の信用をより得られるだろう……とな」

元アシント、となってはいるが。

出自も不明で、いまだ素顔も明かさない蠅面の男。

信用できないヤツがいてもおかしくはあるまい。

「しかし——配下にするつもりはない、と余は却下した」

狂美帝は視線を前へやったまま、

「ミラと蠅王《はえおう》ノ戦団はあくまで同盟に近い関係。蠅王ノ戦団への支援は惜しまぬし、便宜もはかる。しかし蠅王ノ戦団は我々とは別に——そう、自由に動く遊撃部隊のような存在として扱う。その方がそちも動きやすかろう。ただ、念のため……そちの意向を、聞いておこうと思ってな」

「陛下のご配慮、感謝いたします。我々としてもその方が動きやすいですし、ワタシも陛下との関係はそのようにあれたらと考えておりました」

しがらみが増えると面倒事も増えそうだしな。俺はその方がありがたい。

「余も――」

遠くを見るように目を細める狂美帝。

「そちを正式に配下とするのは……あまり、気が乗らぬ」

「と、言いますと？」

「皇帝と王……余は、そちと対等な立場で話しているつもりだ。今の余にとって、対等に話せると感じられる相手はなかなかに得がたい」

「――やはり孤独なものですか、皇帝というのは」

「器《うつわ》であることは当人にとって必ずしも幸福とは言えぬ。王の器を持つそちなら、わかるのではないか？」

「いえ。ワタシは自分を、王の器だとは思っていませんから」

俺は、復讐者《ふくしゅうしゃ》でしかない。

狂美帝が小さく咳払《せきばら》いする。

「……話を戻そう。そこで、先ほどの相談の件なのだが……明日、最果ての国との同盟締結の調印式を行うことになった。事態が大きく動いてきているため、早めに行っておきたい。ミラの者たちへ最果ての国は味方であると明確に示すためにな。今はこんな状況ゆえ、出席者はごく限られた者となるが」

　調印式はミラへ来た目的の一つ。

「して陛下、相談というのは？」

「うむ。調印式のあと、ささやかな夜会が催される。その夜会に、そちとセラス・アシュレインにも参加してもらいたいのだ」

「我々に参加してほしい理由があるのですね？」

「選帝三家《せんていさんか》と、顔合わせをしてもらいたくてな」

「長年ミラを支えている三大公爵家、でしたか」

「ああ。夜会にはその三家……ディアス家、オルド家、シート家の当主も出席する」

「そこで、彼らの信用を得てほしいと？」

「余とそちの会話する姿を見せることで〝親密な仲にある〟と彼らに強く印象づけたい。他の貴族にもだ。それに、直接話す機会があるだけでも受ける印象は変わる」

〝伝聞だといけ好かない人間だが、実際会ってみたらいい人だった〟

　そんな話は、けっこう聞く。

「それと……〝余は蠅王の素性と真意を知っている〟と周りには説明しようと考えている。それで安心する者もいるのだ。そちには、その方向で話を合わせてもらいたい」

「かしこまりました」

「まあ……選帝三家は、そちたちに悪印象はないように見えるがな。どちらかというと、直接人となりを見極めたいと思っているようだ」

わずかな懸念を払拭したい、って程度か。

「そういうわけだ。出てくれるか？」

「ええ、意図はわかりました。陛下のために、参加いたしましょう」

「──余は、そちの素性などどうでもよいのだがな」

狂美帝は右に垂れる髪を指でゆるく巻きながら、

「今は、そちが目的を共にする仲間であるという事実さえ確かであればよい。余はその者が信頼に値するかを、意思と行動と言葉によって測る。重要なのは目的達成に至れるか否か……素性など、些末《さまつ》なことだ。余はそちの意思と行動と言葉で、信頼に値すると判断した。それで十分だ」

「陛下でよかった」

「？」

「女神に反旗を翻した者が陛下でよかった──心より、そう思います」

「世辞ではないな？」

「もちろんです」

「ふん……よかろう」

そのあとは、話しながら二人でぐるりと棚を巡った。

所蔵品の方でもいくつか収穫はあった。主に変わった生き物の干からびた死骸や植物などである。魔女の家にいた時エリカが、

『あーこのへんの在庫……在庫が、なくなってきてる。ここに引きこもってると、この問題がねー……自由に世界を回れたら補充できるのに……あーもう、あの性悪女神さえいなければ……うぐー』

と、ぼやいていた。

なので、エリカ的に在庫不足なあれこれをメモっておいた。

もし決戦前に手渡せる機会があれば、エリカへのいい手土産になるだろう。

さて――

「では、この乾いた虫の死骸と宝石をいただきます」

紫甲虫《しこうちゅう》と、転移石《てんいせき》。

「その甲羅のような生物の死骸は貴重なものなのか？」

「ええ、紫甲虫といいます。稀少《きしょう》な調合用の素材でして」

「ふむ。皇帝専属の薬師や学者に調べさせ、貴重な生物や植物を可能な限り保存させていたが、正解だったようだな。今では採れぬ材料で作られた毒物――もしそれをヴィシスが

用いるなら、対抗できる解毒薬が必要となる。しかし、その材料が失われている可能性がある。それで、珍しそうなものは保存させていたのだが……知識の方が追いつかなくてな。どれが何に用いるものなのか、わからぬものが多かった」

そこの知識があるのは、さすがエリカってとこか。

「お待たせいたしました」

セラスたちも戻ってきて、合流する。向こうもめぼしいものは調合に使う素材くらいだったようだ。疲労回復用や傷薬用の素材とからしい。

狂美帝《きょうびてい》が「それから、最後に」と俺たちを出入り口近くまで連れて行った。

扉の近くの壁沿いにはいくつか作業卓が並んでいる。

その卓の一つに、平ためな黒い箱が置いてあった。

けっこうでかい箱だ。

近くで見ると……格式高い感じ、というか。繊細な銀細工があしらわれている。宝石なんかも埋め込まれたりしていて、もはや箱自体にけっこうな値がつきそうだ。

狂美帝が懐から鍵を取り出し、解錠する。

そして箱の両側にそっと両手を添え、丁寧に開けた。

「これは、皇帝の一族に代々受け継がれてきたものだ。この中で何か得たいものがあれば譲ろう。蝿王に対する、先の件での褒美と思ってくれればよい」

遠巻きに見守っていた護衛が驚いた反応をしている。

言うなれば国宝級の品を譲渡しようというのだ。あの反応も当然か。

俺は箱の中を覗《のぞ》き込む。

大半は宝飾品のようだが……儀礼用っぽい宝飾の短剣もある。

しかし特にめぼしいものはなさそうだ。

もちろん売れば相当の額にはなるだろうが、金を得るためにこれを売り飛ばしなどしたら、ミラにおける俺の信用はおそらくガタ落ちだろう。

「どうだ？」

一応、ムニンにも聞いてみる。

「そうねぇ……綺麗《きれい》だとは思うけど、今後の戦いで必要になるかというと……さすがに国宝級となると、気軽に欲しがるわけにもいかないわよねぇ？」

頰に手をあて、苦笑するムニン。

ま、そうだよな。

……ん？　セラス？

「どうした？」

そういえば、さっきからセラスがジッと一点に視線を固定させている。

「気になるものがあったか？」

「――え？　あ、はい……その、本物かどうか確証はないのですが――いえしかし、こんなところに……？　まさか……」

最後の方はほとんど独り言めいていた。

唇に手の甲を押しあて、やけに神妙な顔をしている。

その視線を追う。

普通の宝石――のように見えるが……。印象が近いのはダイヤモンドだろうか？

透明な結晶の中に、プリズムめいた光の線が無数に走っている。

ごくり、とセラスが唾をのんだ。

今この場でセラスが気になっているということは――単に美しい宝石に魅入っている、とかではない。何かある。

「この宝石みたいなのに、何か心当たりがあるのか？」

「これは――〝起源涙《きげんるい》〟かも、しれません」

「起源涙？」

「恐ろしく稀少なものです。どころか、まだ現存していたなんて――いえ……本物だとすれば、ですが」

「どういうものなんだ？」

「あらゆる精霊の根源とされる起源精霊《きげんせいれい》……その精霊の流した涙が結晶化したものだと言

われています。それが、この世にもいくつか実在したと伝わっているのです。いえ、ですがこれは……私たちにとってはいわばおとぎ話に登場するようなもので……でなくとも、すでに失われたものだと……」

「その言い方だと……元から存在が不確かなものじゃなくて〝遥《はる》か昔には実在していたが、今はもうないもの〟ってことだよな？」

「はい。ただでさえ稀少だったものが使い尽くされてしまった、と伝えられています」

つまり何かに〝使用される〟ものってことか？

張り詰めた顔で、セラスは狂美帝に尋ねた。

「陛下……少し、触れてもよろしいでしょうか？」

「ああ、かまわぬ」

礼を言い、セラスは恐る恐る指先をその宝石に近づける。

すると反応するように、宝石が淡い光を放ち始めた。

そのままセラスは指先で宝石に触れる。

ふに、と宝石の表面が凹《へこ》んだ。

セラスが指を離すと、光は消えていった。

「おそらく――」

息をのむセラス。

「本物です」

「それは初代皇帝から受け継がれたものと聞いているが……そちたちエルフ族に深い縁《ゆかり》を持つものだったか。恩義の礼としてさる貴人から譲り受けたもの、と我が一族には伝わっていた」

ふっ、と微笑《ほほえ》みをこぼす狂美帝。

「初代ファルケン帝から受け継がれたエルフ由来のそれが、今、再びエルフの騎士と巡り会う……奇妙な巡り合わせだ」

「そ、その……」

セラスは前屈《まえかが》みに宝石を覗き込んだまま冷や汗を流し、

「女神との決戦に役に立つものならばお譲りいただける……そう、お聞きしました」

狂美帝は、

「役に立つか？」

「起源涙は、精霊をその〝起源〟へと近づける力があると言われています」

今度は、俺が聞く。

「つまり……どういうものなんだ？」

「言い伝え通りであれば……私と契約している精霊が成長し、より強力な精霊となります。

そしてそうなれば……」

セラスは言った。

「精式霊装《せいしきれいそう》もおそらく〝完全〟へと、近づくはずです」


俺たちはあのあと、大宝物庫から館へ戻った。

狂美帝とは城内で別れた。そして、起源涙の方は譲り受けることができた。

『どのみちこの戦いで負ければこれらの国宝も吐き出すことになる。戦いの役に立つなら、遠慮なく受け取るがよい』

しかし、護衛たちにはまだそのことを他言しないよう釘《くぎ》も刺していた。

選帝三家《せんていさんか》や家臣団にクレームをつけそうなヤツもいるんだろう。

……国宝級となれば、そりゃあな。

館に戻るなり、俺は紫甲虫の〝抽出〟に取りかかった。

ダシを取るというか、煮込むというか。これに少し日数がかかる。

セラスの起源涙もすぐに強化とはいかないそうだ。

効果が出るのにそれなりの時間が必要になるという。

ピギ丸の最後の強化剤と、起源涙による精霊強化。

両方ともしばらくは待ちの状態になりそうだ。

封印部屋の方も、ルハイトが戻ってきてからと聞いている。
「ま……心身を休める時間を得られたと考えれば、悪くはないか」
今、セラスはスレイのところに行っている。俺もさっき様子を見てきた。
俺たちが大宝物庫に行っている間は、スレイにはピギ丸がついていた。
今もピギ丸がついている。ピギ丸が一緒にいるとスレイも落ち着くみたいだ。
また、以前もそうだったがやはりスレイは修復——回復が早い。
魔素をあの首の後ろの水晶に注ぐほど回復も早まる。
原理は不明だが、回復が早まるのは悪いことではない。
ひとまず、それなりのMPをスレイに注いでおいた。
それからエリカの使い魔だが、今は鳥かごの中に入っている。
狂美帝が餌なども含め手配してくれた。
大宝物庫から戻ると、置き配みたいにそれらが玄関前に置いてあった。
今はエリカも使い魔から意識は剝がしているようだ。
使い魔の操作には負荷がかかる。
エリカも今は休んでいるのだろう。

銀製の盆を手に、俺は簡易厩舎《きゅうしゃ》を覗き込んだ。

馬が三頭入れる厩舎だが、正直〝簡易？〟と一瞬疑問に思うくらいには立派な造りに思える。まあ、簡易とはいえ、仮にも客人をもてなす館の厩舎である。ミルズや旅の途中で立ち寄った村にあった厩舎とは、造りが違って当然か。

広さもさることながら、天井が高く、開放感がある。採光も悪くない。

壁際には飼葉が積まれていた。

馬を飼育するのに必要なものはひと通り揃《そろ》っています、と前にセラスが言っていた。

また、人間が座るための長椅子や、軽く食事のとれそうなテーブルなんかも置いてある。

普通に人間が寝泊まりしても快適に過ごせそうだ。

中には第一形態のスレイの他に、セラス、ピギ丸、ムニンがいた。

ただ、ムニンは……あれは寝てるのか？

前のめりになって長椅子に座り、ピギ丸を抱くようにして目を閉じている。

ほんのりと顔が赤い。

そういや、ちょっと酒を飲んでリラックスしたいみたいなことを言ってたが……。

「ピ……ム、ギュゥゥ」

ムニンの膝と胸にサンドイッチされる形で、ピギ丸は押し潰されていた。

身体《からだ》のサイズを少し大きめにし、クッション役を務めているつもりのようだ。

しかし、思った以上にピギ丸を挟む膝と胸の圧が強く、やや苦しんでいるらしい。けれど一方、ムニンの快適な眠りを妨げないためには、あの状態の維持がベストなのだろう。

実際ムニンはむにゃむにゃしながら、実にふんわりと幸せそうな顔をしている。

「………」

がんばれ、ピギ丸。

それからセラスだが、膝を床につき、スレイに寄り添っていた。

慈しむようにスレイの横顔を撫《な》で、口もとには薄い微笑みを湛《たた》えている。

「パキュゥ～」

スレイも撫でられるたび、嬉《うれ》しそうにセラスに頬ずりで返していた。

「もう大分元気になりましたね。魔素をたくさん注ぎ込んでくれた、トーカ殿のおかげでしょうか」

「パキュ」

「今回のことは、本当に申し訳ありませんでした……私が判断を誤ったばかりに」

「パキュ～……キュ、キュン」

否定するように首を横に振るスレイ。

セラスのせいではない、と伝えたいのだろう。

俺は出入り口の枠に寄りかかりながら、

「スレイは、もうそのことは忘れて、セラスには明るい姿を見せてほしいとさ」

「トーカ殿」

セラスが振り向くと、スレイも顔を上げた。

「パキューン♪」

気配を消してたからか、俺が覗《のぞ》いてるのには誰も気づいてなかったらしい。

「差し入れだ。ようやくセラスの好きそうなのが出てきてな」

そう言って示した銀盆の上に載っているのは、元の世界のスイーツ。

ビニールから出し、皿にのせてある。

「こ、これは？」

「カヌレ、って菓子だ」

元々はフランスの焼き菓子だったか。

俺は二回くらい食べたことがあって、どちらも叔母さんに勧められてだった。

このスイーツは、コンビニとかでもちょこちょこ見かけた記憶がある。

魔法の皮袋は、定期的に使用している。

ただ、必ずしもセラスが好きなスイーツが出てくるわけではない。

で、昨日の夜にちょうどこのカヌレが数袋手に入ったのである。

パッケージからして、多分コンビニかスーパーのヤツだろう。

「むにゃむにゃ……すぴー」

寝息を立てるムニンの口から、よだれが垂れていた……ピギ丸の上に。

俺はため息を吐き、

「ピギ丸、ムニンを起こしてくれ。これは命令だ」

「ピッ!? ピギッ! ピミュイーッ!」

「すぴー……、――ハッ!? ど、どうしたのピギ丸さん……?」

ムニンの安眠を妨げまいと色々耐えていたピギ丸だが、俺の命令とあってはもはや起こすしかない。……これは、ピギ丸を救った形になるのだろうか。

俺は、みんなに皿を配った。

「――お、美味《おい》しいです……ふあぁ……」

セラスが皿を膝に乗せ、両手を頬に添える。

……正直、スイーツを食った時のセラスの反応を見るのはけっこう好きだ。

普段とは少し違ったセラスが見られるからだろうか。

「パキュリー♪」

「ムニンも――」

「ブニュ、ィ」

スレイはセラスの真似《まね》をしてか、器用にも、二本の前足を両頬にくっつけていた。

一方、ムニンも至福の緩み顔になっている。

「このパン、食感がくにゅっとしてて素敵ね……生地もおいしーわ。中のこの白いのは、爽やかだけど、しっかりした甘みもあって……あぁ、フギにも食べさせてあげたい……はぁぁ幸せ。何より、火酒を飲んだあとだからか……甘いのが、ほんと美味しい」

……火酒って、要はウイスキーとかブランデー系の強い酒だよな？

ムニンは案外、エリカといい飲み友だちになれるかもしれない。

「ピム、ピム……ピギ！」

ピギ丸はカヌレを消化したあと、なぜか、カヌレの形を真似て変形していた。

「…………」

こうやって厩舎でみんなと菓子を食うってのも、けっこう悪くないな。

そして――ここに、イヴやリズ、エリカ、ニャキ……最果ての国の連中辺りがいたらもっと賑《にぎ》やかなんだろうな、とぼんやり思った。

気づくと、窓の外は夕暮れ時になっていた。

先日の帝都襲撃が嘘《うそ》のように、館の近辺は静かだ。

今日の残りは、休息と明日の調印式の準備にあてることにする。

ムニンは少し緊張しているようだ。

酒を飲みたがったのも、式を前にした緊張感を和らげるためだったのかもしれない。

まあ……ムニンなら大丈夫だろう。
前のミラとの交渉時もきっちり対応できていた。
ああいう時には、しっかり〝族長〟をやってくれる。

そして翌日――昼をすぎた頃、連絡役のイバラがやって来た。
時間ぴったりである。
すでに準備を終えていた俺たちは館を出て、調印式へと向かった。

2．NAME

ムニンが、同盟締結書に王印を捺《お》す。
次いで羽根ペンを取り、王ゼクトの代理人としてサインを行った。
狂美帝《きょうびてい》は先んじてその作業を終えている。
参列者の視線は、祭壇めいた彫刻の施された長卓に注がれている。
そこに、狂美帝とムニンが並んで座っていた。
ムニンは翼を出している。
あえて翼を見せるのは、最果ての国の者と印象づける意図もある。
装いは、普段の格好の上に落ち着いた色のカーディガンを着ていた。
カーディガンはミラからの借り物である。
しかし、あれだけでかなり式典用の正装っぽく見えるもんだな……。
狂美帝も今日は式典用の装いなのだろう。
なんというか……あれだと姫君と言われても、通用しそうだ。
まあ、大きな式典の恒例とやらで薄化粧をしてるってのもあるのか。
サインが終わると二人は立ち上がり、順番に宣誓を行った。
調印式は城内の大きな広間で行われている。

主に式典などで使われる広間だという。聖堂みたいな厳かな雰囲気があって、壁には仰々しいタペストリーがずらっと掛かっていた。歴代皇帝を模したらしき像なんかも並んでいる。柱の掛《か》け燭《しょく》も煌《きら》びやかでこそないが、格式が伝わってくる。

奥の壁にはでかいステンドグラスみたいなものが嵌《は》め込まれていた。

狂美帝とムニンはそれを背にしている形になる。

卓の脇に控えていた宰相のカイゼ・ミラが動いた。

彼は狂美帝とムニンの正面に立って一礼してから、儀礼的な仕草で締結書を手にした。

そのまま身体ごとこちらへ向き直り、参列者たちへ締結書を提示する。

「これにて、我がミラ帝国と最果ての国は正式に同盟国となりました。両国に、永遠《とわ》なる繁栄を」

カイゼが宣《せん》し、拍手が続く。

思ってたよりは気持ちの籠もった拍手に聞こえた。

参列者は五十人くらいか。

この国の式典としては多いのか少ないのか、それはわからない。

表情の厳しいヤツも何人かいる。しかし、大方は好意的な空気に思えた。

ムニンの仲間である俺たちへ向けられる視線も——

「……………」

いや、視線がいってるのはほとんどセラスの方だなこれ。

用意された腰掛けに、俺とセラスは隣合って座っていた。

俺はいつもの蝿王《はえおう》装。

一方、今日のセラスは蝿騎士装ではなく——ドレス姿。

これもミラ側から提供されたドレスである。

最初セラスはやんわり拒否しようとしたが、皇帝直々の頼みとなると、それを断るのも失礼にあたると感じたようだ。結局、ドレスを着ることになった。

一応、ドレスはこちらで選ばせてくれた。

セラスは白を基調に青をあしらったドレスを選んだ。

肩や胸の露出はない。

貴婦人っぽい長手袋をしていて、手の甲の部分には刺繍《ししゅう》が縫い込まれている。

髪は高い位置で括《くく》られ、長いポニーテールになっていた。

ポニーテールを結ぶリボンは白。そこに、アクセントの青があしらってある。

靴も同じ色味で、形状はヒール型だった。踊り子とかが履いてそうな感じのヤツだ。

そこから覗く足首は、白いタイツに包まれている。

そういえば——セラスのこういういかにもな装いは、初めて見る気がする。

〝清楚《せいそ》で可憐《かれん》なお姫様〟

語彙力が貧弱でアレだが、まさにそんな印象である。
いや、つーか……そもそも出自としてはそうなのか。
実際、エルフの姫君なわけで。
「そういや、本物だったな」
「？」
俺の呟《つぶや》きに、隣のセラスはきょとんと疑問符を浮かべた。
にしても――ムニンは落ち着き払っている。
式を執り行う広間へ向かう直前とは、うって変わった平静ぶりだ。
大人びているというか、年相応というか。
ああしていると、やっぱり年上の大人なんだなと思う。
というか、場所や状況に応じての切り替えが上手《うま》いのだ。
ま……それが〝大人〟ってもんなのかもな。
式典が終わると、別の広間に移動するよう促された。
このあと、軽い夜会が催される。
つまり予定通り、そこで選帝三家《せんていさんか》やら貴族やらと顔合わせを行うことになる。
今いる広間からは、すでに移動の流れになっていた。俺も腰を浮かせる。
「ムニンは狂美帝と行くみたいだ。俺たちも行くか」

「はい」

二人、広間を出る。

「…………」

広間を出ると、十人ほど出待ちみたいな連中がいた。

全員男で、式に参列していた貴族だと思われる。

あの中に選帝三家の当主とやらは――、……いなそうだな。

聞いている特徴と一致するヤツはいない。

〝セラスに話しかけたい〟

貴族たちの視線や空気から、それがはっきり伝わってくる。

自重しているようでいて前のめりな雰囲気がある。

セラスはというと――気後れしているようだった。

頼るみたいに、俺の方へさりげなく身を寄せている。

「次の広間に行くまでちゃんとついててやるから、安心しろ」

恥じ入るように俯《うつむ》くセラス。

「申し訳ありません――お願い、できますか」

ネーアにいた頃は夜会とかが苦手だったと聞いている。

ある時期からは姫さまの意向でほとんど参加させなかった――とかだったか。

まあ、毎度ひっきりなしに話しかけられればしんどくもなるだろう。

視線を注がれ続けるってのも、居心地が悪いもんなのかもしれない。

逆に、俺は注目されないモブとして長く生活していた。

だから、あまりその感覚はわからない。

セラスは、緊張で硬くなっていた。

「腰――」

「え？」

「腰に、手を回してもいいか？」

「え、ええ……どうぞ？　はい……問題ございませんが？」

セラスの細い腰に手を回す。

「ぁ――」

「これを見れば、遠慮なく話しかけてくるヤツも――」

出待ちの面々を見回す。

「そうは、いないだろ」

あまり気持ちのいいやり方ではないが。

明確に〝セラス・アシュレインは蝿王のものである〟と示す行為。

遠回しに〝だから手を出すな〟というアピールである。

単純に言えば、意識的に見せつける。

今までは、特にこういうことはしなかった。する気も、必要もなかった。

ただ、今は必要と感じた。

これでこのあとの干渉は弁《わきま》えられたものになる――と思う。

また、狂美帝は蝿王ノ戦団を見込んでいる。

下手を踏めば狂美帝に〝告げ口〟も、ありうるわけで。

「これでも話しかけてくるヤツは……逆に、そういう気はないと思っていいかもな」

「お気遣い……あ、ありがとうございます」

「どういたしまして。ま、あんまり褒められたやり方でもないんだが」

「いえ……事実、ですから」

「事実？」

セラスは耳を赤くして俯くと、

「ぁ――ぃぇ……私はあなたのものでもいいと……思っています、ので」

シュウゥゥゥ、と茹《ゆ》だったタコみたいになっていくセラス。

目をまんまるにしている。肩の感じから、別の意味で変に力んでいるのがわかった。

「誰かを所有物に、って考えはそんなに好きじゃないが……ま、そこまで想《おも》ってもらえてるってことについては、嬉《うれ》しい事実かもな」

セラスはさらに目を皿のようにした。

そして、緩みそうになっているらしい口もとを、必死に引き締めていた。

機を見計らって俺は軽く顔を寄せ、

「ネーア時代の夜会……こういう時は、いつも姫さまが？」

「――ぁ、はい……常に私を気にかけてくださって、いつも助け船を」

「夜会のたびにこんな感じじゃ、気も休まらないな」

「こうしてあなたが傍《そば》にいてくだされば……夜会も大丈夫だと、思います」

「セラスさえよければ、いつでも付き合ってやるよ」

「も、もちろんよろしいです――、……はい」

「ただセラス、付き合ってはやるが……さすがにこれはちょっと、くっつきすぎじゃないか」

「あ！　申し、訳っ――」

「ほら、行くぞ」

俺たちは、そのまま夜会が催されている広間まで移動した。

部屋に近づくと、旨《うま》そうな料理のニオイがしてくる。

今度の広間には、立食パーティーのような光景が広がっていた。

贅《ぜい》を尽くした料理が各テーブルに並んでいる。

部屋の奥には主賓用とおぼしき卓が見えた。
そこにはやはり、狂美帝《きょうびてい》とムニンが並んで腰かけている。
何人かがムニンに次々と声をかけていく。顔合わせの挨拶みたいなものだろう。
俺は、ムニンが適度に見える卓までセラスと移動した。
……何人かぞろぞろとついてくる。
俺はしばらくムニンの方へ顔を向けてみた。
と、ムニンが俺に気づく。
軽い仕草で〝そっちは大丈夫か？〟と尋ねてみる。
大丈夫よ、と無言の返しがくる。
見た感じ、隣の狂美帝が適度にフォローしてくれてるようだ。
あっちは任せて大丈夫そうだな。で――
「ベルゼギア殿」
俺たちに声をかけるか否かを遠巻きに迷っている連中。
悠々とそれを割って話しかけてきた男がいた。
「宰相のカイゼ・ミラと申します。直接の挨拶が遅れてしまい、申し訳ない」
ミラ三兄弟の次男であり、元第二皇位継承者。
こちらも他の二人に負けず美男子である。

ただ、他二人より顔つきは男らしい。キリリとした眉が印象的だ。

その口もとや表情は厳《いか》めしく引き締まっている。

豊かな金髪は、他二人と比べるとはっきりわかる濃い金色をしていた。

かなりの長髪で、腰下まである。

が、中性的な感じはない。他二人と比べるとむしろ〝男〟を感じる。

背は長身だが、ルハイトよりはやや低い。体格は細身の印象を受ける。

ただ、ゆったりした長衣姿なので実際の身体《からだ》つきは違うのかもしれない。

「はは」

短く笑って、卓の周りを見回すカイゼ。

「皆、セラス嬢が気になるようだ。いやまあ、このドレス姿では仕方ないことだろうな。陛下を見慣れている我々でも、ついハッとしてしまうほどだ」

そう言ってる割には。

この宰相、他と違いあまりセラスに心を奪われている様子がない。

狂美帝の方を見やる。すぐに俺に気づいた。

俺はあごの動きで、軽くカイゼの方を示す。

すると、狂美帝は一つ頷《うなず》いてみせた。

なるほど——狂美帝がこの卓へ遣わせた、と。

俺は、

「こちらこそご挨拶が遅れてしまい申し訳ありません、カイゼ様。こうして腰を落ち着けてお話しするのは、初めてでしたね」

「〝様〟は持ち上げすぎだな、蝿王《はえおう》」

「では――カイゼ殿」

「うむ。陛下から君の働きについては聞いている……他にも色々とな。安心するといい。陛下が信じるなら俺たちは信じるしかない――否、信じるのだ」

「あなたも陛下を心からご信頼なさっているのですね」

「まあな。支えるに値する人物だ」

ちなみに俺たちは、まだ椅子に座っていない。

話しながらさりげなく椅子を勧める。カイゼは、控えめなジェスチャーで遠慮した。

彼の視線がそのまま狂美帝の姿を追う。

カイゼが何か言いかけた。が、口を閉じる。

しかし再び、彼は意を決した様子で口を開いた。

「――裏切ってくれるなよ、蝿王」

それは、脅しではなく……弟を心配する兄の情、とでも言おうか。

釘《くぎ》を刺すのではなく――願い。そんな感じだった。

と、カイゼが身を寄せるように距離を詰めてきた。

彼は内緒話でもするみたいに、

「ツィーネはおそらく、君に好意を持っている」

再び狂美帝へ視線を戻すカイゼ。

「あれには友と呼べる存在がいない……いなかった。もちろん、なりたがる者は後を絶たない。あれは相手を〝選ぶ〟からな。基準はわからないが、無意識に選別している――自己防衛のために。要は〝皇帝〟なのさ……根っからの」

よき理解者は二人――狂美帝は、そんなことを言っていたが。

「その役目、あなたとルハイト殿ではだめなのですか？」

「兄弟は〝兄弟〟であって友ではない。わかるだろ？」

「なるほど……それと先ほどのお言葉ですが、どうかご安心を。今はワタシも、陛下は信頼に値する人物と確信しておりますので」

カイゼは不敵な笑みを浮かべ、身体を離した。

「俺が陛下に言われてここへ来たのに、君は気づいているようだ。が、俺個人としても陛下の〝お気に入り〟と一度直接話してみたかったものでな。少なくとも……今のところ悪い印象はない。ま……さっきも言ったように、陛下が信頼するなら、どのみち俺も信頼するしかないわけだが」

セラスからは〝真実〟の合図。言っていることは今のところ、真実のようだ。

「ただ……俺の方は前哨戦《ぜんしょうせん》、と言ったところだぞ」

カイゼが投げるその視線の先――

「………」

さっきから再び、人垣が割れていた。

割れてできたスペースには三人の男女が立っている。

おそらく、あの三人は……

「あちらの選帝三家《せんていさんか》のご当主たちも――君と少し、話をしてみたいそうだ」

紹介するように、カイゼが手を向けた。

「左から――ディアス家当主、ハウゼン・ディアス殿」

老年の男で、グレーの髪を後ろへ上品に撫《な》でつけていた。

長い髪を後ろで尻尾のように結っている。

黒を基調とした軍服を思わせる装い。

高身長で背筋はピンとしている――しすぎている。

容貌から、若い頃もずいぶんモテたんだろうなと想像がつく。

「オルド家当主、ヨヨ・オルド殿」

こちらは老年の女だった。

短髪に刈り込んだ白髪。深い皺《しわ》の刻まれた顔。その目つきは鋭い。

シュッとした凛々《りり》しい美人と言っていい。

おそらく、若い頃からずっとそうだったのだろう。

驚くのは隣のディアス家の当主と同じくらい伸びた背筋――ではなく、その身長だ。

ディアス家の当主より高い。いや、ルハイトより高いのか……？

ともかく、この場にいる誰よりも高い。

「最後がシート家当主、リンネ・シート殿」

こちらは中年の女で、印象としては40代～50前半くらいか。ややふっくらしている。

この場で一番派手なドレスを着ていた。スカートはふんわり裾が広い。

気の強そうな顔立ち。髪には白いものがまじっているが、髪は整っており艶もある。

ディアス家当主――ハウゼンが、握手を求めてきた。

「あんたが噂《うわさ》の蝿王さんじゃな？　陛下をよろしく頼みますぞ？　どうか、どうか」

握手を返す。腰は低いが、弱々しさはない。

ずい、と次に俺を見下ろすのはオルド家当主――ヨヨ。

「素顔も見せずに陛下の信頼を得るとはな。陛下は詐欺師に引っかかるようなタマじゃねぇ。てぇしたもんだ」

「あぁ！　もー我慢できない！　ちょっとあなた!?　セラス・アシュレイン！」

シート家当主――リンネが詰め寄ったのは、俺ではなかった。

俺が間に入ろうとすると、カイゼが視線と動作で制してきた。

大丈夫だ、と目で告げている。

「は、はい。ご挨拶が遅れまして……私は蝿王ノ戦団、セラス・アシュレ――」

「ちょっと、何よそのドレス!?」

「え……あ、こちらは陛下からお借りしたもので……その、もし何か問題がございましたら――」

「すっごく似合ってるじゃないのよぉ――ッ!?」

「あ、あの……?」

「あたしの仕立てなの！　あ、た、し、の！　イヤー素敵！　ここまで着こなせるのはやはりセラス・アシュレイン！　素晴らしいわぁ！　あぁ……この子はあたしのドレスを完全に活《い》かすことのできる奇跡の逸材！　見事だわ！」

セラスはやや気圧《けお》されながらも、リンネに微笑《ほほえ》みかけた。

「私が着させていただいているこのドレスは、リンネ様がお仕立てになったものなのですね。本当に素晴らしい仕立てで……こうして着られることを、光栄に思います」

「まーちょっと！　なんていい子なのセラス・アシュレイン！　よってあたし、セラス・アシュレインを認めるわ！　つまり自動的に、シート家は蝿王ちゃんも認めてあげましょう！」

「あ、ありがとうございます」

「あら！　んまー！　ちょっと男ども！　邪魔よ、邪魔！　視界に余計なものを入れないで！　美しい構図が損なわれるわ！　もっと遠巻きに見なさいな！　絵画的な完成度が崩れる！　いいこと!?　この卓に近づいていい男は陛下かカイゼ様か蝿王ちゃんだけよ！　おまけで老ハウゼン！……あーしかし美しいわぁセラス・アシュレイン！　ちょっとお願いだから、この姿勢をしてごらんなさい？……あーん素敵ぃ！　ほら、宮廷画家を呼んで！　早く呼べ！」

カイゼが〝だろう？〟みたいな顔をしてきた。

なんかすごいパワフルだが……ま、あれなら大丈夫そうか。悪意もなさそうだし。

「ふぉっふぉっふぉ……ああ見えて、あれはシート家の歴代当主の中では最も優秀と言われておりましてな？　家をよく切り盛りしておりますじゃ」

あごの灰色のひげを二本の指で撫で、ハウゼンが言った。

と、傍らのヨヨがひったくるように近くの空き椅子を引き寄せる。そして、

「リンネは服やらなんやらを作るのが趣味で、おまけに芸術家肌ときてる」

長い足を組むヨヨ。座ってても、背筋がシャンとしている。

「その上で、当主としての才覚はさっき聞いた通りだ。あんな感じでもな。人は見かけに

よらねぇんだ」

好々爺然《こうこうや》として、ふぉっふぉっふぉっ、と笑うハウゼン。

「とはいえ、もう儂《わし》らも領地経営は次期当主任せ……対ウルザ戦も次世代に任せておる。普段、儂らジジババは帝都の屋敷でのんびりさせてもらっておるよ。もうトシじゃな。隠居じゃて」

ヨヨが不快そうに顔をしかめた。

「ふん、この狸《たぬき》が」

「おや？　女狐《めぎつね》が何か、言うておるのぅ？」

ヨヨが座ったまま、ハウゼンに蹴りを入れようとした。

が、ハウゼンは軽いステップで後ろへよける。

「気味悪ぃ口調でしゃべってんじゃねーよ、クソジジイが」

「——ったく……いくつになってもてめぇの口の悪さは変わらねぇよな、ヨヨ」

さっきまでの優雅な老執事みたいなハウゼンの雰囲気。それが一瞬で、消失した。

カイゼは二人を温かい目で見ながら、

「お二人はいわゆる、幼なじみでな」

「腐れ縁、というやつですか」

「そんなものだ。しかし、先ほどハウゼン殿はああ言ったが……普段こそ次期当主たちに活躍の座を明け渡しているものの、いまだあの方々の巨大な影響力は健在だ。いや、今回の反アライオンもあのお三方が健在なうちに、と陛下は考えたのだろう」

「あの方々なら他の諸侯から文句が出てもどうにかできる、と？」

「実際そうなった。もちろん陛下の威光なしに国はまとまらなかっただろう。が、その地盤を支えたのは選帝三家の当主たちだ」

「で、蝿王よ――」

　ヨヨが俺を見て、

「陛下から話は聞いてる。てめぇの素性も目的も知った上で、陛下は信用すると決めたらしい。ならいい。あたしらは文句は垂れねぇよ。選帝三家はてめぇを支持する。何かありゃあ相談しろ。力んなってやる」

「おう、オレたち老人どもを好きに使え」

　と、すっかりガラの悪くなったハウゼンが続く。俺は得心し、

「なるほど」

　首を傾《かし》げるハウゼンとヨヨ。

　俺はきゃあきゃあ騒いでいるシート家の当主を見た。再び二人の老当主へ向き直り、

「今日、選帝三家のお三方とお会いしたことで、陛下がこたびの反女神戦争を決意した理由がわかった気がいたします」

「ほぅ？」

あごを上げ、ヨヨが先を促す。

「ミラは若き才帝のみにあらず。人材が豊富とお聞きしていましたが、なるほど……神聖《しんせい》連合《れんごう》を向こうに回して勝てる見込みを得るほどには、逸材揃《ぞろ》いのようです」

「世辞でもなさそうだな。合格だ」

じゃがな、とハウゼン。

「儂ら選帝三家は皇帝を無条件で支持するわけでもねぇ。歴代皇帝の意思を継ぐにふさわしくないと判断すれば、認めない。帝位を継いだあとであろうと排斥する。どころか、こりゃ完全にだめだと思えばミラすら捨てるだろうぜ」

「歴代皇帝はそうならねぇよう〝完璧な皇帝〟を求められる。もちろんあたしら三家はその完璧へ近づけるようお支えする。が、あたしらがだめだと思えばそれで終《しま》いだ」

「もちろん選帝三家の方も、質を維持するべく教育に力を注ぐ。権力を持つ家系は腐りやすいからな……一定の質を保って長期間持続するってのは、存外難しいのさ」

「選ぶ側――選定する側が腐ってしまえばすべては腐っていく、と」

俺がそう言うと、ヨヨは開いた両膝の上に肘をつき、口の端を吊《つ》り上げた。

「おう、その通りだ蠅王《はえおう》」

司法や第三者機関みたいな存在まで腐ってしまえば、国や組織は健全な機能を失う。

あとはもう、腐れ堕《お》ちるのみ。

ゆえに選帝三家も〝水準〟を保つため、たゆまぬ努力が必要となる……か。

「あー……わかるな。言葉の選び方、理解度……返しの速度なんかは、陛下好みだ」

俺はそれに対して恐縮の言葉を述べてから、

「好意を持っていただけて、また、信用していただけるのはありがたいことです。しかし……自分で言うのもなんですが、怪しいとは思わないのですか？」

「あ？　そりゃあ、怪しいだろうがよ」

ヨヨはそう即答し、

「けどこの戦い、多少怪しくても役立つなら使うしかねぇのさ。正々堂々真っ正面からやって勝てる戦いじゃあねぇだろこいつは。毒も必要になる」

「馬鹿正直で潔白なだけのやつは搦《から》め手《て》に弱すぎるからなぁ。ここのヨヨみてぇに」

「ハッ！　今回の帝都防衛で敵の侵入を防ぎきれなかったジジイの言えることじゃねぇわな」

カイゼが割り込み、やんわり取りなす。

「まあまあヨヨ殿……あの数で押し寄せられては、帝都の残存兵力ではあれが限度というものでしょう。むしろハウゼン殿が途中から直接指揮に出てくださったからこそ、この程度の被害で済んだとも……」

「あんまこのジジイを甘やかすもんじゃねぇぞ、宰相殿よ」

「おいヨヨ。てめぇんとこのオルド家こそ、ゼーラの亡霊に陛下んとこまで侵入されてんだろうが」

「あたしが帝都にいりゃあ、化けて出た追放帝《ついほうてい》くらいぶっ潰してたさ」

カイゼがそっと俺に囁《ささや》く。

「ヨヨ殿はオルド家の兵を率いて、城壁外へ出陣していたんだ。帝都の北西部はオルド家の領地だから、戦局が許せばそのまま援軍の兵を集めに行くつもりだったらしい」

二人の当主は互いに嫌みを投げ合っている。しかし、この二人――

「ふん……ま、ヨヨはその年齢んなっても剣の腕だけは確かだからな」

「ちっ……まあ、てめぇもその年齢にしちゃあ冴《さ》えた指揮をしやがるがな」

投げつける言葉こそ粗暴だが、互いへの敬意が見え隠れしている。

何より、二人の言い合いを見ていた周りの空気が〝いつものことだ〟と告げていた。

あの二人は普段からあんな感じなのだろう。

ヨヨがハウゼンとの会話を打ち切り、俺に向き直る。

「てわけで……謎の呪術師集団だろうが、陛下のお眼鏡に適《かな》ったならもうあたしらにゃ何も言うことはねぇよ。今日はあたしらより、どっちかってぇと弱小貴族どものご機嫌取りだろ。ふん、ご苦労なこった」

「だがこうして実際言葉を交わしてみると、オレとしちゃあ……」

ポケットに手を突っ込みながら、ハウゼンが視線を滑らせる。

さっきから……途中から入ってきた〝そいつら〟に、俺も少し意識を割《さ》いていた。

「あの娘の方が、抱き込むにゃあ少々危うい気がするがね」

ハウゼンの視線の先——

「蠅王とは別の意味で、何を考えてんのか摑《つか》み所《どころ》がねぇ。陛下は信用してると言っちゃいるが……どうも蠅王とは、違《ちげ》ぇと思うがねぇ」

そこにいるのは、

「うひょぉ!? んじゃ、まー……英気を養おうと、しようかい」

戦場《いくさば》浅葱《あさぎ》と、そのグループの勇者たちだった。


ほれ見てみぃ篤子《あつこ》! 皆の者! 戦じゃ戦じゃーっ! 豪華なお食事やーっ!


あのあと、俺は予定通り狂美帝《きょうびてい》との会話風景を周りに披露した。

そもそも、この夜会の目的はそれだったのだ。

〝陛下もあの蠅王にはそれなりに心を許しておられるようだ〟

かすかに聞こえる会話や周囲の表情から、それが伝わってくる。

俺は小声で狂美帝にいくつか頼みごとをし、席を離れた。

そして一人でいたい空気を出し、壁際に立つ。

「…………」

話しかけるなオーラは効果が出ているようだ。

セラスは言いつけ通りムニンと同じ卓についている。

ムニンの席移動は狂美帝に頼んでおいた。選帝三家《せんていさんか》の当主たちも同席している。

同じくその卓につくカイゼは、

『二人は俺に任せていい。ああ……安心しろ。俺にはもう心に決めた相手がいるからな。これでも茶化されるほどには一途《いちず》で有名なのさ。呪術の王を敵に回す気も、さらさらない』

とのこと。セラスの真偽判定もクリアしている。

……この場は狂美帝とカイゼを信頼し、任せていいだろう。で、

「ワタシに、何か？」

近寄りがたい空気を出す俺へ、そいつは覚悟した表情で近づいてきた。

一人で壁際に待機してから、様子とタイミングを探っていたが。

こっちから行かずとも——来たか。

向こうから。

「あ、あの……少しお話をしたいんですけど……いい、ですか？」

鹿島。

見ている。こちらを——浅葱が。

鹿島《かしま》は勇気を振り絞った風に、声を上げた。

「そ、十河《そごう》さん……っ！」

「……アヤカ・ソゴウ殿、ですか？　ああ、あなたが彼女を説得すると……陛下から、そう聞いています」

「この前の大きな戦いの時……魔防《まぼう》の白城《はくじょう》で、十河さんにお会いになったんですよね⁉」

「ええ」

鹿島は震える唇を嚙《か》み、

「聞かせて、ほしいんですっ……十河さんのこと……っ。元気そうだったとか、どんな感じだったとか……ちょっと前のことだけど、それでもいいんですっ。わたしずっと会えてないから……なんでも、知りたくて……っ！」

戦場浅葱の表情から、

〝なぁんだ、そういうことか〟

そんな心の声が、伝わってきた気がした。

すっかり興味を失ったように、浅葱は自分のグループの輪に戻っていった。

無理なく鹿島が〝蝿王に話しかける理由〟を作った——ようにも、見えるが。

声を張ったのはあえて浅葱に聞かせるためか？

鹿島は俺が〝三森灯河《みもりとうか》〟だと気づいていて、あえてそうした？

わからない——現時点では。

俺は広間のドアを見やり、

「少々ここは、賑《にぎ》やかすぎますね」

「え？　あ、はい……そうかも、しれません……けど」

「あなたも人混みが苦手……そうですね？　ちゃんと覚えています。この前の、最果ての国での交渉時のことは……」

「……ご、ごめんなさい」

実際、今も鹿島はあまり調子がよさそうには見えない。

「少しお待ちを」

俺は狂美帝のところへ行って二言三言交わし、戻る。

「陛下から許可もいただきました。ひと休みもかねて、場所を変えて話しましょう」

「あ——は、はいっ……」

鹿島を引き連れ、広間を出る。

浅葱が一瞬こちらへ視線を飛ばしたが、特に不信感を抱いた様子はなかった。

多分、嘘《うそ》がなかったからだ。
なんでもいいから十河綾香《あやか》のことを知りたい――それもおそらく、鹿島の本心。
だから浅葱は〝そう〟だと信じたのではないか。
ここで真偽判定のできるセラスを呼ぶ手もなくはない。
が、そうすると浅葱の〝印象〟が変わりかねない。
……正直、俺にもまだわからない。
鹿島小鳩《こばと》は本当に十河の話を聞きたい〝だけ〟なのか。
もしくは――
「では、こちらの部屋で」
俺は、鹿島とその部屋に入った。

広間近くの部屋。
この部屋は、先んじて狂美帝に頼んで確保してもらっていた。
普段は夜会の合間などに、静かな場所でひと休みしたい者が使う部屋だそうだ。
貴族なんかも使う部屋だけあってか、簡素な部屋ではない。
贅《ぜい》をこらした内装である。ただ、煌《きら》びやかではない。

休憩用だからだろうか。落ち着いた色合いで統一されている。

椅子を勧めると、鹿島は緊張した面持ちで座った。

俺は、斜め前の長椅子に腰掛ける。

互いの距離は1ラータル（メートル）くらい。

鹿島はそわそわ落ち着かない様子だった。

尾行はなかったはずだ。……外に人の気配もなし。

「アヤカ・ソゴウの話でしたね」

あっ、と弾《はじ》かれたように顔を上げる鹿島。

「は、はい……魔防の白城の戦い、すごい戦いだったって聞いています。こっちが追い詰められていて……負けそうだったって。でも、あなたが助けに来てくれたおかげで……勝った、って」

鹿島が膝を揃《そろ》え、姿勢を正す。そして頭を下げた。

「ありがとうございます！　十河さんを……みんなを、救ってくれて！」

「我々があそこに向かったのは、セラス・アシュレインの望みでカトレア姫を助けるためでした。しかし、結果として異界の勇者たちも救えたのはよかったと思います」

「……あの」

「はい」

「十河さん……どう、でしたか？」

「ええ。彼女は戦いのあと、律儀にもワタシに直接礼をしたいと訪ねてきまして――」

かいつまんで、あの時の十河の様子を伝えた。蠅王《はえおう》ベルゼギアとして。

「――そう、ですか。十河さん……そんな風に……」

「自分は全力でクラスメイトのみんなを守る……そして、誰よりも強くなる――そう言い放ったあの時の彼女からは、とても強い意志を感じました。そして今、彼女は大魔帝《たいまてい》をも退ける勇者へと成長している」

「……はい、大魔帝と戦った話はわたしも聞きました。それと、大魔帝がアライオンを奇襲した話……桐原《きりはら》君が裏切ったことも。聖《ひじり》さんたちが女神さまを裏切って、今は行方不明なことも……」

そこは伝えてもかまわないと狂美帝には話している。

浅葱グループもその辺りは認識しているようだ。

鹿島は悲嘆に暮れるように、両手で顔を覆った。

「聖さん……樹《いつき》さん……大丈夫、なのかな……っ」

心から姉妹の身を案じているのがわかった。

鹿島小鳩と高雄《たかお》姉妹。

元の世界だと接点があるようには見えなかった。

そういえば、鹿島は——魔群帯でイヴと遭遇した時、高雄姉妹と一緒にいたんだったか。

『あの姉妹はカシマを捜していたようだ』

イヴはそう言っていた。

鹿島はその時、姉妹と仲を深めたのかもしれない。

元の世界と関係性も変わっている——ある意味、何もかもが。

「上級勇者の裏切り……いえ、もしかすると女神の方がヒジリ・タカオたちを先に裏切ったのかもしれませんね。異界の勇者が女神に逆らうなど、ただごととは思えませんから」

「実は……」

ぽつり、と鹿島が言った。

「女神さまはわたしたちを元の世界に帰すつもりがないんじゃないか、って……浅葱さんが、前に言っていたんです」

あの食堂で話した時、浅葱本人からもそれは聞いている。

「こうなると浅葱さんの読み……やっぱり、正しかったのかもしれない。桐原君もそれに気づいて、大魔帝の方についたのかも……聖さんたちも、同じくそれに気づいて……」

「そして狂美帝は、女神に頼らず元の世界へ戻る方法を知っている。つまりアヤカ・ソゴウに接触し、それを知らせ——」

途中、俺は言い直す。

「信じさせることができれば、説得は成功する。そこで、あなたが説得役を買って出た」

「信じてもらえると、思いたいです」

一応、安《やす》もその役を担うことはできただろう。

女神の指示で殺されるところだったのだ。

安本人の口からそれを聞けば十河は大きく揺らぐのではないか。

ただ、今の安は自分の気持ちを整理するべく一人旅をしている最中でもある。

どこにいるのかはわからないし、俺に都合のいいタイミングで十河と接触できるとも限らない。あるいは、以前とうって変わった豹変《ひょうへん》ぶりに十河は逆に警戒するかもしれない。

別れた時点での安がまだ不安定に見えたのも、また事実だ。

十河との信頼関係の積み重ねもなかったようだしな……。

そんな安をどこまで信頼してくれるかは、未知数とも言える。

わずかでも説得対象に疑念を抱かせてしまう者が説得を行う場合は、相手を信じさせるための決定的な証拠が必要となる。

もちろん、証拠など不要なほど信頼されている相手が説得するのが一番だろう。

ならば――関係の悪くなかった鹿島小鳩なら、十河も信じるかもしれない。

「コバト殿はお好きなのですね、アヤカ殿のことが」

「え？」

「彼女について語る時の表情や声でわかります」

「え、ぁ——その……好き、ですけどっ……だって十河さんは……その、なんでも持っていて……憧れで……何より、優しくて……」

そう、と鹿島は胸の上で両手を重ねた。

「優しいんです、十河さん……とっても。あんなに温かくて信頼できる人……わたし、初めて」

心から想《おも》っている顔。惚《ほ》れている、と言ってもいいくらいに。

「女神には我々だけで勝てるとしても、大魔帝を倒すには彼女の力が必要となるでしょう。この戦い、彼女の説得の成功が鍵の一つといっても過言ではない。ワタシも陛下も、そう考えています」

「はい……だからこそ絶対、成功させてみせます……絶対……っ」

「何かワタシにお手伝いできることがあれば、なんでもおっしゃってください」

「ぁ……そ、十河さんのお話を聞けただけで……もう、手伝ってもらったみたいなものです……あの」

「ええ」

「三森君、なんだよね?」

3. 動く、盤面

「？　ミモリクン？　それは人の名前……ですか？」

鹿島《かしま》の声は、さっきから震えていた。

蠅王と二人きりだから緊張している——声の震えはそのせいかとも思っていたが。

鹿島は視線をやや上へ向けていた。何かを確認しているような感じだった。

しかしやがて視線を下げ、俺の顔に視線の位置を合わせる。

この目……正体を探っているのではない。

おそらくそちらは——確信している。

過呼吸まではいかないが、鹿島の呼吸は浅く短かった。

向こうのアクションを待つ。

呼吸が比較的整ったあとで鹿島は俯《うつむ》き、

「出るはずが、ないの」

タイミングを計るような沈黙があって、

「こっちの世界の人には……出ないの、ステータスが」

ステータスは本人か女神にしか見えない仕様のはず。

今、俺はステータスを表示させていない。

俺の視界にステータスウィンドウは出ていないが——鹿島には見えている？

やはり固有スキルと考えるしかない。

今にも泣き出しそうな表情で、震える指先を動かす鹿島。

スマホでも操作するみたいな動作だった。

やがて鹿島は、

「トーカ・ミモリ——」

俺の名を、呼んだ。

そのままステータスを読み上げていく。

レベル、数字、習得した状態異常スキル、そのスキルレベルまで。

当てずっぽうでこれは無理だ。

ここまで詳細に知る者は俺の他にいない。セラスでさえ、だ。

鹿島小鳩は独自の能力で相手のステータスを閲覧できる、と考えるしかない。

今度は顔をくしゃりと歪《ゆが》め、鹿島は目に涙を浮かべた。

そして、同じ問いを繰り返した。

「三森《みもり》君……なんだ、よね？」

……ないな。

これでは——言い逃れのしようが、ない。

俺は、声変石《せいへんせき》を外す。

そうして声量を下げ、

「こっちの世界でけっこうな修羅場も潜《くぐ》ってきただろうに……気弱そうなのは変わってないんだな――――鹿島」

「三、森……君っ――――生、きっ……てッ――――」

堤防が決壊でもしたみたいに。

鹿島はしばらく、泣きじゃくっていた。


ようやく泣き止《や》んだ鹿島は洟《はな》をひと啜《すす》りして、

「ご、ごめんね……なんだか嬉《うれ》しいのとか、安心したのとか、びっくりしたのとか……気持ちがもう、滅茶苦茶《めちゃくちゃ》な感じで」

鹿島は掌底のところで涙を拭い、

「三森君……なん、だよね？」

何度も確認を取るみたいに、三度《みたび》、その質問を繰り返した。

「なんらかの能力で鹿島にはわかるんだな？　ああ……俺だよ」

ぶわぁ、と鹿島の表情がまた崩れる。

「……三森君だぁぁ」

今、俺は鹿島の隣に移動していた。互いの声を潜めて会話するためだ。

ひとしきり嗚咽《おえつ》を漏らしたあと、鹿島はまた謝った。

「その……ごめんね？　さっき話しながら〝聞かなきゃ聞かなきゃ〟ってずっと思ってはいたんだけど……つい流されて、話を続けちゃって……」

会話が普通にできる程度には落ち着いてきたらしい。鹿島は深呼吸し、

「ごめん……まだ気持ちの整理が、つかなくて……ふぅぅ……」

「最果ての国でのあの交渉の時、もう気づいてたのか？」

「……あ、うん。実はね――」

鹿島はあっさりと自分の固有スキルの正体を明かした。

浅葱《あさぎ》のスキルや他の勇者と合わせると有効に使えることも。

「直接戦いで使うのは難しそうだが、面白い能力だな」

「あの、ね――」

鹿島は初めて蠅王の正体に気づいた時のことを話した。

蠅王の頭上にステータス表示を見つけたのは偶然だったそうだ。

固有スキルを解除し忘れていたのが原因だったという。

「……最初はね、見間違いだと思ったの。こっちの世界の人でもステータスが出る人がいるのかも、とか……たとえば勇血《ゆうけつ》の一族の人、とか」

しかし、違った。

鹿島の固有スキルの能力は他の勇者のステータス閲覧。

指先の操作でステータスウィンドウを手もとに表示したり、拡大したりできる。

この辺りの〝できるできない〟は対象との距離によるらしい。

つまり離れすぎていると表示できない。もしくは、スモール表示しかできない。

「そりゃあ……あの場じゃ防ぎようがないな。俺の演技も無意味だ」

「……生きて、たんだね。でも……三森君は、生存率ゼロの廃棄遺跡に……」

「その廃棄遺跡から、必死で脱出した」

「呪術って呼ばれてる……つまり、固有スキルで？」

「ああ」

「そ、そっか……」

「脱出したあとも色々あったんだが、経緯を全部話すには時間が足りなすぎる」

「うん……そう、だよね」

苦笑したあとで鹿島は数秒黙り込み、

「ごめん、なさい」

「？」

「み、三森君が廃棄遺跡に転送される時……わたし、怖くて。あの部屋の隅で他の怖がりなクラスの子たちと、震えてた……三森君の声……聞こえ、てたのに——っ」

後悔するように——罪でも告白するように。

鹿島は絡めた両手に額をつけて、また涙を流した。

「十河《そ ごう》さんみたいなあんな勇気、なかったっ……わたし、怖くて……ッ！　自分のことばっかり！　ごめんね——ごめん、なさいっ」

「なんだ、そんなことか」

顔を上げる鹿島。

「——え？」

「あの状況じゃ無理だろ、普通。十河はすごいと思うけど……あの状況で俺を庇《かば》ってヴィシスに逆らえるヤツなんて、普通いないさ」

「で、でも……」

「鹿島が気にする必要はないって話だ。ただ……」

一瞬、思考にブレーキがかかる。

ここでも俺は——利用しようと、するのか。

「悪いと思ってるなら……少し俺に協力してくれると助かる、かもしれない」

自分でわかる。珍しく、やや歯切れが悪い。

「う、うんっ……罪滅ぼしになるかはわからないけど……わ、わたしにできることならっ……なんでも言って、ください！」

「じゃあ、まずは声量を落としてくれるか？」

「――ぁ」

「誰が聞いてるかわからないからな」

「……ご、ごめん」

ま、部屋の外に気配はないが。

「まず、おまえは俺の正体を知らない体《てい》を貫き通してくれ」

「わ、わかった……正体を隠してるのは、その……何か理由があるん、だよね？」

「一応な」

「……あの、三森君は……最果ての国の人たちにお世話になって……その人たちのところに女神さまが兵士の人たちを送り込んだから、それで怒って……また同じことを繰り返させないように……狂美帝《きょうびてい》さんと手を組んで……女神さまを倒そうとしてるん、だよね……？」

「俺はヴィシスを叩《たた》き潰す。それだけだ」

「……そ、っか。うん」

一応、納得したような反応だが。

実際どう思っているかまでは、わからない。

鹿島も意外とこういう判断の難しい反応をするんだな。

ふふ、と眉を八の字に下げて苦笑する鹿島。

「な、なんか変だな……三森君が生きてて……こうして、しゃべってる。色々としゃべりたいことがあったはずなのに……なんだか、すぽん、って忘れちゃった。何をしゃべっていいのか、わかんないかも……あはは……」

すぐ忘れるのは確かにポッポだなぁ、と鹿島は苦笑を濃くした。

「ええっと、他に何か協力できることあるかな？　正体を秘密にするっていうのは、協力と言えるのか微妙な気もするし……」

「なら、浅葱の固有スキルについて詳しく教えてもらえるか？」

「浅葱さんの？…………うん、いいよ」

「聞いといてなんだが、いいのか？　鹿島は浅葱グループの――」

「大丈夫。ただ、あくまでわたしの知ってる範囲の内容になるけど……」

裏切る、みたいな感覚はないようだ。

鹿島の中で納得できている感がある。

「浅葱さんはまず、固有スキルを習得したんだけど――」

聞くと、浅葱の固有スキルは進化していた。

前に十河から聞いた集団を対象とした能力強化だけではない。

単体を対象とした弱体化も加わっていた。

さらに、

「発動させた対象のステータスを自分のステータスと同じにする能力、か」

なるほど、追放帝《ついほうてい》とやらを倒した時もその能力を使ったのか。

ただし射程距離がネックだ。俺の【パラライズ《麻痺性付与》】や禁呪の比ではない。

相当な接近が要求される。

鹿島《かしま》は、追放帝を倒した時の話もしてくれた。

「――そうやって、追放帝っておじいさんを倒したの」

「…………」

博打《ばくち》すぎや、しまいか。

浅葱の勝ち方は、自分の命が惜しい人間には難しい。

追放帝が気づいて一瞬で殺されるパターンだって考えられるのだ。

あの浅葱ならそれを想定しないはずはない。

最悪、死んでもいいと思っていた……？

だとすれば——壊れている。

正常な感覚が。

ブレーキが。

おそらく追放帝も、

〝この場で弱者が平然と近づいてくるなどありえない〟

そう見誤ったからこその、敗北だったのではないか。

ともあれ、

「教えてくれて助かった。ありがとな、鹿島」

「う、ううん！　いいの！　今は味方だし……三森《みもり》君への罪滅ぼしなんだから、わたしの都合でもあるわけで……ね？　あはは……」

味方、か。

「鹿島はずっと、浅葱のそばに？」

「……うん」

「浅葱はどうだ？　鹿島の目から見て、信用できそうか？」

「え？　う、うん……今は信用できる、と思ってるけど」

ヨナトでの戦いのあとに女神を裏切った経緯を、鹿島は話した。

狂美帝が誘いをかけ、浅葱がその誘いに乗って女神を裏切った。

ただ、浅葱は少し気になることを言っていたという。

「浅葱さん……〝アタシは勝ち馬に乗るだけ〟って言ってた。あ、それと……帰還はセカンドクリア目標で、最優先クリア目標はこれ以降浅葱グループが全員無事であること、だったかな？　そんなことも、言ってた」

「なんだか、ゲームみたいだな」

「でも実際、浅葱さんのおかげでヨナトの時からみんなおっきい怪我《けが》とかはしてないの。元の世界に戻るって目標にも、ちゃんと向かってる感じがするし……だからみんな、信用してるんだと思う。わたしも……」

数瞬の逡巡《しゅんじゅん》を垣間《かいま》見《み》せ、鹿島は続けた。

「やっぱり……今は信用できるんじゃないか、って思ってて」

……勝ち馬に乗る、か。

つまりそれは——土壇場で裏切るケースも、なくはない言い方である。

こちらが勝ち馬でなければ、女神側に戻ることだってありうるわけだ。

「あの、ね？」

打ち明けるように、鹿島が切り出した。

「こっちに召喚されたばかりの頃の浅葱さん……わたしへのあたりが強い気がしたの。そのあとも、わたしにどこか苛々《いらいら》してるっていうか……明るい雰囲気だけどその底にはトゲがある、みたいな感じで」

鹿島は記憶を探るように、

「でも、だんだん変わってきた……気もしてて。気のせいかも、しれないんだけど」

「単に時間が経《た》って仲が深まった、ってわけじゃないのか？」

「そう、なのかもしれない。でも、なんだろう……友だちっていうには、ちょっと違和感があるっていうか……なんだろうなぁ？　わたしに苛立《いらだ》ってるのは今でもありそうなんだけど……前より優しくなった感じもある、っていうか。あと、なぜかわたしにだけ打ち明け話をしてる印象で……」

「鹿島だけに？　他の連中にも似たことをしてる、とかじゃなく？」

「うん、多分わたしだけ――あ、でも一応、あくまでわたしから見てってだけなんだけどね？　ただ、その……他のみんなに言ってるのとは逆のことを、わたしに言ってる時があって。種明かしっていうか、本心っていうか……あはは……ほら、浅葱《あさぎ》さんはわたしを救えない馬鹿だと思ってるみたいだから……こいつなら本心を話しても大丈夫だろうって思ってるんじゃないかな？　それが、わたしの推理……っ」

鹿島は照れるように、しかし、自虐っぽく微笑《ほほえ》んだ。

……あくまで印象だが。

鹿島に対し、浅葱が何か独特の感情を抱えている気もしなくはない。

切り替えるように、鹿島が両手を合わせた。

「と、とにかくね？　だから、わたしが気をつけてれば……わたしが蠅王《はえおう》さんを三森君だって知ってるのは、気づかれないと思うんだっ。浅葱さんの中では、今もわたしは〝お馬鹿で鈍いポッポちゃん〟だと思うから……っ」

「……実は、そうでもなさそうだけどな」

「え？　そ、そうかなっ……」

「たとえば……あえて浅葱に聞こえるように、十河の話が聞きたいからって俺に話しかけただろ？　あれは、上手《うま》かった。あれで鹿島が蠅王に話しかける流れが、自然になった」

「えへへ……そう、かな？　あはは……褒めてもらえて嬉《うれ》しい、かな？」

とはいえ、だ。

今後、俺の正体を知った鹿島に何か変化が出るかもしれない。

浅葱なら、その変化に違和感を覚えても不思議ではない。

その違和感から俺の正体に辿《たど》り着くかもしれない。

いや、あるいはすでに薄々俺の正体に勘づいている可能性だってある。

ヴィシスと同じく、それは想定しておくべきだろう。

……さて。

時間も時間、か。

「三森君……その、ね？」

「ん？」

「覚えてる、かな？　ほら……前に子猫を拾って、二人で……」

「ああ……結局あの猫、鹿島が引き取ってくれたんだってな。ありがとな」

「え？　知って、たの？」

「あのあと、気になって動物病院の先生に聞きに行ったんだよ。そしたらそのことを教えてくれて。あそこの先生……なんつーか、今思えばかなり融通きかせてくれる人だったんだよな。決まりとかそういうのに対して杜撰《ずさん》、って見方もあるんだが」

「そ、そっかぁ……あの、わたしね？　三森君にそれを、伝えたくて。ほら……一度、わたしに学校で話しかけてくれたこと、あったでしょ？　あの時、伝えられなくて……ごめん。あの時、何も返せなくて……あの頃のわたし、男の子と話すのが怖くて……でもあれは三森君、だったのに……わたし……ずっとそれを、後悔してて っ」

鹿島はそう言って、また泣きそうになった。

ただ……それは、俺もなんとなくわかっていた。

あの時、俺は先日の捨て猫の話をしようとしたのだったか。

しかし思い直し、話しかけるのをやめた。

目立つからだ。

普段あまり話しかけていない女子に男子が話しかける。

これは〝モブ〟としては目立つ行為。

俺はモブだ。クラスでの存在感はいらない。

消えているのがいい。意識されていないのがいい。

自分すら欺《あざむ》くには、それが一番だった。

だからあれ以降、自分から鹿島には話しかけなかった。

「いいよ、俺は気にしてないから」

「でもっ……話しかけられたのに黙り込んでるなんて、ひどかったよね？　ごめんね、三森君……」

「ま、俺も気恥ずかしかったしな。クラスの女子に話しかけてるとこなんて見られたら、茶化されたりするかもだろ？　たとえば、小山田《おやまだ》とかに」

「それは……そ、そうかもだけど……」

この理由の方が鹿島は受け入れやすいだろう。

「ま……謝ってくれたからそれでよしにしようぜ、鹿島」

「……三森、君」

また少し泣きそうになりながら、鹿島は笑みを浮かべた。

ちなみに小山田の死は浅葱グループには伏せてある。

そこの情報の隠蔽は狂美帝《きょうびてい》に頼んでおいた。

帝都襲撃時に死んだ勇者のことは、ごく限られた者しか知らない。


俺は今後の方針を鹿島と手短に話し合った。

とはいえ、ほとんど俺が一方的に伝えたようなものだが。

「例の十河《そごう》の説得……やるつもりなんだな？」

「やるつもり、だよ。それと三森君、さっきの話……」

「ああ、もしそうなった時はおまえの判断に任せる」

「……うん。わかった」

俺は立ち上がる。そろそろ行かなくてはならない。

鹿島も立ち上がって、スカートを手で整える。

「ふふ、今は最大限の注意が必要だから無理だろうけど……全部終わったら、今度は素顔の三森君にも会いたいな――なんて」

「いずれな」

俺は懐中時計を一瞥《いちべつ》し、

「正体を浅葱に勘づかれないためにも、当面、互いの接触は避ける。それぞれが独立して別々に行動、ってことになるか。もちろん協力できそうなとこは上手く協力し合おう。けど、基本的に互いのグループは独立した状態のまま、同じ目標に向かう――それでいいか？」

鹿島《かしま》は表情を引き締め、

「わかった」

「部屋は、先に俺が出る」

「うん」

俺は声変石《せいへんせき》を付け直し、

「またな、鹿島」

「――――ッ、うんっ」


広間の手前ほどまで来た時、最初に話しかけてきたのは戦場《いくさば》浅葱だった。

「うちのポッポちゃんとそれなりに長いご歓談デシタネ、蝿王ちん」

「アヤカ・ソゴウ殿の話をした後、コバト殿は彼女についての思いなどを吐露し始めまして……話しながら、何度も感情を昂《たか》ぶらせていました」

「で、そんたびにわんわん泣いてお話が中断？」

俺は苦笑っぽく、

「ええ、ほぼワタシは聞き役みたいなものでした。よほどアヤカ殿がお好きなようですね、彼女は」

「まーねぇ。ぞっこんっていうか、ホの字みたいっすわ。まーこばっちゃん元々、男苦手だしねー」

「アヤカ殿をかなり心配しているようです……ずっと思い詰めていたのでしょうね。抑えていた感情が爆発した、という印象でした」

この辺りは鹿島と口裏を合わせてある。

「なんていうか蠅王ちんは打ち明け話とかしやすいんかね？……狙ってそのポジ取ってる？　へへへ、あのツィーネちんとも大分仲睦《むつ》まじくなられたようでござんすねぇ？」

「陛下は尊敬できる人物です。ワタシも、好意を持っておりますよ」

「ほえー。つまりこれで世界一の美男子と美少女、両方ゲットってわけですかい。え？遠回しに自慢してマス？」

「ふふ。アサギ殿は、会話していて楽しい勇者です」

「え？　ましゃか、アタシまで落とそうとしてマス？――あ、こばっちゃん」

浅葱の視線が俺を飛び越え、背後の廊下へ移る。

打ち合わせ通り、鹿島が遅れてやって来た。

「あ……蝿王さん。その……さっきは取り乱してしまって、ごめんなさい……お見苦しいところを……」

「もう落ち着かれましたか？」

「は、はい……」

浅葱が聞く。

「綾香《あやか》ん話、聞けたんだ？」

「うん……でもなんていうか……わたしが十河さんへの気持ちを一方的に話しただけ、だったかも……？　あはは……」

「合理性を無意識に忌避して抑制なき感情に身を任せるのは、忌むべき愚者なんだよ。むかつくなぁ」

「え？」

「んーん、にゃんでもない！　ポッポちゃんはやっぱりおバカだなぁ、って思っただけ！大好きだぜい！　ほれ、行こうぜポッポちゃんっ」

んじゃまたー、と浅葱は軽妙に広間の中へ戻って行った。

俺も広間に戻り、セラスたちと合流した。

夜会が終わり、俺たちは迎賓館に戻ってきていた。

スレイの様子を見てから、俺はセラスと一階の部屋に入った。

この部屋は今リビング的な用途で使っている。

隣に着替えに適した小部屋もあるので便利である。

ムニンは今、使い魔に餌をやりに行っている。餌やりは当番制を提案したが、

『アナエル様の使い魔のお世話だもの。あなたたちさえよければ、わたしがしたいんだけど……だめかしら？　いいかしら？』

ムニンがそう希望したので、任せることにした。本人曰《いわ》く、栄誉な役割なのだそうだ。

「ピギーッ！　ピニュヨ～♪」

さっき、持ち帰ってきた夜食の一部をピギ丸とスレイのところに置いてきた。

「パキュ～♪　パキュヨ～♪」

喜んで舌鼓を打っているようだ（ピギ丸に舌があるか否かは、ともかくとして）。

ていうか……けっこう鳴き声にバリエーションあるよな、あいつら。

「疲れたか？」

俺がそう聞くと、セラスは苦笑した。

「ええ、少し……ですが同じ卓の皆さまが気遣って接してくださったので、居心地はよかったです。ありがたいことです」

セラスが着替えるというので、手伝ってやる。

あのドレス、一人で脱ぐのは大変らしい。

式の前は連絡役の連れてきたミラの侍女が手伝ってくれたが、今はいない。

「あの、ここをほどいていただけますか？」

「ここか？」

ドレスの後ろに結び目がある。結び目をほどいてやると、ぴったりめだったドレスが緩み、ゆったり余裕を持った感じになった。

「ありがとうございます。あとは、あちらで一人で着替えられますので……少々、時間がかかるかと思いますが」

言って、隣の小部屋に消えるセラス。

ほどなくムニンが戻ってきて、笑顔でバンザイした。

「餌やり終わりましたーっ！　これにて式も、完了です！」

「ムニンも今日は大役お疲れさまだったな。大変だっただろ？」

「ふふ。大変なことを引き受けたのだから大変なのは当然よ。まあ、あれを毎日やれと言われたら、さすがのわたしも倒れちゃいそうだけど」

「振る舞いはさすが族長にして国王代理、って感じだったよ」

「あらもう♪　お世辞の上手な主様《あるじ》なんだからっ……、ん……よいしょ、っと」

スカートの裾を整え、ソファに座るムニン。借り物の上着を脱ぎながら、

「まあ、皇帝陛下やその家臣さんたちの進行や気遣いがしっかりしていたから、わたしも滞りなくやれたんだと思うわ。みんなまだ若いのに立派よね——主様も脱いだら？」

部屋の鎧戸《よろいど》はすべて閉めてある。

「そうだな」

俺も、マスクを脱ぐ。

「ふぅ……慣れたとはいえ、やっぱり仮面は脱いだ方が楽だな」

「裸になって湯浴《ゆあ》みをしたら、もっと気が和らぐでしょうねぇ。あとで浴びてきます」

んん～、と胸を張り伸びをするムニン。ピタッ、と彼女が停止した。

「……主様も、一緒に入っちゃいたい？」

「俺が断るのをわかってて聞いてるから、まったく無意味な質問だな」

「ふふ、そうでしたー」

ソファの背凭《せもた》れにしなだれかかるムニン。

んふふー、とからかうような視線を向けてくる。

「でも……セラスさんとは、一緒に入ったことあるんでしょう？」

「まあな」

「んもー、可愛《かわい》げのない反応ですこと」

そこでムニンはひと息つき、視線を伏せた。

顔つきは——真剣なものに変わっている。

「……これで、一つ大役を果たせたわ。あとは禁呪の封印部屋……そしてついに、女神ヴィシスとの——」

「決戦、だな」

「ええ。これで……長きに渡るクロサガと女神との因縁にも、ようやく終止符を打てる」

「頼んだぞ、ムニン」

「任せて」

揺らがぬ決意を顔に灯《とも》し、クロサガの族長は頷《うなず》いた。

「必ず、成し遂げてみせるわ」


時刻は夜の十時半を回っていた。

俺は寝室のベッドに寝そべって『禁術大全』をパラパラと捲《めく》っていた。

「ピギ丸の最後の強化剤……こいつが加われば、戦略の幅もさらに広がりそうだな」

ドアがノックされる。

「開いてるから、入っていいぞ」

「お邪魔します、主様♪」

やって来たのは、湯浴みを終えたセラスとムニンだった。

二人ともほんのり湯気が立ちのぼっていて、頬が上気している。

長い髪には所々水滴が残っていて、水気を吸ったその髪はしっとりとしていた。

「実は、トーカさんにご相談があってね？」

そう言ってムニンが提案したのは、

「――俺の慰労会？」

そうなの、とにっこり笑って両手を合わせるムニン。

「セラスさんと浴場で話していたんだけど、トーカさんはあんまり自分のことを労《ねぎら》ってないわよねって話になったのね？　で、ここは一つわたしたちがひと肌脱ぎましょうと相成りまして」

俺はベッドから身を起こし、手もとの『禁術大全』を脇に置いた。

「てか、俺なんかより二人の方が疲れてるんじゃないのか？　ムニンは調印式で神経使っただろうし、セラスもさっきの夜会でけっこう疲れただろ？」

「ふふ、わたしが大変なのは今日くらいよ？　だから、心配ご無用です♪」

ムニンが言い、セラスが続く。

「実は、その……私も、トーカ殿はもう少しご自分を労われてもよいのではないかと思ってはおりました。いえ、トーカ殿を労うために私に何ができるのか……正直、大したことを思いつけるわけでもないのですが……」

ムニンが提案するみたいな仕草で、人差し指を立てる。

「わたしたち二人で、トーカさんに添い寝してあげるとか？」

「そ、添い寝ですか!?　いえムニン殿、その発想はさすがにっ――」

「ふふ、冗談よ。どうせ二人は、普段からそれ以上のことをやってるものね？」

「そ、それ以上の――」

セラスはそこで俯《うつむ》き、身を縮ませてしまった。

あの顔の赤さ。今の赤みは、湯上がりのせいではなさそうだ。

……またいいように手玉に取られてるな、セラスは。

そして夜会直後のあのシリアスな固い決意をしたクロサガの族長は、一体、どこに行ってしまったのだろうか。本当に切り替えが巧みというか、なんというか。

俺は息をつき、

「わかった……じゃあ、労ってもらうとするよ。ただし、添い寝はなしだ」

「ではトーカさん、どうぞっ」

隣のムニンが、銀杯にトノア水《すい》を注いでくれる。

俺たちは館内の食堂に集まっていた。

ムニンが張り切って家具を移動させ、突貫の会場設営をしたそうだ。椅子やら家具やらが、ホームパーティーみたいな配置になっている。別の部屋にあったソファまで運び込まれている。聞けば、スレイとピギ丸も手伝ったらしい。

ちなみにスレイとピギ丸は今、食堂の一角で微笑《ほほえ》ましく戯《たわむ》れている。

「さあ主様？　お飲みになって？」

「……ああ」

俺は、注いでもらったトノア水を飲み干した。

「どう？　美味《おい》しい？」

「……まあ、トノア水は普通に好きだしな」

「で、ではトーカ殿……こちらのアラマ水も、どうぞ」

ムニンとは逆の右隣に座るセラスが、今度は銀杯にアラマ水を注いでくれる。

「てか、懐かしいな……このアラマ水っての、ずっと前にミルズの宿屋で飲んで以来だ」

「アラマ水は一部の地方で飲まれているものでして、大陸中で幅広く飲まれているものではないのです。理由は、使用されるアラマ草という香草が限られた地方でしか採れないためです。そして幅広く飲まれているトノア水《すい》と味も似ているため、大陸中で採取できるトノア草を用いたトノア水の方が知名度も高く、また、幅広い国で飲まれているのですね」

セラスが、そんな豆知識を披露してくれた。

「ミラは、そういう地方限定の香草なんかも取り寄せたりしてるんだな……」

そういや今ムニンが酒を飲んでいるが、酒もけっこうな種類が棚に並んでいた。

「ていうか二人とも、風呂に入ったのにまた着替えたのか？」

そう、ムニンは調印式の時と同じ装いをしていた。

そしてセラスもやはり、あの調印式と夜会でお披露目したドレスを着ていた。

「あ――その、ムニン殿が……このドレス姿の方が、きっとトーカ殿も喜んでくださるはずだと……しかし……こういう場に着てくるのはやはり変、でしょうか？」

夜会で着ていたドレスは、あのリンネというシート家の当主がそのままセラスにプレゼントしてくれたらしい。あまりにも似合いすぎてて他の子が着る姿が想像できない、とかなんとか言っていたそうだ。

「せっかく素敵なドレスなんだから、このままお蔵入りするのはもったいないとわたしも思っていたのよね。それにほら、わたしもこれを着ているとちょっと貴族になったような気分だし……トーカさんも喜んでくれるかな、と思ったのだけれど」

「まあ二人とも綺麗《きれい》だし、似合ってると思うぞ」

「あら嬉《うれ》しい♪」

「あ――ありがとうございます」

ただ、

「…………」

「…………」

黙り込む俺とセラス。場に降りる沈黙。

タイミングを計ったように、ムニンが言った。

「……これ、トーカさんの労いになってるわよね？」

セラスが肩をピンッと張り、揃《そろ》えた膝に両こぶしを乗せた。

「も、申し訳ございませんっ……その、以前に姫さまから、殿方はこういった歓待を好むと聞いていまして……じ、実を言いますと、私もこういうもてなしは初めてで……ただ、トーカ殿も殿方ですし……よ、喜んでくださるものかと……」

まあ、嫌な気はしない。

そう……いわゆる両手に花と考えれば、喜ぶべきことなのかもしれない。

「そうだな、喜んではいるさ」

セラスの入れてくれたアラマ水に口をつける。

そして銀杯をテーブルに置き、

「俺としては……形がどうであれ、二人が俺を労おうとしてくれたってことが嬉しいんだよ。そういう風に思ってもらえてる、ってのがわかっただけで嬉しい収穫だ」

「トーカさん……」

「トーカ殿……」

二人とも疲れてるだろうに、善意で俺のために動いてくれたのだ。

そんな二人の心配りを台無しにするわけには、いかないだろう。

そうして——慰労会もお開きとなった頃には、もうとっくに日付も変わっていた。

「すぴー、すぴー」

ムニンはまた強い酒を飲んだのと、さらに今日の疲れがおそらくドッと出たせいで、テーブルに突っ伏したまま寝てしまった。……今どき、鼻ちょうちんなんて実在したのか。

セラスがさっき、薄手の毛布をかけてやっていたが……

「ここでこのまま寝かせて、風邪を引かれてもあれだしな」

苦笑するセラス。

「ええ。姿勢的に、身体《からだ》にもよくありませんしね」

そんなわけで、俺はムニンを抱き上げて彼女の寝室まで運んだ。

俺がムニンをベッドにそっと寝かせ、セラスがそこに毛布をかけてやる。

「ムニンはムニンなりに、今日の式のことでけっこうな重圧を感じてたんだろうな。そういうのをあんまりムニンは表に出さないが……さすがに疲れたんだろう」

俺は心の中でムニンに労いの言葉をかけ、セラスと共に寝室へ戻った。

ちなみにピギ丸とスレイは先に簡易厩舎《きゅうしゃ》の方に戻っている。

ふぅ、と俺はベッドに腰かける。

「トーカ殿、失礼してもよろしいですか？」

無言で了承を示すと、セラスは楚々《そそ》とした仕草で俺の隣に腰掛けた。

あの、とセラスが口を開く。

「……先ほどの慰労会、あれでよかったのでしょうか？」

「たまには、ああいうのもいいだろ」

はい、とセラスは嬉しそうに小声で頷いた。

静かな夜だった。部屋の中も、しんとしている。

と、セラスが俺の手に、自分の手を重ねてきた。

「あの、繋《つな》いでも……よろしいでしょうか？」

「ああ」

言って、俺の方から指を絡ませる。

セラスが、きゅっ、と俺の手を握り込んでくる。

「こうしていると……安心、します」

こうしても、セラスは以前ほどドギマギしなくなった。呼吸も穏やかである。

そして、室内に漂う沈黙にも、どこか心地よい穏やかさが含まれていた。

「トーカ殿……私は、あなたの剣であり続けたいと思っています」

「……ああ」

「改めて問いたいのです。私は——あなたの剣として、ふさわしいでしょうか」

「フン……これ以上の剣なんて、他にないだろ」

セラスが、ピクッと反応する。

だから、と俺は続けた。

「おまえさえよければこれからも——ずっと変わらず、俺の剣でいてくれ」

セラスの五本の細い指が、より力強く、俺の手を握り込んできた。

「——————はい」

俺はもう一度、今度は、軽く鼻を鳴らした。

「ま……あの姫さまの代わりは務まらないけどな」

「ええ、確かに姫さまの代わりはいません。ですが、トーカ殿の代わりも——いません」

「……そうか」

「はい」

俺たちは手を繋ぎ合ったまま、しばらくそうしていた。

ふと、セラスが俺の肩に頭を預けてくる。

……やはり疲れていたのだろう。

セラスは静かな寝息を立てて、眠っていた。

穏やかな顔で眠るセラスを見つめ、俺は、小声で言った。

「ありがとな、セラス」


紫甲虫《しこうちゅう》の〝抽出〟が終わり、強化剤の調合を始めた頃――ルハイトが戻った。

〝大誓壁《ナイトウオール》に集結していた金眼《きんがん》の魔物たちに異変が見られる〟

そんな報告と共に。

〝報告内容を見るに、大魔帝《たいまてい》が死んだのではないか？〟

そんな予測も、飛び交い始めた。

また一方でネーア聖国、及び、バクオス帝国が西へ出兵したという。

そのまま、ウルザ侵攻中のミラ軍とぶつかると予想される。

報告を受けた狂美帝《きょうびてい》は、

「大魔帝がもし本当に死んだとなれば、封印部屋の件を早々に済ませなくてはならぬな。

そうか――状況は、こう動いたか」

その日、俺たちは報告内容を確認しながら、地下の封印部屋へと足を向けた。

◇【女神ヴィシス】◇

アライオンを発《た》った魔帝討伐軍は、マグナルの国境線へと近づいていた。
移動を強行しすぎて決戦前に軍を疲弊させてもまずい。
魔帝討伐軍は休息を取るため、野営することとなった。
西のヨナトにいた白狼騎士団《はくろう》は東——つまり、こちらへ向かっている。
東西から大魔帝軍を挟み撃ちにするか。あるいは、合流してから攻めるか。
向こうにはニャンタン・キキーパットも同行している。
「はぁ……ニャンタンの雑務の処理能力が、恋しいですねぇ」
女神用の幕舎で一人、ヴィシスはぼやきを漏らした。
ヴィシスは、アライオンで処理し切れなかった書類関係をここまで持ってきていた。
下々の短命下等種には任せられない。
自分でやった方が速く処理できるし、安心感がある。
処理が遅いと腹が立つ。ゆえに、ヴィシスを苛立《いらだ》たせない側近が必要となる。
その点、ニャンタンは合格であった。
無能蔓延《はびこ》る短命種の中にも稀《まれ》に使える種がまじっている。
ヴィシスは、今後ニャンタンを手もとに置くことに決めた。

あれは雑務を押しつけるに値する。たっぷりと使ってやろう。

「しかし……ここまで物事が予定通りに運ばず、しかも人材が不足するとは想像していませんでしたねぇ。はー、困った困ったです」

今回の根源なる邪悪との戦い。

常に思惑が頓挫している気がする。

何が狂いを生じさせたのか？

どこから狂いが生じたのか？

直近の狂美帝暗殺失敗？　タクト・キリハラの裏切り？　あるいは、タカオ姉妹の裏切り？　最果ての国での惨敗？　第六騎兵隊を失ったこと？　狂美帝の裏切り？　それとも、勇《ゆう》の剣《けん》からの報告が途絶えた辺りから？

先の大侵攻では勝利をおさめた。

当初は過去最大規模とされ、かつてない厳しい戦いになると目された大魔帝軍の大侵攻。

しかし蓋を開けてみれば、西、南、東——すべての戦場で勝利という結果に終わった。

四恭《しきょう》聖《せい》、竜殺し《ドラゴンスレイヤー》、白狼王《はくろうおう》、ヨナトの聖女。

勝利はしたものの、あの戦いで使える手駒が何人か戦線から退いた。

否——大した躓《つまず》きではない。

ならば、大侵攻における勝利までは順調に進んでいた？

想定が崩れていったのは、勝利後のどこかの地点からなのか？

本当に――そうなのか？

何かが、しっくりこなかった。

逆にヴィシスは、過去の方へと意識を向けてみる。

もっと過去に、狂いを生ぜしめる何か致命的な原因が？

見落としがあったのか？

では、何があった？

ヴィシスは思考する。

黒竜騎士団――五竜士《ごりゅうし》の死。

とりわけ〝人類最強〟を失ったのは大きい。

五竜士の死はあの時……魔防《まぼう》の白城《はくじょう》で報告を受けた。

集狼《しゅうろう》の間《ま》に、各国代表が集まっていた時だ。

シビト・ガートランドの死が話題にのぼった。

そういえば、とヴィシスは思い出す。

狂美帝が、神殺しの伝承がどうとかほざいていた。

あれは――何か探りを入れていた？

「あの時は、いつものクソ小生意気なクソ軽口と切って捨てましたが……今思えば、私の反応を探っていたのかもしれませんねぇ」
何かの確証を得るための材料として。
──違う。
今、そのことはどうでもいい。
ヴィシスは、思考を引き戻す。
あの集狼の間で、シビト・ガートランドの死についての話になった。
そして話し合いの途中、白狼王の配下がこんな報告をもたらしたのである。
〝五竜士を殺したのは自分たちである〟──そう主張する集団がいる、と。
集団の名はアシントといった。
彼らは呪術という謎の力によって五竜士を呪い殺したという。
あの〝人類最強〟までも、呪いによって殺してみせた。
そのアシントだが──現、蠅王《はえおう》ノ戦団のベルゼギアがその中にいたようだ。
当時、アシントは二つの派閥に分かれていたらしい。
この情報は、カトレア・シュトラミウスからの報告によるものである。
蠅王自身が語ったものだそうだ。
派閥は、少数派と多数派に分かれていた。
少数派の筆頭が蠅王──呪術使いベルゼギア。

そして多数派の筆頭が、ムアジという呪術使い。
ムアジらは離脱した少数派を粛清しようとした。
しかし、逆にムアジらは返り討ちにあった。
ちなみに多数派とおぼしきムアジらの死体は、今も発見されていない。
……二つの派閥に分かれた理由は？
今、蝿王ノ戦団にはセラス・アシュレインがいる。
あれはどうも、聖王絡みで五竜士に付け狙われていたようだ。
そして、五竜士殺害の現場にも居合わせていたと見られている。
つまり――そこで、アシントと出会ったのだ。
セラスはアシントによって五竜士から救われた形になるのだろう。
元アシントの蝿王に同行している点から見て、恩義を感じた可能性は高い。
「…………」
セラス・アシュレインの扱いを巡り、アシントを二分する争いがあった？
ありうる。
あのエルフの姫騎士には人をおかしくさせる魔性がある。
特に――男を狂わせる魔性。
存外、アシントはセラスを手に入れるために五竜士を殺したのかもしれない。

しかしそこで、セラスを巡って諍《いさか》いが起こった。
たとえば――ある時、少数派がセラス・アシュレインを連れてこっそり離脱する。
多数派はそれを追って、返り討ちにあった。
理屈としてはありえなくはない。
当然、少数派なのだから数では劣っている。
つまり、呪術使いとしてはムアジという男より蠅王が優れており――
ガンッ！
ヴィシスは、設置された机を雑に蹴った。
「何か、しっくりきませんねぇ……」
否、どうせ〝終わり〟は見えているのだ。
過去のことなど今さらどうでもよいのではないか？
ヴィシスは自らにそう言って聞かせてみた。
そう――終わりは、見えている。
アヤカ・ソゴウが大魔帝を倒す。
その後、不快なアヤカを殺す。
忌々しいヒジリは死んだ。姉を失ったイツキなど、取るに足らない。
ヤスも死んだと考えていい。オヤマダもだ。

タクト・キリハラも、問題とはならない。

邪魔なら殺せばいい――あるいはもう、大魔帝に殺されているはずだ。

今回の大魔帝さえ死ねば終わりが見える。

大魔帝の持つ根源の邪王素《じゃおうそ》――〝根源素〟さえ手に入れば、すべてが始まる。

それに比べたら、他の一切など些末《さまつ》なことではないのか。

「…………それはまあ、そうなのですが」

――トン、トン、トン――

ヴィシスは、机の上を指で叩《たた》く。

何か釈然としない不快感――違和感が、ヴィシスを苛立たせていた。

視線を移す。

先ほど蹴った机。

衝撃で机上の書類束が少し、崩れていた。

机から落ちなかったのは幸運だった。短命種を呼んで一々拾わせるのも、手間である。

んー、とヴィシスは唇を尖《とが》らせた。

「呪術……禁呪だけでも面倒ですのに、いきなり呪術とか言われましてもねぇ？　うぅん……案外、正体は古代魔導具ではなく……毒、とか？　ああ……毒を呪いと喧伝《けんでん》していたなら、そっちの方がしっくりくる気もしますねぇ……ですが、それであのシビトを殺せますかね？　ジョンドゥにしても、ルイン・シールにしても……、――？」
崩れた書類の束。
報告書の一つに、ヴィシスの視線がとまった。
ちらと視界に入った文章が気になったのだ。
その目にとまった一枚を引き抜く。そして手で持ち、目を通す。
視線を、走らせる。
ヴィシスは眉根を寄せた。
「ウルザの――」
思い出す。この前アライオンの執務室で、
『あ……それからヴィシス様、実はウルザの――』
文章には、あの時報告し損ねた内容を書面にしたためたと記してある。
気になった。
目にとまった文の中の〝闇色の森の地下墓地〟――つまり、廃棄遺跡。
ヴィシスは定期的に廃棄遺跡の出入り口を調査させている。
これは、その調査隊からの報告書の件について書かれているようだ。
確認用の水晶の反応がいつもと違ったという。
しかし、隊長は〝水晶の寿命だろう〟と判断した。

それを〝異変〟とは考えなかったようだ。

ただそれでも、壊れたのならば水晶交換の要望を出さねばならない。

が、隊長は〝緊急性はないため要望の提出は次の定期報告時の半年後とする〟とした。

他国への報告ということもあり、報告を行うにはそれなりの手続きを踏まねばならない。

それを面倒と感じたのだろう。

短命種、とヴィシスは呟《つぶや》いた。

ただしかろうじて、調査隊は失点を取り戻していた。

隊の者の一人が〝異変があったのに報告しないのはまずいのではないか〟と思い始め、報告してきたのである。責任逃れを考えた小心ゆえの行動かもしれない。

けれどそこは、褒めてやっていい。

手続きを自分ですべて行うのを条件に、その者は報告書を作成。

そうして異変の報告書は、やや遅れてアライオンに到着したのである。

ただ……提出日と、報告書を受理した日にちの差が、ヴィシスは少し気にかかった。

提出日は大分前なのに、受理された日が最近なのである。

しかもヴィシスへの報告優先度も低く設定されていた。

確かに、この提出日の頃は大魔帝《たいまてい》関連の報告を最優先させていた。

また、狂美帝《きょうびてい》の反逆後はミラ関係の報告の優先順位を上げるよう命じていた。

一方、ウルザの南の森の中にひっそり佇《たたず》む地下墓地の——しかも〝一応の報告ですが〟といった程度の報告など、重大事とはほど遠い報告と言ってよいだろう。

あそこが、廃棄遺跡と知らぬ者たちにとっては。

勝手な判断で報告優先度を下げた短命種を忌々しく思うヴィシスであったが——しかし今、その忌々しさは吹き飛んでいた。

報告書の内容に、ヴィシスは首を傾《かし》げる。

「…………水晶の寿命？」

反応が、なかった？

誰かが廃棄遺跡を脱出していなければ、ありえない状態。

突然変異的な最高傑作——魂喰《ぐ》い。

あれが、倒された？

まさか。

誰に？

どうやって？

「……………………………………………………呪術」

先ほどの己の言葉が、脳裏をよぎった。

『案外、正体は古代魔導具ではなく……毒、とか？』

……毒。

毒、毒?

…………。

「呪術……毒……、――――状態、異常」

紙面から視線を外し、顔を上げるヴィシス。

まるで、天啓でも受けたかのように。

「――――あ」

蠅王の仮面をつけた正体不明の呪術師。

『私が蠅王に恨まれる心当たりはないので』

恨まれる、心当たりなど――

『もし生きて戻ったら、覚悟しておけ』

「ある」

そう。

廃棄遺跡に叩き落とした。

虫けら同然に、当然、そこで死んだと思っていた。

どころか、もはやヴィシスの中で完全に存在感が無となっていた、最下級勇者――

「―――――― トーカ・ミモリ ――――――」


繋《つな》がった。

すべて。

「失礼いたします、ヴィシス様ッ！」

息せき切って、伝令が飛び込んできた。

「…………」

ああいう血相の時はロクな報告ではない、とうんざりする。

「ふふふ、あのぅ……今、一人でじっくり考えたいことがありまして……あとでお願いできます？　あとで」

「あ――で、ですが……っ」

様子がおかしい。

「はぁ……なんだというのです？　それほどの大ごとなのですか？　悪い知らせなのでしょう？　ああ、嫌です。この繰り返し」

「マグナルの民が我が軍を訪れ、アライオンの女神にお伝えしたい大事な話があると……」

民草《たみぐさ》風情が女神に一体なんだというのか。

「わかりましたので早く要件を」

「その者は……タ、タクト・キリハラの使いと名乗っているそうでして……」

急速に興味が跳ねた。ヴィシスは報告書を置き、

「キリハラさんの？」

「タクト・キリハラが――」

汗まみれの伝令は、動揺した声で続けた。

「大魔帝を討ち取ったと」

ガタ――ッ！

ヴィシスは、反射的に立ち上がっていた。

「そしてタクト・キリハラは……アライオンとマグナルの国境線にて、ヴィシス様との会談を求めているとのことですッ！」

「これは……まったくもって、驚いた事態となりましたねぇ。すでに始末されたと思われていたキリハラさんが……まさか、大魔帝を討ち取るとは」

これはヴィシスも想像の埒外《らちがい》であった。

あのE級勇者の件も無視はできない。

しかし自身の目的を考えるのなら——優先すべきは、こちら。

ヴィシスは新生騎兵隊を伴い、指定の国境線まで赴いた。

勇者たちと約1000名の軍は野営地に残してきた。

あえて勇者たちは、連れてこなかった。

特に、アヤカ・ソゴウは邪魔になりかねない。

そう——タクト・キリハラを、始末する際の。

「過去の根源なる邪悪——歴代大魔帝の中でも、特に今回のは手強《てごわ》そうに感じたものですが……けっこう謎ですねぇ。本来天敵である勇者相手に、それほど油断してたとも思えませんが……いえ、いかんせん相手があのキリハラさんですからねー。彼に悪い意味であてられて、あの意味不明さに調子を乱されてしまったのかもしれません。彼だけは、私にも読めませんから……まあでも、これで終わりです」

あれだけの軍勢を生み出し、動かせる大魔帝。

大侵攻の際に東軍が目にした、大魔帝が操作していたらしきあの巨大生物。

過去最高の根源なる邪悪。

すべて、終わる。

「…………」

ただ、一つ気になることがある。

あのあと伝令が、こんなことを言っていた。

『タクト・キリハラはどうも……金眼《きんがん》の魔物を引き連れている、そうでして……中には、側近級らしきものもいるとか……』

最初、ヴィシスは訝《いぶか》しんだ。

これは大魔帝の策ではないのか？

大魔帝の死は嘘《うそ》で、今回のキリハラの接触は大魔帝主導の何かの罠《わな》ではないのか？

ただ、大魔帝の死が嘘かどうかを調べる方法はある。

大魔帝の生んだ魔物の邪王素《じやおうそ》放出の有無を確認すればいい。

もし大魔帝が死んでいれば、その邪王素は消える。

が、今回に限ってはその場ですぐ確実な証拠がほしかった。

実を言うと、ヴィシスは根源なる邪悪の生死を判断する手段を持っている。

貴重な神の力を消費するのであまり頻繁に使いたくはなかった。

しかし、今は使うべき時と判断した。

結果――確かに大魔帝は、死んでいたのである。

生死判定をしたあと、伝令はこうも報告していた。

『大誓壁《ナイトウォール》付近の金眼たちは統率を失い、散り散りになっているようです。今、マグナルとヨナトがその対応に乗り出していると……邪王素も、おそらく消失しているかと……』

『根源なる邪悪が死んだあとに起こる暴走……邪王素の消失……大魔帝の死は、間違いないようですね』

『では……へ、平和が戻るのですね！』

『……しかし、気になります。キリハラさんが金眼の魔物を引き連れているというのは……統率を失うはずの金眼を引き連れている……しかも、魔族である側近級まで？』

『あの、その件ですが……訪ねてきたマグナルの民が言うには、タクト・キリハラは〝金眼の魔物を従属させる固有スキルというものを会得した〟――と。これはタクト・キリハラ自身がそう伝えるよう、その民に指示したそうでして……』

大魔帝が生きているなら、今回の会談はキリハラを用いた策と考えるのが妥当である。

が、大魔帝が死んでいるのはわかっている。

ならばこの状況は――なんだというのか。

これはもう会ってみるしかない。

そして――会って、始末すればいい。

キリハラが元の世界に戻るにはどのみち女神が必要なのだ。

女神のてのひらの上に、戻ってくるしかない。

ヴィシスが今立っているのは、なだらかな平野である。
土が剝《む》き出しになっているところも多い。
畑に向いてるわけでもない。何か産出するものがあるわけでもない。
過去に遡っても、両国ともさほど欲しがらなかった地域である。
あえて特徴を挙げるなら、この平野一帯には巨岩が点々と存在しているくらいか。
右手側にはなだらかな傾斜が続き、その先に小高い丘がある。
左手側は——金棲魔群帯《こんせいまぐんたい》。遠目にだが、見えている。
そして……
「驚きましたね」
列になった金眼の魔物の群れを背に——タクト・キリハラが、いた。
馬に似た四足歩行の魔物から下馬するキリハラ。
巨金馬《きょきんば》、とでも言おうか。
黄金色の奇抜な一本ヅノの魔物であった。
キリハラがこちらへ、歩き出す。
彼は小型の金波龍《きんぱりゅう》を数匹纏《まと》っていた。
と——付き従うように、金眼たちが前へ出始める。
歩き出す順は不揃《ふぞろ》いだが、逆に独特の迫力があった。

個体の大きさも不揃い。

最も多いのは大魔帝軍《たいまていぐん》の主力であったオーガ兵で、腐肉馬《グールホース》に乗っている。

こちらの新生騎兵隊の者たちが怯《ひる》む。

隊長を務めるクジャ・ユーカリオンが青ざめ、

「ヴィ、ヴィシス様……来、ますが……大丈夫なの、でしょうか……？」

「さあ？」

「！」

「ふふふ、冗談です」

カコッ、と——ヴィシスは、懐から取り出した黒紫玉《こくしぎょく》を口に入れた。

「まあ、予備としてもう一段階——上へ、行っておきましょうか」

——ドクンッ——

二つめ。

ヴィシスの目が、黒一色に染まる。ぬらぬらと光沢を放つ闇のような瞳。

一つ、瞬きをする。と、黒一色が元の目に戻る。

今の目の変化は、背後の新生騎兵隊たちには見えていない。

「あら？」

キリハラが、右手を挙げた。制止を命じるように。

金眼の魔物たちの行進が止まる。

そこから、キリハラは一人で歩き始めた。

ヴィシスとの距離は現在、200ラータル（メートル）ほど。

「ふふふ……話し合いたいというのは、本当のようですね。では……こちらも、私が一人で参るとしましょう」

「ヴィシス様!?」

「大丈夫です。私にとっての危険とは、邪王素だけですので」

互いの距離が、詰まっていく。

両者とも歩みに乱れはない。

ある一定の距離まで来たところでヴィシスは「あら」と呟《つぶや》く。

「………仲よく、というつもりでもないみたいですねぇ。あぁ、怖い怖い」

そして、互いの声が聞こえるだろう距離まで来──

「【金色《ドラゴニック》、龍鳴《チェ》──】」

攻撃意思が認められた時点で、ヴィシスは、刹那の速度でキリハラに肉薄している。

スキルを言い終える前にキリハラの頬に狙いを定め──殴り、飛ばす。

キリハラは矢のように吹き飛び、背から近場の巨岩に激しく叩《たた》きつけられた。

硬質ながらも激しい破砕音が鳴った。

キリハラは背から半身を巨岩にめり込ませ、岩には荒々しい凹《へこ》みができている。

その凹みからは放射状に、蜘蛛《くも》の巣のような亀裂が外側へ向かって走っていた。

吹き飛ばした直後、ヴィシスはそのまま吹き飛ぶキリハラを——追いかけていた。

衝撃ゆえか金波龍は霧散し、すでに消滅している。

キリハラの目が——見下すように、ヴィシスを捉えた。

「【金色《ドラゴニック》、龍鳴《チエ》——】」

スキル名を言い終えるよりも、速く。

ヴィシスは右手でキリハラの両頬を力強く挟み込み、そのまま口を塞いだ。

「無駄です」

「…………」

「攻撃の意思を感じ取れれば、あなたがスキル名を言い終えるより速く、私は攻撃をすることができます——できる、ようですねぇ？　あなたのスキルの弱点は文字数が多いことです。今のスキルは、スキル名の発声が発動に必要なのですよね？　つまり……スキル名を言い終える前に阻止してしまえば、恐るるに足らずなのです。先に発動させておいて持続的に使えるスキルだと、怖い怖いですが……どれどれ？」

強制的にキリハラのステータスを表示させる。

忙しさや面倒臭さを言い訳にせず、ヒジリもこうやって確認しておくべきだった。

「〝ドラゴニック〟のあとに〝チェ〟とか聞こえましたので……あーこれですか……【金色龍鳴鎖《ドラゴニックチェーン》】……何々……【従属／対象：金眼の魔物・魔族】……？　まあ！」

ヴィシスは驚き顔で目を見開く。

「まあああまあ！　まさか私を、魔物や魔族だと思ってこれで従属させようとしたのですか!?　なんてひどい……っ！　女神であるこの私が、魔物や魔族と同じと判断されたなんて……ひ、ひどすぎます……ッ！　うえーん！……えーっと、他にも新しいスキルが……まーすごい。…………それにしても、冷静なのですねぇ。何かおっしゃりたいことが？　いいでしょう。攻撃の意思が見えた瞬間、次はもっと痛い目をみますが♪　あー、さっきは手加減したのくらいわかりますよね？　馬鹿じゃないと信じたいです、すごく」

警告を終え、手を離す。

「――試しに、決まっている」

特に動揺した響きもなく、キリハラは言った。

「試し？」

「そのスキルの表示情報からして、効く可能性は低いと思っていたが……おまえにも効くのかどうか、試さざるを得なかった。王の宿命だ――どう、足掻《あが》いても」

「ハァそうですか。よくわからないです」

「…………なるほど、敵意の有無か。そうか……オレに敵意がなかったから大魔帝は油断した……しかし、おまえへの敵意を隠すのは不可能に近い。だから警戒された——摂理か。オレはオレに嘘はつけない……王の遺伝子が、嘘を許さない。そういうことか」

「正気ですか？　ちゃんと、会話ができますか？」

「従属させられれば一番だったが……仕方ない。交渉には、応じざるをえない」

「あのぅ……どういう感性ですか、それ？　自分のお立場わかっていらっしゃいます？」

「王だ」

「王と言われましても……あのキリハラさん？　大人になりましょう？」

「オレは、すでに年齢を超越している」

「うーん」

「これは立場の話だ。オレは大魔帝をくだし、こうして真の王となった。ここから——キリハラが、始《すべて》まる」

数秒の間が、あって。

にっこりと、ヴィシスは笑った。

「ともあれ、よくやってくださいましたっ。あなたの功績を称《たた》え、先ほどの反逆行為は不問としましょう」

「おまえの目にはさっきのが反逆に見えたか。あれは反逆ではない——オレの摂理だ」

「……なるほど、わかりました。さ、それではアライオンに戻りましょうか……ええっと、あの金眼《きんがん》の魔物さんたちは……どこかにまとめて置いておけます？」

「おまえに不問にされるまでもない。これでよくわかっただろう……オレこそが真の勇者であり、真の王の器《うつわ》だったと。誰もなしえなかった大魔帝殺しを成し遂げたのは、このオレだった。オレだけが、成し遂げた」

「はい、すごいです♪　とっても♪」

「……やはりヴィシス、おまえからは敬意が見えない。望みか、断絶が」

「も、申し訳ないです……元から、こういう性格でして……」

「しおらしくなるとか、泣くとか……それでどうにかなるほど世の中は甘くはない。だがそれがおまえの限界……未来永劫《みらいえいごう》、価値ある信頼がおまえへ向けられることはないだろう。このオレと、違ってな」

「同じでは？」

「違うと言わざるをえねーな……まあ、謝罪すれば許しをやることも考慮される。わかるか？　おまえはオレの真の力量を見誤った……後悔しろ、ヴィシス」

「う、うぅ……後悔、してます……申し訳ございませんでした……私の目が曇っておりました……ぐすっ……あんまり苛《いじ》めないでください……私だって、完璧ではないのです……うぅぅ……ごめんなさい……」

「……………………赤点は回避、と甘めに採点してやる。しかし謝罪としてはEランクだ。

神の思い上がりか、心から誰かに謝るということができないのか……それが――おまえの限界らしいな」

「うぅ、そのようです……」

「ただ、形式上でも謝罪したことは評価するしかない」

「そうですか……それで、キリハラさん」

ヴィシスは肝心の話へと、流れを切り替える。

「大魔帝を倒したのは本当のようですが……黒水晶の首飾りは、ちゃんとありますか？私はどうでもよいのですが……あなたたちを元の世界へ戻すために、必要ですので」

「渡してもいいが――その前に、条件がある」

「あのぅ……その前に、確認だけさせてもらってもいいでしょうか？」

「首飾りをか？」

「はい」

キリハラが懐に手を入れた。ヴィシスは視線でそれを追う。

そして懐から出てきたのは――黒水晶の首飾り。

キリハラはそれを、躊躇《ちゅうちょ》せず差し出した。

「返すぜ。真の王にはもう必要のないものだ――で、なんだその殺意は？」

「………キリハラさん？」

「なんだ」

「入っていませんね」

「大魔帝の邪王素《じゃおうそ》がか？」

「はい」

「もちろんだ」

「……もちろん、と言われましても。どういうことなのでしょう？……ああ、つまり――」

「そうだ、心臓が残った」

心臓ごと消滅した場合、首飾りが根源素を吸収し貯蔵する。

冷え切った昏《くら》い笑みを浮かべ――ヴィシスは、尋ねた。

「心臓は……一体、どこにあるんでしょうか？」

「その前に、条件の話だ」

「んー、痛い目にあいます？　手加減なしで」

「手加減か……ヴィシス、おまえ何も気づいていないのか？」

「はー？」

ぎょろり、と。

「やるつもりがあれば、オレはとうに――」

見下したキリハラの瞳が、ヴィシスを映す。

「おまえを、倒しているという事実に」

笑顔のまま首を傾《かし》げるヴィシス。

「ん……んん？　なんですって？」

「オレは大魔帝《たいまてい》を倒すほどの強者と化し——ゆえに、最強。すでにおまえを凌駕《りょうが》している。だが、おまえはオレを元の世界に戻すのに必要だ。生かさざるをえない……つまり、すべてはめこぼしだ。オレはおまえの無礼を見逃してやっている側、という事実だけが残った……」

「…………」

心臓は、このまま殺して奪い取れば問題な——

「それから心臓だが、ここにはない」

「は？」

拷問で吐かせる案へ変更する。人間の精神が耐えられる許容量には、限界が——

「そして、オレも正確な場所を知らない」

「……はい？」

「配下に隠させた。隠した場所はそいつしか知らない。つまり、オレをここで殺そうとしても無意味というわけだ……ああ、それから……」

キリハラは淡々と続ける。

「一定期間内にその配下へオレからの通達がなかった場合、そいつは大魔帝の心臓を始末することになっている」

「――――」

「要するに……仮にオレを殺したり捕らえたりすれば、自動的に大魔帝の心臓は失われる……誰が、どう望もうと」

表情や声から真偽が読み取れない。

なぜかこの男からは〝確信〟しか感じ取れない。仮に事実と食い違いがあったとしても、この男はそれを本気で〝事実〟として捉えているのではあるまいか。

そんな考えが、ヴィシスの頭をよぎった。

「ふふ……ええっと、しかしなぜそんなことを？　何がしたいのでしょう？　心臓を渡していただかなければ、元の世界に帰れませんよ？」

女神の真意に気づいているとは、考えがたい。

「元の世界には戻るつもりだ。ただし、まだ帰還するわけにはいかない」

話が、変わってきた。

「んんー？　それは、どういうことでしょう？」

「オレは、この世界で王としてのキリハラを知らしめる。そしてこの世界で王を達成したあとには元の世界へ戻り、そっちでも王となる。わかるか？」

「……あー多分、わかった気がします」

つまり、こちらの世界で〝まだ楽しみたい〟というわけだ。

「では、その目的を達成したあとは心臓を渡していただけるのですね？」

「当然だ。オレはいずれあの国に帰らざるをえないからな……だが、今ではない」

「なる、ほど」

ヴィシスは考える。

「ではキリハラさん、私もこの世界であなたが王として過ごすためのお手伝いをしましょう♪」

「だろうな」

「ただ、詳細を聞かねばなりません。具体的には何をしたいのです？」

キリハラは語った。

まず、国を一つ手に入れること。

次に、その国の王として即位すること。

そして——自分が〝すべて達成した〟と感じたら、元の世界へ帰還する。

「他の勇者どもにはオレをわからせる必要がある。オレを残して先に帰る、みたいな錯乱した真似《まね》を許すわけにはいかない。仮にオレが許しても、それは世界が許さない」

「つまり……あなたが理想とする姿になるまでは、ソゴウさんたちも帰還できないのですね？」

「オレがいなければ大魔帝は倒せなかった。あいつらは、納得するしか道がない」

過去の勇者にも似たような者はいた。

〝世界の大敵を討ったのだから、それに見合う褒美がほしい〟

こちらの世界の方が、元の世界より居心地がよくなってしまった例もある。

元の世界に戻りたくない、という者たちである。

しかし――根源なる邪悪の消滅後に勇者を残し続けると、神族的には問題がある。

長引きすぎると悪い〝影響〟が出てきてしまうのだ。

一人か二人ならばその〝影響〟は極小にできる。

けれどキリハラの要求する人数を残すとなると、長期間は難しい。

最も簡単な方法は、始末して数を減らすことなのだが――

「わかりました。ではソゴウさんたちには説明をして、しばらく残っていただきましょう♪　それでキリハラさんは……根源なる邪悪の地に、新しい国を作りたいのですか？」

「いや、マグナル王国をもらう」

「マグナルですか」

「人間の民は必要だ。しかし、根源なる邪悪の地もオレの国の領地とする。そしてそこと行き来できる大誓壁《ナイトウオール》がマグナルだからな。まあ、オレの従属下にある魔物や魔族は根源なる邪悪の地に押し込んでおいてもいい。安心しろ……マグナルの民も、キリハラの民となれば悪いようにはしない。王の責務は果たす」

「なるほど。んー……マグナルの白狼王《はくろうおう》は先の大侵攻で戦死したので……現在、王座は空いていますが……」

「白狼《はくろう》騎士団長に白狼王の弟がいるだろう。オレは、東軍を助けに行った時に会っている」

「ソギュード・シグムスですね。今、彼は白狼騎士団と共に私たちのいる方角へ向かっているはずですが」

「そいつと、マグナルの真の王を明らかにする決闘を行う」

「ハァ決闘ですか。決闘……」

「真の王にふさわしい男がどっちかを決めねーとな……もちろんオレの王性に気づきひれ伏すなら、命を助けるのも視野に入れてやろう。それだけの寛大さが、このオレにはある」

「うーん」

あの〝黒狼《こくろう》〟が了承するだろうか、とヴィシスは疑問に思った。

ヴィシスは白狼王不在のマグナルの近況を知っている。

ソギュードを新たなる王にとの声がにわかに国内で高まっているのだ。

しかもその熱望の声を受けたソギュードも〝兄が見つかるまでなら一時的にその役目を負ってもいい〟と言い出しているという。

ソギュードは王の不在が家臣や民に与える負の影響をよくわかっている。

それにしても、とヴィシスは嗤《わら》う。

消息不明——死体が出ていない。

ならば生きているかもしれない。いや、きっと生きている。

人は〝消息不明〟と聞くとなぜか生きていると思い込むらしい。

現実を直視できない短命種の愚かさ。

根拠なき楽観論に縋《すが》り続け、手遅れになってから喚《わめ》き始める。

何度見てもあれは滑稽であり、最高の喜劇である。

短命種。

「それと、アートライト姉妹はこのオレが引き受けた」

「まー……いいのではないですか」

美貌の姉妹と名高い二人の騎士団長。

マグナルには白狼騎士団の他にも二つ騎士団がある。

白兎《はくと》騎士団と白狐《はくこ》騎士団である。

精強で知られる白狼騎士団に隠れて知名度は低い。

が、両騎士団ともウルザの魔戦騎士団に勝るくらいには強いと聞く。

「せいぜい、側室だがな」

「はー、本命はやはりソゴウさんですか？」

「所詮、ヴィシスだな」

「むー、その言い草はひどいです」

「さすがオレの隠れた才能に気づかなかっただけはある——おまえは所詮、自分が好きすぎる。で……本当に心の底から、わからないのか？　結局、愚かの極致か？」

「……ああ」

「今さら気づいても、もう遅い。正室は——」

キリハラはやはり、その名を口にした。

「セラス・アシュレインしか、ありえない」

大して興味のない話だったので最初は真面目に考えなかった。

しかし考えてみればそれはそうなる、とヴィシスは納得した。

そもそも、アートライト姉妹がいまいち話題にのぼらない理由がそれだ。

美貌の話題となると狂美帝《きょうびてい》の存在もあるには違いないが、やはりセラス・アシュレインの存在が大きすぎるのである。

「――――――」

……セラス・アシュレイン？

その時、ヴィシスは閃《ひらめ》いた。

今は時間がほしい。今後を見据えて、色々動いておきたいからだ。

しかし邪魔な存在が〝邪魔〟である。

キリハラ。

そして蝿王《はえおう》――トーカ・ミモリ。

ヴィシスは思い出す。

トーカ・ミモリを廃棄した時のことを――あの二人のやりとりを。

「…………」

道筋が、できあがった。

「キリハラさん、セラス・アシュレインで思い出したのですが……少々、面白いお話が」

「つまらない話だったら、おまえの信用はここで完全に終わる」

「興味深い話かとー」

ヴィシスは、キリハラの耳もとで囁《ささや》いた。さすがにこの事実には心を動かしたか。

キリハラの表情が、変わった。

「なん、だと……」

「私も、変だと思っていたんです……あの胡散臭《うさんくさ》い蠅王とは一体なんなのでしょう、と。呪術とか言われても、やっぱり意味がわからなくて……」

「あの時……廃棄される前、おまえは――」

ヴィシスを睨《にら》みつけるキリハラ。

「ハズレ枠と、確かに言ったな？」

「うぅ……気持ち悪いですよね……うじ虫みたいに、墓地から這《は》い出てくるなんて……怖いです……」

「自慢の廃棄遺跡とやらはハリボテか？　社会を舐《な》めるのも、いい加減にしろ」

ヴィシスが固有スキルについての推測を話すと、

「戦場《いくさば》みたいにあいつも――分不相応の、本来、身の丈にそぐわない……成金仕様スキルだった、ということか」

「ただ、食糧問題をどうしたのか……そこだけが私にも、まったくわかりません」

「神だと？　せいぜい、笑わせてくれる」

「ふふふ――あらっ？」

突然、キリハラがヴィシスの胸倉を乱暴に摑《つか》んだ。

「とんだ落ち度だったな、女神ヴィシス……ッ、――しかも、あいつが蠅王ノ戦団の戦団長ベルゼギアで――」

わずかに開いたキリハラの口の端。ギリリッ、と歯が軋《きし》んでいる。

「あいつが、セラス・アシュレインの今の〝所有者〟だと……ッ!? 舌が抜けるほど馬鹿げた話をもってきたらしいな、ヴィシス……ッ！」

ふふ、と笑顔になるヴィシス。

「まー……セラス・アシュレインはカトレア姫からそれなりに渡世を学び、剣技でも名高い……しかし他はどうでしょう？ 冗談の通じない気質で、潔癖で、男慣れしていなくて――つまりは男性経験もおそらくなく……異性としてそこそこ惹《ひ》かれる〝何か〟が起これば、コロッと手ごめにされてしまう娘だったのではないでしょうか？ あ、断っておきますけど、これは侮辱とかではなくあくまで個人の感想ですので♪ あなたが魅力を覚えるセラス・アシュレインを否定しているわけではありませんので、あしからず」

トーカ・ミモリは黒竜騎士団からセラスを救った。

ヴィシスは、その自説を話した。

「――それでミモリさんに、心を惹かれたのだと思います」

「三森《みもり》のことだ……〝人類最強〟は卑怯《ひきょう》な手で騙《だま》し討ちにしたので確定か。だが、オレなら正面からやり合って〝人類最強〟に勝てた。ちっ……どうもセラス・アシュレインは巡り合わせが悪すぎるな……オレより低ランクの男に救われて喜んでいるとは。見た目は最強かもしれねーが、中身はこのオレが再教育せざるをえない……やれやれ、手間のかかる女だ……」

　ブッ！

　キリハラが、ヴィシスの胸もとに唾を吐いた。

「…………………」

　突き放すように、キリハラが勢いよく胸倉から手を離す。

「今の今まで、あのゴキブリみてぇにこの世界を這い回ってた勘違い最下級の生存に気づかなかった罪……今ので、少しだけ減刑にしてやる」

「そうですか――ありがとうございます」

「………なんだ？　今この場で、オレを殺したいか？」

「さあ？」

「ふん……しかし、もはや許すことはできそうにない。寛容の代名詞であるオレもついに切れたらしい……堪忍袋の緒、というものが。断然……裁く路線を、取らざるをえない」

　キリハラがカタナの柄《つか》に手をかけ、強く――固く、握り締める。

「あの空気底辺だったその他大勢の分際で、てめぇのランクとつり合わねぇ美品を満足げに手もとに置いてるなど……このオレの摂理に完全に反している――完全にだッ！」

「キリハラさん、あなたは真の王です」

「今さら言うまでもない。太陽が東からのぼって西に沈むのと同じくらい、当然のことだ」

「真の王の隣には、やはりふさわしい相手が必要かと」

「前菜としてアートライト姉妹は断然もらう。が、真にこのオレの隣にいるべきメインディッシュはセラス・アシュレインしかありえない。最上級の者には最上級があてがわれるべきだ。それが——圧倒的摂理。下級本質は成り上がっても、どこかでメッキが剝がれなくてはならない。なぜなら、摂理に反しているからだ。思い上がった下級本質どもが、その本質にふさわしい人生を送る正常な世界が今、必要とされている。オレのいた世界もそうだった。自分の程度を理解できていない下級本質どもの声が——分不相応に、大きすぎた」

「その通りですキリハラさん。きっと、その通りです」

「ふん、ヴィシス……今回はこの話、あえて乗ってやるぜ。この世界を正常な姿へ戻すために、オレがすべてをキリハラへと還《かえ》す。もはや、三森を許すわけにはいかない」

「ではキリハラさん、これよりあなたの目標達成まで私たちは共闘関係を結ぶ……よろしいですね？」

「王が神と手を結ぶ。いいだろう。元の世界へ戻るには、おまえを殺すわけにはいかねーからな……共闘関係辺りが、妥協点……」

ふぅぅぅぅ、とキリハラが息を吐く。

「ソギュード・シグムス、アートライト姉妹、十河綾香《そごうあやか》、高雄聖《たかおひじり》、セラス・アシュレイン……ソギュード・シグムス、十河綾香、セラス・アシュレイン……」

キリハラは金波龍《きんぱりゅう》を再び纏《まと》い、首を傾けた。

……コキッ……

「三森、灯河……」

◇【十河綾香】◇

魔帝討伐軍は、アライオン王城へ引き返すこととなった。
事情は知らされなかった。綾香以外の者も知らないようだ。
女神は〝状況が変わった〟とだけ告げた。
皆、困惑していた。
決戦と意気込んでいただけに、困惑はより強いものだった。
もちろん女神に事情は尋ねた。しかし女神は、
『まだ未確定な事項も多く、詳細が判明したらお伝えしますね。お約束します』
やはり、詳しく教えるつもりはないようだった。
結局、綾香たちはアライオン王城へ舞い戻ってきた。
数日、待機が続いた。この間、城内ではある噂《うわさ》が広がっていた。
〝大魔帝《たいまてい》が死んだらしい〟
綾香は真相を探ろうとしたが、なぜか今は軟禁に近い状況にある。
他のクラスメイトと接触できる時間もなぜか制限されていた。
理由を尋ねても〝のっぴきならない事情がある〟としか教えてもらえない。
（何が、起こっているの……本当に……）

ある日、起きがけに女神から呼び出された。大事な話があるという。

いつもの執務室に行くと、綾香は尋ねた。

「一体何が起こっているんですか？　大魔帝が死んだなんて噂も、耳に入ってきていますが……」

女神は神妙な顔つきで、

「状況が完全に、想定外の方向に動き始めてしまったのです。実は——」

大魔帝の死を、女神は伝えた。

噂は真実だったらしい。

しかも倒したのは——桐原拓斗《きりはらたくと》。

国境線付近にいた時、綾香らは野営地で待機を命じられていた。

女神はその時、配下の一部を連れて彼に会いに行っていたそうだ。

なぜ自分たちも連れていってくれなかったのかと綾香が尋ねると、女神は理由を説明した。彼は、女神との一対一の会談を要求してきたのだという。

下手に刺激しないよう一旦彼の要求に従ったまでです、と女神は言った。

そして女神は彼——桐原拓斗に会った。

「すでに始末されていたと思われていたキリハラさんが、なんと、大魔帝を倒したのだそうです。私には大魔帝の生死を判定する手段がありますから、これは確かです。まあ、それによって出現もわかるわけですね」

「で、でもそれならっ……つまり――」

元の世界へ戻れる。

しかし、そう喜んだのも束《つか》の間《ま》――

「そん、な……桐原君、が……？」

女神が説明した内容は、驚くべきものだった。

「はい……彼、心臓をどこかに隠してしまったようでして」

桐原の無事は綾香にとって朗報だった。

が、会談後そのまま女神に合流したわけでもないらしい。

女神はさらに説明した。

私見だが、桐原拓斗は暴走している。

あの場では彼に話を合わせるので手一杯だった。

大魔帝を殺したせいか、レベルもとんでもないことになっている。

神族の自分ですら殺される危険があった。

だから一時的に、彼が会談で突きつけてきた要求を呑《の》んだふりをした。

そうして時間を稼ぎ――対策を練るべく、アライオンへ戻ってきた。

「ひとまず、私とは共闘関係ということになりましたが……正直あの場では、私も何をどうしたらいいのかわからなかったのです。しかし……あのまま国境線にあなたたちを置いておけば、暴走した桐原さんが襲撃してきて危険が及ぶかもしれない。ですのでとりあえず引き返してきた、というわけです」

女神の話を聞いた綾香は眉を顰《ひそ》めた。

「あの、今……共闘、とおっしゃいましたよね？　大魔帝を倒したのに……一体、誰と戦うというんですか？」

「彼はミラと戦うようです」

「ミラと？　ど、どうして……」

「今、ミラには蠅王《はえおう》ノ戦団が身を寄せていまして……」

（蠅王ノ戦団？　ベルゼギアさん？　どうして今ここで、あの人の傭兵《ようへい》団の話が……）

「まず……キリハラさんは〝自分がマグナルの王になる〟などと、わけのわからないことを言っています。そして……蠅王ノ戦団に所属しているセラス・アシュレインを、妻に迎えるそうです」

「！　ば、馬鹿な……そんなことっ――」

「いえ、彼は本気でした。しかも金眼《きんがん》の魔物や魔族を支配する固有スキルまで会得しています。信じられないことですが……彼は今、魔の軍勢を率いています」

「魔の軍勢、を……」

言葉が出ない。

そして、と女神は続けた。いつになく真剣な面持ちで。

「本音を言うと、私としても対ミラ戦争にはけりをつけておきたく思っているのです」

「で、ですが……もう、人間同士で争う必要なんて……」

「ミラはどうやら神族……私を殺す手段を手に入れたようでして。明かしてしまいますが……禁呪、というものです」

「禁呪？」

「神をも殺す恐ろしい力です。ですが、これで納得がいくのではありませんか？　それがあるから、ミラは私へ反旗を翻した……」

（納得は、いく……）

女神の弱点となる力を持つなら、戦争で勝ちさえすればいい。

そして禁呪を持って辿《たど》り着けばいい——女神のところまで。

「ですが、私がいなくなれば勇者召喚はできません。この地から女神が消えれば……次の根源なる邪悪が現れた時、この世界の人々はなすすべなく根絶やしにされます。目を覆いたくなる虐殺や、惨劇の果てに……」

先の大侵攻で、大魔帝軍の残忍さはこの身をもって知った。

対抗手段をなくした人々。

女神が消えれば——この世界の人たちは、不幸になる。

「で、ですがミラもそれをわかっているのではありませんか？　彼らも何か他の対抗手段があるからと、思うからこそ……」

「次の根源なる邪悪が現れるのは、数百年後の話かもしれない」

「え？」

「つまり……今生きているミラの者たちは、その頃には寿命で死んでいます。彼ら皇帝一族の元々の願いはこの大陸の統一……それだけが、宿願なのです」

「まさ、か……その宿願さえ果たせればもう……あとの世代のことなど、どうでもいい——なん、て……」

だとすれば——そんなのは、間違っている。

人は、繋《つな》いでいく義務があるはずだ。

幸せな今を創り、その幸せな今を未来にも繋げていく。

自分たちが生きている間だけ幸せならそれでいい。

死後の誰かが苦しもうが、知ったことではない。

今だけ——自分だけが、よければいい。

そんなのは、絶対に間違っている。

「ミラの皇帝一族は……歴代皇帝に受け継がれてきた宿願の成就こそが、第一なのです……民のことなど考えていません。考えていたらこんな時期に戦争など起こさないでしょう？　ミラの民も騙《だま》されているのです。私は何年も……寛容に、いつか変わってくれるだろうと期待して……反抗的な行動があっても、ミラには忠告だけで済ませてきました。ですがそれが逆によくなかったのでしょう。次第に彼らは私を逆恨みし始め、増長し……結果が、これです」

「で、ですが……ですが……」

「桐原さんはセラス・アシュレインを救い出す、と言っていました」

「！」

「民を犠牲にし自分たちの我《が》を通すミラのやり方も気に食わない、と」

「……それ、は」

「私――嫌な性格をしているでしょう？」

唐突に、女神が尋ねた。

「え？　そんな、ことは」

「お気遣いはけっこうですよ？　しかし、嫌だと思われる性格も培わなくては、これほどの長い年月、たくさんの国の均衡は保てませんでした。事実、根源なる邪悪から民は守られ、多くの国は今も存続している。ああ、そうそう……バクオスに占領されていたネーア聖国も先日、神聖連合《しんせいれんごう》に復帰していただきましたよ」

「！」

「先の大侵攻の功績いかんでは、再び国としての独立を認める……こういう約束でしたからね。私自身がバクオスと交渉しました。私は嫌な性格ですが約束は守ります。前聖王の一人娘、カトレア・シュトラミウスが女王として即位するようです」

「カトレアさんが……」

いい人だった。あの国の人たちも。

「バクオスの皇帝も、あなたと共にあの大侵攻を戦った〝最後の竜士〟こと、ガス・ドルンフェッドの進言もあってか、ごねることなく独立を認め、ネーア聖国から兵を引きました」

ネーアとバクオス。

彼らは今や、綾香《あやか》にとって特別な国となっている。

「ソゴウさん」

女神の表情が、深刻さを増した。

「今回、ミラとの戦いで我がアライオンの主力であったアライオン十三騎兵隊を始め、主軸だった戦力は壊滅状態にあります。勇《ゆう》の剣《けん》も連絡が途絶えました。これは壊滅していると見ていいでしょう。しかし――いくらミラが強かろうと、こちらの主力がここまで為《な》すすべなくやられるとは、考えがたいのです」

把握しているミラの戦力にここまでやられるはずがない。

隠してあったかもしれない戦力を、過大評価したとしても……。

そう説明したのち、女神はぽつりと切り出した。

「実は……第九騎兵隊に所属していた者が一人、生き延びて戻ってきたのです」

アライオン十三騎兵隊は少し前、西でミラの軍と戦ったそうだ。

そこで、壊滅的な打撃を受けた。

綾香はそう聞いている。

生き残りもいるが、元の数を考えればひどい生存率だという。

また、綾香は第九騎兵隊の名に聞き覚えがあった。

綾香は言った。

「第九騎兵隊の方たちは、国外で活動していると聞いていました。ですので私は会う機会がありませんでした。でも……評判は聞いていました。なんでも孤児院の運営を助けるため、定期的にお金を渡していたとか」

アライオン十三騎兵隊はあまりよい噂《うわさ》を聞かなかった。

けれど唯一、その第九だけはよい評判が聞こえてきていたのだ。

その隊だけ話が入ってきたのは、毛色が違い、そこが目立っていたからかもしれない。

「彼らは――蝿王ベルゼギアに、殺されたそうです」

「！」

「途中で負けを認め武器を放棄し、降参の意を示すも……無慈悲に殺されていったと。ただ命乞いはしなかったと聞きました。彼らは少々甘い気質の印象でしたが……さすがの私も、その最期については立派だったと思います。真の戦士の姿です」

女神は無念そうに視線を伏せ、

「正直、彼らのそんな悲惨な最期を信じたくはありません。ですが、証人がいるのです……先ほど話した生き延びた第九の者が、目撃していたのですよ。本人の口から聞くのをお望みでしたら、連れてきますが……」

「……ひどい」

女神はいつもの泣き真似《まね》をすることもなく、唇の端をただかすかに噛《か》んだ。

「同じように、剣虎団《けんこだん》も……」

「えっ？」

「団長のリリ・アダマンティンは、自分が首を差し出すから他の者は見逃してほしい――そう懇願したといいます。しかしやはり蠅王は、全員を、無慈悲に……」

綾香は息を呑み、

「――ぁ、あり……ありえません！　あの人がそんな、無慈悲なっ」

彼とは直接言葉を交わしている。見えなかった――そんな人には。

「私も彼らが味方だと思っていただけに……衝撃が大きいのです」

女神が視線を上げる。

「しかしよく考えてみてください、ソゴウさん。あなたは、彼のことをどれくらい知っていますか？」

「――それ、は」

「蝿王は元々、考え方の合わない派閥違いのアシントを皆殺しにして蝿王ノ戦団を立ち上げた人物です。障害となる者を殺すのを厭《いと》わぬ人物なのです。その、ですから……あの、ですね……ここからの話は……落ち着いて聞いてほしい、の、ですが……」

女神が悲嘆に顔を歪《ゆが》め、言葉に詰まる。

嫌な予感。

心臓が、早鐘を打つ。

この重い音……鼓動が、嫌だ。心の底から。

「処刑された捕虜の中に……実は、ヤスさんが――」

「――――――――」

ぐら、っと。

脳が揺れる感覚が、あって。

目の前が、ぐにゃりと、歪んだ。

「安《やす》、君……？　う……そ……」

「すみません。彼には私が個人的に特別な任務を与えていました……我が国の最大戦力である第六騎兵隊が同行していたので、大丈夫かと……ソゴウさん、私の想定が甘かったのです。すべて、私の責任です」

頭を、下げた――あの女神が。

「申し訳ございません」

「……あ、の」

自分の喉から絞り出した声は、震え、かすれていた。

「彼……安、君……も？」

頭を下げたまま、女神は数秒黙った。

「……はい、蠅王《はえおう》に」

「安、君……は……」

女神が顔を上げる。

「元の世界に帰りたいから助けてほしい……と。泣きじゃくり、命乞いをしたと……そう、聞いています……ですが蠅王はやはり聞く耳を持たず……、――――ソゴウ、さん？」

「…………………………………」

「……元を辿《たど》れば狂美帝《きょうびてい》、ではないかと思うのです」

ピクッ、と綾香が反応する。

「あの皇帝は……民の信奉を一身に集めています。あれには人をおかしくさせる魔性があるのです。狂おしいほど美しい皇帝ゆえに、狂美帝と呼ばれているのはご存じですか？　あれは、人をおかしくさせる。おかしくさせ——洗脳し、意のままに操る……そういう怪異のたぐいだと、私は以前から不安視していました」

「……蝿王も……狂美帝に、洗脳されていると？」

「証拠はありませんが、私はそう確信しています。彼も、魔性の毒にあてられたと」

「…………狂美、帝」

「アサギさんたちも」

「！」

「実は、彼女たちからの連絡も途絶えています。しかも今、ヨナトにはいないとのことでして……」

「まさか——ミラに……」

「殺されていなければいいのですが。でなくとも監禁されているか……いえ、最悪の事態は、狂美帝の口車に乗せられ、洗脳されているという場合です」

「……ッ！」

「そういう意味では……すべての元凶は、やはり狂美帝なのかもしれません。蝿王も狂美帝と出会ったことで彼に魅入られてしまったのではないでしょうか？　だから次々と、狂美帝にとっての邪魔者を始末する手伝いをさせられて……ですから、蝿王とその仲間たちも被害者と言えるのかもしれません。いえ、すみません……これはまだすべて、私の憶測でしかありませんので……」

「…………」

「ああ、それと……タカオさんたちですが——」

「！　み、見つかったんですか!?」

「いえ、すいません……消息はまだ……ただ、未確認ではあるのですが……ミラ方面へ向かうのを見たという目撃情報も、ありまして……」

「ミラ方面に……」

聖《ひじり》がミラの者と接触していたらしいという話は、前に女神から聞いている。

「もしかすると……狂美帝は彼女たちも、本格的に洗脳するつもりなのかもしれません。それができなければ、やはり……始末を……」

綾香は思わず腰を浮かせていた。自分が今どんな貌《かお》をしているのか——わからない。

ぎゅぅっ、と。

こぶしを固く……握り、締める。

洗脳はありえない。なぜなら——高雄聖《たかお》だから。それは、ありえない。

しかしあの蠅王がミラ側にいるのなら——始末されることは、ありうる。

「……ミラの、狂美帝」

「ソゴウさん」

「………はい」

「今、キリハラさんを止められるのはあなたしかいないと思います」

「…………私、しか」

「私は今すぐ動かねばならないことがあります。あなたたちを元の世界へ戻すための準備です。こちらは本当に急を要します。ですので申し訳ないのですが、私は手を貸せません」

「……………それで、私が」

「キリハラさんはミラへ向かう……先ほど、そうお話ししましたね？」

綾香はハッとした。

「そうです……蠅王が狂美帝と結託している以上、このままでは彼も蠅王に始末されてしまう恐れがあります」

「———ッ」

誰が言い切れるだろうか——それは、ありえないと。

「ですが、あなたならキリハラさんを殺さずに止めることができる……私は、そう信じているのです。彼を生きて元の世界へ戻すには、彼を殺さずに救える人間が必要です。ミラから、狂美帝から——蠅王から、キリハラさんを守る。それを達成しうる者がいるとすれば、今、それはあなたしかいない。もう一度言います……私は、そう信じています」

「私……私が……私、しか——」

「先日……ネーアとバクオスの軍が西の戦場へ向かいました。ネーアからは新女王カトレア・シュトラミウス。バクオスからは〝最後の竜士〟ガス・ドルンフェッドが、それぞれの国の指揮官として参加しています」

「！」

「しかしミラの軍は強い……蠅王に虐殺された我が国の主戦力たちが健在なら、まだ戦えたとは思うのですが……」

「あなたは——私に……戦争に……参加しろと、言うんですか？」

綾香《あやか》は立ったまま、俯《うつむ》いた。

「魔物ではなく——人との、戦いに……」

「…………難しい、でしょうか？　すみません、ここまで我が軍が逼迫《ひっぱく》した状況でなければ、こんな無茶は頼まないのですが……」

どうすればいいのか。

自分は。

聖さん、と思った。

こんな時はやはり、彼女に相談したい。

けれど彼女はいない。

決めなくてはならないのだ。

自分で。

自分の、意志で。

長い、長い沈黙があって――

「――、……私、だけ」

「は、はい……なんでしょう？　どうぞ」

「参加するのは……私、だけ。他のクラスメイトのみんなは参加させない――それが条件、です」

絶対、みんなに人殺しなんてさせない。

させるわけには、いかない。

「参加して、いただけるのです……か？」

「カトレアさんにガスさん……あの人たちを、死なせるわけにはいきません。それに……

ミラを目指している桐原《きりはら》君を助けるなら、私もミラに向かう必要があります。浅葱《あさぎ》さんたちや……高雄さんたちを助けるためにも。どのみち、ウルザの戦場を避けての北回りルートは距離的に時間を食いすぎます。それでは、間に合わないかもしれない」

つまり、ウルザの戦場は通過しなくてはならない。

綾香は真《ま》っ直《す》ぐ女神と視線を交わし、

「それにミラがこちらの軍を打ち破れば、そのままみんながいるこのアライオンに攻め上ってくる——そうでいすね？」

「はい」

女神も立ち上がり、綾香の前まで来た。そして綾香の手を取り、

「やって、くれますか？」

「……やります。今〝最悪〟を止められるのが、私しかいないのなら」

「あぁ！　ソゴウさん！」

「ただし、戦い方は私に任せてもらいます」

「戦い方を？」

「私は人殺しをするために、この世界に来たんじゃありません。戦争だから人が死ぬのは覚悟しています。ですが……私はそれを最低限に抑える戦い方をする。それは、了承してください」

「ふふ……ソゴウさんらしいですね。わかりました。お好きになさってください」

ぎゅ、と女神が綾香の手を強く握り込む。

「ソゴウさん、私も目が覚めました……今はあなただけが頼りだと、ようやく気づいたのです。神のくせに馬鹿で間抜けでした。いくらでも罵《ののし》ってくださって、けっこうです。今までの非礼を心より詫《わ》びます。正直に言います。あなたの態度が、気に入らなかった」

「………………」

しおらしくなる女神。

「私は女神として数々の人間の裏切りに遭い、数多《あまた》の邪悪に揉《も》まれてきました……気づけば私も、そういった人の悪意や邪悪さにあてられ、善性を前提とした理想論を信じられなくなっていたのです。だから、あなたのその善性も欺瞞《ぎまん》――虚飾だと思っていた。それが、気に入らなかったのです」

女神が綾香と視線を合わせる。

「でも……違った。あなたは本物の善性の人間だった。まだそんな人間がいるなんて、信じられなかった……しかし、いたのです。ここに」

「女神、さま」

女神は息をついた。

「となると……もう、人質を取って言うことを聞かせるなどという行為も……無意味ですね」


女神が卓上脇にあった呼び鈴を鳴らす。

奥の別室から二人の男が現れた。一人が、もう一人に連行されている形に見える。

目を見開く綾香。連行されている人物は――

「そ、十河《そごう》……？」

「柘榴木《ざくろぎ》、先生……」

すっかりくたびれた様子の担任が、そこにいた。

かなりやつれている。頬に、打ち身のような紫の痣《あざ》があった。

柘榴木保《たもつ》。

あのあと、城の調理場で働いていると聞かされていたが。

〝人格的に優れた手本とは思えないので接触は好ましくない〟

そう言って、女神がクラスメイトとあまり会わせたがらなかったのだ。

しかし綾香は気がかりで、何度か様子を見に行った。

訪ねていくと、いつも楽しそうに笑っていたが……。

「申し訳ありませんソゴウさん。あなたの説得に失敗したら……私は浅ましくも彼を人質にし、あなたに言うことを聞かせようと考えていました」

「！」

「しかしそれは大きな間違いでした。ただ……やはり彼は、人格的に問題があると思います。あなたとは大違いなのです」

連行していた兵が、柘榴木を蹴り飛ばす。

柘榴木は情けない声を上げて床に両手をついた。彼は怯《おび》えていた。

綾香は、問い質《ただ》す視線を女神へ向けた。

「どういう、ことですか？　それに、あの痣……」

「ザクロギさん……あの話を、して差し上げてください」

「えっ!?」

膝をついたまま、驚いて振り向く柘榴木。

「あ、え……その……」

「ザクロギさん？」

「うっ……そ、十河……ぼく、は……」

女神から無言の圧力が飛んでいる。綾香は状況が摑《つか》めず、困惑していた。

「……ぼ、ぼくが教師になったのは……じょ、女子高生と……ＪＫと、ワンチャンあるかもって、思ったからで……」

「え……柘榴木、先生……何、を……」

「だ、だって……教師は性犯罪やっても、また教師として復帰しやすいし……ツバつけといた生徒が卒業したあとは、ふ、普通に会って何やっても問題ないし。まだ社会に出てないから、言いくるめやすいし……そういう若い未発達JKとワンチャン目当てなら、絶対教師の資格取るべきだって、ネ、ネットで見て！　外国と違って性犯罪者に甘いから天国なんだよ、ぼくらの国の学校は！　モンスターペアレントとかブラック環境とかでなり手不足で、ぼ、ぼくみたいなのでも余裕でなれるしさ！　ねねね、狙ってたぜ⁉　今のクラスは年齢にそぐわない色気のある綺麗《きれい》な女子、多くてさ……ッ！　はは……やー、でも蓋を開けてみたら癖強いし、ガード固いし、しかもなんか怖くて……手ぇ出すの躊躇《ちゅうちょ》しちゃってて……はは……行動すら、起こせてなかったんだけど……最近はちょっと狙いの路線変えて鹿島《かしま》あたりならいけるかなーとか、思ってて……」

　大きな、ため息。女神のものだった。

「一度、本性を暴いておくべきだと思い——すみません、想像以上に邪悪に思えたので……つい、殴ってしまったのです。あれは、その時の痣です」

　綾香は——呆気《あつけ》にとられていた。しかしすぐに、冷静さを取り戻した。

「柘榴木先生」

「ひっ⁉」

「あなたは……最低です」

「……は、はいぃ」

「何より、教師の多くが性犯罪目的で教師になっているかのような言い方は、一生懸命、日々、真面目に生徒の将来を考えてがんばっている教師の方々に、本当に失礼です」

「うっ……ご、ごめん……なさいぃ」

「……元の世界に戻ったら教職への向き合い方を改めてください。絶対に」

「あ……ああっ！　約束、する！　ぼくは……変わる！　この世界に来て気づいたんだよ……自分を見つめ直すことができた！　自分の汚い部分を素直に告白して……なんだか、憑《つ》き物《もの》が落ちた気がするんだ！」

人は、変われる。

悪人だからとか。

弱者だからとか。

そんなことで切り捨てるのは、間違っている。

誠意を尽くせば。

言葉を尽くせば。

人はきっと、変わってくれる。

そして、正す者が持つべきは誠意や言葉を伝えるための絶対的な力だ。

そう……悪から身を守り、弱き者を助けられる——圧倒的な力。

「約束ですよ、先生」

「あ――あぁ！　変わってみせるよ、十河！　元の世界で挽回《ばんかい》させてくれ……だから、頼む。ぼくを……みんなを、助けてくれ！　そして一緒に戻ろう！　元の世界に！」

「はい、必ず」

女神が慈しむような顔になり、

「先生の痣はすぐに治療させます。私も、ついカッとなって殴ってしまい……申し訳ございませんでした」

「い、いえ……ぼくに真実を気づかせてくれた女神様には、むしろ感謝しています！　あ、ありがとうございます！」

柘榴木はそう礼を言うと、兵に連れられて部屋の外へ出て行った。

「では、ソゴウさん」

「その前に……発《た》つ前に、小山田《おやまだ》君のことも聞いておきたいです。先生を見て、心配になりました」

「彼は、まだ療養中です……やはり精神状態が不安定で……人に会わせられる状態ではないかと。会ってもいいですが……彼には悪影響かもしれません。悪化しかねませんが……どうしますか？」

「……いえ。悪化するのなら、まだ会うのはやめておきます」

「もしかすると、元の世界に戻れば治るのかもしれません。そう、この世界で起こったことはすべて悪い夢だったのだと思い……治るの、かもしれません」

「高雄《たかお》さんたちの捜索も……引き続き、お願いします」

もちろんです、と女神は頷《うなず》いた。

「先ほどは私の話に激しく動揺していましたが……覚悟は、決まったようですね？」

「打ちひしがれていたら、また、その間に失われる命があるかもしれません。今は救える命を救うのに全力を尽くしたいんです。嘆くのは、すべてが終わってからにします」

「ありがとうございます、ソゴウさん……」

「小山田君のこと……アライオンに残るみんなのこと、お願いします」

「はい」

「……許しませんから」

「はい？」

「もし裏切ったら——私は絶対にあなたを、許さない」

綾香《あやか》は出立前、周防《すおう》カヤ子《こ》にだけ今後の方針を説明した。

聞き終えたカヤ子は、

「十河さんに質問がある。西の戦場なら、相手は魔物じゃなくて——」

「ええ」

「私も、行く」

思わず、綾香は目もとを緩ませた。嬉《うれ》しさと拒否、その半々の笑みを浮かべて。

「だめよ、周防さん。気持ちは嬉しいけど……これは、私一人でやると決まったことなの」

「だけど」

「それに……あなただからこそ、ここに残していくみんなを任せられるの。あの時と同じように」

「魔《ま》防《ぼう》の白城《はくじょう》の時」

「そう」

「…………」

「ねえ周防さん……前から一度、聞いてみたかったことがあって」

「何」

「周防さんなら、もっとランクの高い勇者のいるグループに入れたと思うの。なのに、どうして私なんかのグループに入ってくれたの？　あの時の私は、今より女神さまから目の敵《かたき》にされていたし……」

「十河さん、だから」

「え？」

「覚えてないかも、しれない」

カヤ子は静かに視線を伏せ、

「私は人と話すのが苦手。付き合うのが苦手。だから、いつも一人。でも気にならない。そして周りも私を気にしない。私はそういう子。どのクラスでも〝そういう子〟として扱われていた。成績も運動も平均以上。だけど、上位層に隠れて目立ちはしない。話すのが苦手なタイプに見られるけど、まったく話さないわけでもない。人の悪口は言わない。害がない。突出した減点がない。だから、いじめや揶揄《やゆ》の対象にはなりにくい。絵に描いたような中の上どまり。そういう存在。学園生活を送るのに支障はない。結果、放っておかれる存在。卒業まで、きっとこのまま」

そう思っていた、とカヤ子は付け加えた。

いつもの無機質な調子に少しだけ、色をのせた声音で。

「そんな私に、十河さんだけは話しかけてくれた」

「それは……当然のこと、じゃないかしら？」

「クラス委員としての義務……責任。それはわかる。でも、普通はあんなに何度も話しかけてはくれない。私は今みたいに無愛想で淡々としている。だから普通は少しずつ自然消滅に向かう。間や空気が、もたないから。気まずくなる」

カヤ子の頬には、珍しく、ほんのり朱が差していた。

「十河《そごう》さんには〝意図〟がなかった。クラスで孤立してる子に話しかける優しい自分を周りに見せつけたいとか、そういう行動をする自分に酔ってるとか、そういうのがなかった。びっくりした」

「周防、さん」

「クラス委員として、十河さんは孤立してる子を放っておけなかった。それはわかる。でも、十河さんには善意しかなかった。本当にまじり気のない、純粋な善意だけ。普通じゃない。だから——、……信用できると、思った。私は、信用できる人のいるグループを選んだだけ」

「そう、だったのね……その、ありがとう周防さん。そんな風に思っていてくれたなんて……ふふ、じゃあ……クラス委員としては私、合格かしら?」

「十河さん」

こんな真剣さを帯びたカヤ子を見たのは、初めてかもしれない。

「は、はい」

「必ず、無事に戻ってきて」

「——、……ええ」

「私も、あなたに与えられた役目を果たす。あと、これから西の戦場で何があっても——

私がいる。何があっても、私だけは十河さんの味方。最後まで、何があっても」

「ありがとう……周防さん」

「十河さんの望み。みんなで帰る。元の世界に」

「ええ」

それから、とカヤ子は言った。

「すべてが終わったら、伝えたいことがある。とても……大事なこと」


(周防さん……)

十河綾香は、魔導馬《まどうば》を走らせていた。

魔導馬は通常の馬と比べ凄《すさ》まじい移動速度を誇る。

とても貴重な馬なのだが、女神は魔導馬の出し惜しみをもうしないと言っていた。

その女神も、綾香が発つ前に魔導馬でアライオンを発ったという。

言葉通り、女神は女神で大事な何かをするために動くようだ。

西の戦場を目指し、綾香は、夕映えの街道を駆ける。

周防カヤ子のためにも。

絶対に、生きて戻る。

「…………」

今回の戦いは、みんなを巻き込みたくなかった。
これも本心なのだろう。が、何よりも――
鬼と化すかもしれぬ自分を、みんなに、見られたくない。
あるいは、それもあったのかもしれない。
みんなは、絶対に守る。
絶対一緒に元の世界へ戻ってみせる。
たとえこの手を、汚したとしても。
綾香はさらに、魔導馬の速度を上げた。

◇【カトレア・シュトラミウス】◇

アライオン王国に反旗を翻したミラ帝国。

そのミラに蝿王《はえおう》ノ戦団が味方している、という噂《うわさ》が出回っている。

（こうなった時の打ち合わせは一応してありますけれど……セラス、貴方《あなた》は貴方の信じた道をゆきなさい。今、貴方の主はあの蝿王なのですから）

ネーア軍は、バクオス軍と共に西へ向かっていた。

ポラリー公爵率いるアライオン軍を助けるためである。

現在ミラ軍の追撃を受けているアライオン軍。

いよいよ我が軍が、その軍の近くまできている——そんな報告をカトレア・シュトラミウスが受けた頃だった。

ネーア軍とバクオス軍に、立ちはだかるものがあった。

金眼《きんがん》の魔物の群れである。

どこかの地下遺跡から溢《あふ》れてきたのか、あるいは金棲魔《こんせいま》群帯《ぐんたい》からやって来たのか。

しかも最悪なことに——人面種《じんめんしゅ》が二匹もまじっていた。

次々と、最前列の兵が殺戮《さつりく》されていく。

舌打ちするカトレア。

「こんな時に、まさかこんな場所で……」

傍《そば》の聖騎士がカトレアに指示を求める。

「女王陛下！　い、いかがいたしましょうか!?」

カトレアは遠目に映る惨劇の最前列を眺め、

「……撤退を。迂回路《うかいろ》を探しましょう。さすがに、あの大きさの人面種を二匹も相手にするのは無理ですわ」

「同感です、女王陛下」

そう言って空から黒竜と共に降りてきたのは、ガス・ドルンフェッド。

続き、数匹の黒竜が竜騎士と共に降りてくる。カトレアは配下に伝えた。

「急ぎ、撤退のふれを」

「ハッ！」

カトレアは、聖騎士にひとまずの進路を伝えた。

「撤退の先導はマキアに」

カトレアも周囲の聖騎士たちを引き連れ、撤退を始める。

並走するガスが振り向き、険しい顔をした。

「あの速度……このままだと、いずれ追いつかれますな」

「……ええ、時間を稼ぐ必要がありそうですわね」

「できることなら、女王陛下とその側近を我らの黒竜で運びたいところですが……捕縛後の利用を恐れ、バクオスの黒竜は定められた乗り手以外を乗せようとしません」

「存じておりますわ。お気遣いなく」

「カトレア様」

中隊長の一人が後方を振り向き、馬を寄せた。

「我が隊が、しんがりを務めます」

カトレアは一瞬にて思考を巡らせ、

「頼めますか。ただし、命は捨てることになりますわよ？」

「ふふふ……カトレア様、あなたが女王に即位なされたのです。あなたが女王なら我らがネーアの未来は明るい。なれば死などもはや恐れませぬ。我が隊の者も皆、覚悟は決まっております。あとは、残された家族たちのことだけ……頼めますかな」

「女王として義務を果たすと誓います。……礼を言います、心から」

「光栄至極！　では、お急ぎなされ――ゆくぞ、皆の者！」

大音声《だいおんじょう》で応える兵たち。次々と反転し、逆方向へ駆けていく。

「ガス様！　私も、彼らと共にゆこうかと！」

威勢よくそう名乗り出たのは、バクオスの竜騎士だった。

「一人くらい、空から戦況を俯瞰《ふかん》できる者がいた方がよろしいでしょう？」

唇を噛《か》むガス。

「よいのか？」

「ただし、残る竜騎士は私一人とお約束ください！　それが条件です！　ははは！　これ以上竜騎士が死んでしまっては、我が黒竜騎士団もいよいよ壊滅の危機ですゆえな！」

「……すまぬ」

「ではガス様、お達者で」

「お待ちください！　あなた一人とネーアだけに、いい格好はさせませんよ！」

続いたのは、バクオスの兵たちだった。

「ここでバクオスから残ったのが竜騎士一人のみと祖国に伝われば、これは後世の恥ですからね！　我が隊も、栄誉のしんがりに加えてくださいませ！」

「おまえたち……」

「あなたもです、ガス様！　あなたはバクオスの未来のために、まだ死ぬべき人間ではありません！」

「さあ、ガス様！　ネーアの女王陛下と共にこのままお進みください！　我々の犠牲、無駄になされるな！　さあ——ネーアの兵ども！　どちらが持ち堪《こた》えられるか……勝負！」

一匹の黒竜とバクオス兵たちが反転し、先行逆走するネーア兵たちを追う。

その逆方向へ馬を走らせるカトレアは、低空飛行の黒竜に乗るガスと併走し、

「あれが我が国を蹂躙《じゅうりん》したバクオス兵とは、信じられませんわね」

「あの国の風向きは、空気で簡単に変わりやすいのです。しかし、ゆえに大きな空気の流れには逆らえませぬ。シビト様を含む五竜士《ごりゅうし》の死……そこへさらに、先の大侵攻での甚大な被害……我が国の空気は、瞬く間に変わっていきました。……言い訳にはなりませぬな。我が国が、貴国を侵略したのは変えがたい事実ですゆえ」

「貴方……つくづく真面目ですわねぇ。さっきのは、戯《たわむ》れの皮肉ですわよ？」

　さて、とカトレアは話を切り替える。

「ポラリー公に軍魔鳩《ぐんまきゅう》を飛ばさなくてはなりませんわね……撤退の進路を変更させなければ。このままでは、あの人面種たちと鉢合わせしかねません」

「黒竜を伝令に使います。ですが予備として、軍魔鳩も」

「わたくしたちの迂回路も考えなくてはなりませんわね」

「こうなると、時間が心配ですな」

「ミラの輝煌戦団《きこうせんだん》……これほどとは予想外でしたわ。あの狂美帝《きょうびてい》やその二人の兄もいないというのに。聞く限り、軍を率いているという選帝三家《せんていさんか》の次期当主たちがこれまた評判以上に戦上手《いくさじょうず》のようです。爪を隠していたわけですわね。しかもこちらは、もう目ぼしい戦力を欠いている」

「女神が我々に頼るほどには欠いている、ですな」

「ポラリー公との合流……間に合うとよろしいのですが」

ここから街道を外れ、一度南へ進路を取る。

そこから元々の予定進路を避けるようにして、ポラリー公に合流すべく再び西へ。

大街道から外れれば馬の移動速度は落ちる。

目的であった援軍としての合流は、間に合わないように思えた。

カトレアが現実と義理を脳内で秤《はかり》にかけていると、ガスが息巻いた。

「困難ですが、ポラリー公を見捨てるわけにはいきませんからな……ッ！　彼は、あの戦いで死地を共にした仲……彼の率いる兵たちも！」

「お優しいことですわね、ガス殿も。……まあ、お気持ちはわかりますが」

馬を走らせながら、カトレアは振り返った。

自ら命を捨てる決意をした者たち。

「……まったく。お優しいこと、誰も彼も――あの子も」

同じく振り向いているガスが、口惜しげに眉根を寄せた。

「魔物の半分が、しんがりの兵を振り切って追ってきている……」

「そのようですわね」

「もう一度、犠牲が必要かもしれませぬな」

「………気は進みませんが、仕方ありません」

どれもそれなりでしかないが――と、カトレアは思った。

策謀を張り巡らせることもできる。

それなりの判断力も培ったつもりである。

一応、そこそこの戦術も捻《ひね》り出せる。

しかし、と歯がゆく思う。

「結局は力……実行条件を満たす力なくしては、どれほど頭を捻っても勝てないものがある……特に――」

遠くから聞こえてくる、兵の怒号と悲鳴。

巨大な影――人面種。

いわば災害であり、災厄。

元来、人がまともに対抗して勝てるものではないのだ。

例外存在なくして制することはできない。

対抗するには人外か、あるいは、常人を外れた存在が必要だ。

そう、女神や〝人類最強〟のような――

「……？　何ごと、ですの？」

撤退している側の軍が割れている――道を、開けている。

それは、すぐに、姿を、現した。


「アヤカ――――ソゴウっ!?」

アライオンの女勇者。

馬を駆り、風を切り裂くアヤカが、ちらとカトレアを一瞥《いちべつ》した。

カトレアは即座に意識を切り替え、

「あれは人面種ですわ！　ご覧の通り、二匹います！」

「倒します、私が――ッ！」

――――ブルッ、と。

その短い返しに、カトレアは身を震わせた。

肌が、粟立《あわだ》った。

なんと――明瞭なことか。

感動すら、覚えるほどに。

迷いなくその勇者は言い切った。

死の香りなど塵《ちり》すらもなく――自分が倒す、とだけ。

敵があの巨大な人面種と認識した上でなおそう言い切れる者など、一体どれほどいるのか。

カトレアは決断した。
やれる——彼女なら。
カトレアの指示で、撤退中だった軍が動きを止める。
風を切り裂き進むアヤカが、すぅ、と静かに息を吸った。
「【武装戦陣《シルバーワールド》】」
アヤカの頭上。
宙に、銀色の巨大な流体が出現。
流体が続々と分裂し、変形していく。
剣に、槍《やり》に——数多《あまた》の武器に。
アヤカの馬の周りには大量の武器が浮遊している。
まるで、アヤカに率いられているみたいに。
壮大壮麗な光景。
さながら、神話を描いた絵画のようでもある。
銀の浮遊武器を従えたアヤカが、跳ぶ。
彼女は浮遊武器の中から銀剣を一本引き寄せ、小気味よい音をさせて摑《つか》む。
そして——そのまま、人面種目《じんめんしゅ》がけて振りかぶった。

「――――――」

遠目にアヤカの戦いぶりを見ていたカトレアは、己の目を疑った。
気になったのは、剣で真っ二つに断裂される直前の――人面種の動き。
ありえるのだろうか。
いやまさか、と思い直す。
あんな巨大な人面種が……まさか。
勘違いであろう。
そんなはずはない。

怯み、背を向けようとするなど。

□

明日《みょうにち》――

アヤカ・ソゴウを迎えたネーアとバクオスの連合軍は、無事、撤退戦を行っていたポラ

リー公爵の混成軍と合流を果たした。

暫時《ざんじ》的に名を対ミラ連合軍と改めた彼らは、翌日の明け方、ポラリー公爵を追ってきたミラ軍と相対した。

◇【戦《せん》なる鬼神の銀世界】◇

「第四軍、指揮官のトゥオン様が捕縛されたとのこと……ッ！　他、部隊の指揮官が次々と捕虜となっているようです！」

「報告！　第二軍、撤退！」

陣中にて、チェスター・オルドは大将の椅子に座していた。

鞘《さや》に収まった剣の先を地につけ、どっしり構えている。

彼はオルド家の次期当主であり、現在の軍の総指揮を担っている。

チェスターは、軍師に尋ねた。

「陛下は今、こちらへ向かわれる準備を整えているとのことだったな？」

「はい」

少し前から、敵の動きが一変している。

この前アライオンから送り込まれた援軍の比ではない。

ネーアとバクオスの軍が合流したらしい、との報告はあったが……。

「女王に即位したというカトレア・シュトラミウス……あれが出てきてから、敵軍全体の動きが目に見えて変わっている。黒竜も、嫌らしい使い方をしてくる」

「ですが、輝煌戦団がここまで押し込まれた理由は――」

「ああ、例の勇者だ」

異様である。

指揮官級の者が次々と〝攫《さら》われている〟のだという。

殺されていない。

捕虜とするのが目的なのだろうか？

わからない。なんのために。しかし――

「止められぬというのだ。軍列に突入してくる、そのたった一人の勇者を」

軍師がヒゲを撫《な》で、双眸《そうぼう》を細める。

「……バクオスの、シビト・ガートランド」

「あなたも思い出すか、やはり」

「はい」

それなりに昔の話である。

かつてバクオスは、国を二つに割ったことがあった。

現皇帝の弟である公爵が、皇帝である兄に反旗を翻したのである。

弟は人望があった。

国内貴族のゆうに8割が、弟側についた。

勢力差は8対2。

もちろん、兄の皇帝側が2である。

しかしその〝2〟の中には、あの男――〝人類最強〟がいた。

「シビトは……たった一人で敵軍に奇襲をかけ続け、そして指揮官の首を取り続けた。いつ眠っているのかもわからぬほど昼夜を問わず現れ……まさに、神出鬼没だったという」

「道標を示す指揮官を失えば、兵とは実に脆《もろ》いものです……そしてそんな状態が毎日繰り返されれば、士気の低下も著しいものとなりましょう」

「最後は〝人類最強〟が、公爵の首を手に皇帝の幕舎を訪れた……その反乱の鎮圧はほぼシビト・ガートランド一人の功績、とまで言われた」

チェスターは目を閉じ、薄《うっす》ら開く。

「――再来と思うか？」

「あるいは。しかし――あえてここは、いいえと言いましょう」

「どういうことだ」

「こちらの方が、異常だからです」

「……………」

「死者が少なすぎるのです。これは異常です。報告によれば、兵たちは多くが気絶させられているか、奇妙な魔法生物らしき騎士らの妨害にあい、無力化されていると……」

敵を殺さず無力化する。

指揮能力を奪う。

非現実的だ。

神でもなければ、無理な話であろう。

「極力、死者が出ぬように戦っているということか？」

「なんのためにかは、わかりませぬが」

「捕虜を盾……人質として使う線は？」

「ルハイト様やカイゼ様、三家のご当主の方々ならともかく……人質の価値としては、弱いかと」

「目的がわからぬな」

「……単に必要以上の人死にを望んでいない、とか……」

「馬鹿な、ありえぬ。戦争だぞ？」

「そう、ですな。いえ、おっしゃる通りにございます……私も理解不能なゆえ……つい、意味の分からぬことを。申し訳ございません」

数時間が経《た》ち、戦局は悪化の一途を辿《たど》っていた。

そして――ついに、その時がやってきた。

将の一人が、信じられぬとばかりに大声を上げる。

「き、輝煌《きこうせんだん》戦団が敗走だとっ!?」

「カトレア・シュトラミウスの指揮する敵の混成軍だけならばッ――それだけならば、まだやれましょう！　ですが……です、が……ッ」

悔しげに歯ぎしりしながら、報告しに来た騎士は言った。

「あ、あの勇者に、ああも戦場を掻《か》き乱されては……もはや、戦も何もありませぬ！　我々は……我々はそれほどまでに弱いのでしょうか!?　将を守れず、攫われ続けッ……もう、何がなんだかっ……戦意が皆、どんどん……敵《かな》いそうとはとても思えず――しかし、向こうからの殺意はまるで感じられず……あまつさえ！　自分のした行為を……しゃ、謝罪までしてくるのですッ！　噂《うわさ》には聞いていましたが、あれが――あれが、異界の勇者なのですかっ!?」

苦虫を噛《か》み潰したような顔で、軍師が俯《うつむ》く。

「陛下さえ、ご到着なされれば……」

「いや」

チェスターは短く、軍師の言を切り捨てた。

「下手をすれば、むしろ陛下の身が危険だ。これはもう撤退だな。ウルザとの国境線まで撤退する。すまぬな、いささか決断が遅かった」

「……仕方ありませぬな。よし、では撤退の命令を――」

「チェスター様ッ！」

「今度は、何事だ」

駆け込んで来た伝令の表情から、悪い予感を覚えた。

「……まさか」

「れ、例の勇者かと！　手薄な防衛線の端を単騎で抜けてきたようです！　厚い中央の防衛線には、今、混成軍の主力が攻勢をかけてきております！」

チェスターらは、早足で陣幕の外へ出た。

この陣はなだらかな丘の上に設置されている。

——見えた。

たった、一騎。

ここは見晴らしのよい平原だ。伏兵を潜ませようもない。

空に、黒竜の姿も見えない。

「本当に、単騎で抜けてきたのか——ここまで。あれが……異界の、勇者」

こちらへ一直線に向かってきている。

なだらかな傾斜を、駆けのぼってくる勇者。

と、騎士の一人が狼狽《ろうばい》を漏らした。

「な……なんだ、あれは……」

勇者の頭上に突然、銀色の球体が出現した。

まるで大量の銀を溶かし、それを球体にして空に浮かべたような光景である。
「あれが報告にあった……浮遊武器か？」
しかし次の瞬間、まるで、激しい驟雨《しゅうう》のように──
ドドドドドドドドド────ッ！
球体から吐き出されるようにして、それらが降ってきた。
大量の人型の何か。
人型をした銀一色の不思議な生物たち。
それらはどこか騎士のような姿形をしていた。
と、残った流体が今度は武器に変化していく。
それらは、銀騎士たちの手に吸い寄せられていった。
騎士たちはそれを手に勇者を追う。
否──勇者が、率いているのだ。
銀騎士たちを。
こちらのミラの騎士が、冷や汗を流す。
「ぐ、軍勢を……生み出した、だと……？　あ、あんなもの……報告には……」
「……撤退を。何を犠牲にしても、チェスター様の撤退を優先せよ」
そう口を開いたのは、軍師。

チェスターは黙して勇者を眺めていた。しかしすぐに、

「気持ちとしては、相打ち覚悟で挑みたいところだが……この対ウルザ軍の総指揮官を務めるオレが捕まれば、他で粘っている軍も総崩れになりかねない。頼む――オレを、逃がしてくれ」

チェスターは、右手で左腕をきつく摑《つか》んでいた。

腕が震えている。悔しさのせいだった。

配下たちを盾にして逃げるくらいなら、本当は、戦って散りたい。

しかし、総指揮官という彼の立場がそれを許さない。

すると、

「ご安心なされいチェスター様。我々が、意地でも逃がしてみせますよ」

配下の騎士の一人がそう言って微笑《ほほえ》み、馬にまたがった。

他の配下も同じ表情で、次々と馬にまたがる。

チェスターの歯がゆさを彼らはしっかり了解していた。

軍師が、勢いよく腕を振る。

「よぉし！　私を総指揮官に見立てよ！　こちらへ引きつけている間に、チェスター様をお逃がしする！　さあ、チェスター様は早くお行きください！」

チェスターも準備の済んだ駿馬《しゅんめ》にまたがり、

「すまぬ。あとを、任せた」

彼らの覚悟を無駄にせぬため、急いで馬の腹を蹴る。

残った騎士たちが後方で、剣を馬上でするりと抜き放った。

「陛下のため――我らが、ミラの未来のため！　行くぞ、皆の者！」

続々と応じる騎士たち。

チェスターは歯噛《はが》みしながら、馬を飛ばした。

遥《はる》か後方で剣戟《けんげき》の音がする。

ミラの戦士たちの声がする。

振り切るには、あまりに辛《つら》い戦場の音であった。

ふと、チェスターは後方を見やる。

「……、――止められぬか、誰も。まるで、」

銀の馬を駆るは――黒髪の女勇者。

鯡《ひび》の入ったサークレットをつけている。

（あの特徴――）

「アヤカ・ソゴウ」

騎士たちがアヤカを追っているが、飲み込まれるように銀騎士の壁に阻まれていく。

弓矢もまったく通用していない。

ミラ自慢の古代魔導具による攻撃術式すら、ものともせず……。

アヤカ・ソゴウは、止まらない。

彼女が止まった時には――すでにチェスターは落馬し、その女勇者を見上げていた。

チェスターの剣もすでに弾《はじ》かれ、手もとにはない。

その時――パキンッ、と。

アヤカのサークレットが割れ、地面に落ちた。

チェスターを見下ろす彼女の顔は――

「あなたが、この軍の総指揮官ですね」

到底、勝利を喜ぶ者の顔とは思えなかった。

「……そうだ」

「このやり方しか私にはできない……すみません。しばらく、気を失っていてもらいます」

何か、衝撃があって。

「チェスター様ぁああ――――ッ！」

軍師の声が、した気がした。

チェスターの意識は、そこで途切れた。

□

破竹の勢いでそのままアライオンの領土まで攻めのぼるかに思われたミラ軍だったが、戦局が急変。

総指揮官を務めていたチェスター・オルド以下、多数の指揮官を捕虜とされ、戦線から彼らを失うことになった。

勢いに乗って息を吹き返したアライオンの混成軍にも押し返され、結果、ミラ軍はウルザとの国境線まで大きく撤退を余儀なくされた。

この戦いは、まことしやかにこう囁《ささや》かれた。

――ミラ軍はたった一人の勇者によって敗北した、と。

◇【ニャンタン・キキーパット】◇

白狼《はくろう》騎士団は、女神の率いる魔帝討伐軍へ合流すべく東へ向かっていた。

そこへ軍魔《ぐんま》鳩《きゅう》が一通の伝書を運んできた。

伝書はヴィシスからのものだった。

白狼騎士団は伝書に従い、進路を変えた。

指定された場所には小規模の砦跡《とりで》があるという。

他の砦との兼ね合いがあり、今は使われていないそうだ。

ニャンタン・キキーパットは、そこへ向かう白狼騎士団に同行していた。

目的の砦跡が見えてきた頃だった。

「ソギュード様……み、見えました」

白狼騎士団員がやや唖然《あぜん》とした様子で言った。

騎士団長のソギュード・シグムスは手綱を緩め、

「タクト・キリハラ……その背後に蠢《うごめ》いているのはオーガ兵に金眼《きんがん》の魔物たち……そして、側近級か。なるほど、伝書の内容は事実だったらしい」

白狼騎士団は居並ぶ勇者と魔の軍勢を前に、停止した。

大魔帝《たいまてい》を討ち取った勇者——タクト・キリハラ。

彼は金眼を従属させる力を得たのだという。
騎士団唯一の黒馬からおりると、ソギュードはキリハラと相対した。
他の騎士たちは固唾を呑《の》んで見守っている。
騎士たちは皆、緊迫感に包まれていた。
魔物たちはもう邪王素《じゃおうそ》を放出していない。脅威は格段に薄れていると言っていい。
だが人間が金眼を従えているこの光景は、やはり独特の緊張感を生むのだろう。
「〝黒狼《こくろう》〟ソギュード・シグムス……」
キリハラが、その名を口にした。
白き狼《おおかみ》たちを率いる唯一の黒狼。
灰白の騎士装が並ぶ中で、一人だけ漆黒の騎士装を纏《まと》う。
騎士団内における異質なる唯一色。
誰もが思い浮かべるのは、かつての最強騎士団を率いたあの男であろう。
黒竜の中において、ただ一人白竜に騎乗していた男。
かつての〝人類最強〟シビト・ガートランドである。
北を駆け巡る黒き狼と、南を飛び回る白き竜。
この両者は対比され、よく話題にのぼっていた。
ただ、意外にも当人同士の面識はなかったという。

「久しぶりだな、キリハラ」

鈍く光る厚刃のような低い声。

ソギュードの声には、粗暴さと沈着さの共存した不思議な響きがある。

長身ですらりとした体軀《たいく》。細く見えるが、しかしその騎士装の下には鍛え上げられた密度の高い筋肉が隠されている。

顔立ちは彫りが深く精悍《せいかん》。かなり整っていると言っていい。

年齢を重ねても味わいの出る顔の造りであろう。

ただ、全体的に小綺麗《こぎれい》とは言い難い印象がある。

あるいは、お世辞にも整っているとは言えぬヒゲのせいかもしれない。

しかし手を加えれば、たちまち秀麗なる貴公子へと変貌するのもわかる。

どんなに清潔さに無頓着と見えても、隠せぬ気品が漂っているのだ。

「ヴィシスから伝書を受け取って、その指示に従ってここへ来た……白狼騎士団に何か用事があるそうだな？」

彼らは先の大侵攻の際、東の戦場を共にしている。

「おまえも、王らしいな」

キリハラが言った。

「前王の弟であるおまえがマグナル王の座を継ぐという話は聞いている……しかし、マグナルの王にはオレがなると決まった」

騎士たちがざわついた。ソギュードは微動だにせず、

「悪いが、白狼王《はくろうおう》はまだ死んだとは決まっていない。ただ、白狼王が戻るまで一時的にお
れが王の座について代理をするという話は前向きに考えている。つまり……おまえに限ら
ず、白狼王以外の者に王の座を渡すつもりはない。心配は無用だ」

「心配だと？　違う——オレこそがふさわしい、と言っている」

「…………」

「ヴィシスも、認めている」

騎士たちが困惑し、再びざわめく。ソギュードもわずかに眉根を寄せ、

「ヴィシスが……？　どういうことだ？」

するり、とカタナを抜き放つキリハラ。

白狼騎士団の副長が咎《とが》めるように、

「貴様、何をっ!?」

「何を、だと？　玉座をオレに明け渡すつもりがないなら、どちらがその玉座にふさわし
いかを力で決めねばならない……それが摂理だ。違うか？」

一歩ずつ地面を踏みしめ、カタナを手にソギュードへ近づくキリハラ。

「ふん、くだらんな……そもそも、王などというのはおまえが思うほどよいものではない

ぞ？　しがらみや責務が何もない立場なら、おれは喜んで玉座より自由の方を選ぶ。おまえも年を取れば、いずれ堅苦しい地位というものの無価値さを知るさ。キリハラ……おまえには力と才能がある。王に憧れを抱く前に、もう少し広い世界に目を向けてみたらどうだ？」

キリハラが、ソギュードの1ラータル（メートル）ほど手前で足を止めた。

「自由の方を選ぶ、と言ったな？　ふん……ならちょうどいい。マグナルは、この真の王に任せればいい……」

ソギュードは一つ、息をついた。

「……悪いが、マグナルの玉座はマグナルの人間が受け継ぐべきものだ。ヴィシスの考えはわからないが、そう簡単に異界の勇者へ明け渡せるものでは――」

――トッ――

「……？」

それは、ほんの瞬きほどの間に起きた出来事だった。

キリハラがカタナの刃を、前へ突き出している。

刃は――ソギュードの胸を、貫いていた。

「がっ、は……ッ!?」

「……オレをかつてのオレと同格と考えた時点で、おまえはすでに負けていた。大魔帝を倒した今のオレはすべてにおいて最強――そこを読み違えたのが、おまえの敗因だ」

キリハラは前のめりになっているソギュードを見下ろし、鼻を鳴らした。

「ふん……ただ、おまえにはこのオレに迫る王性を感じた。そこは、認めざるをえない……確かにおまえは王の器《うつわ》を持つ者らしい。それなりに表するぜ……敬意を」

白狼騎士たちの表情――理解が、追いついていない顔だった。

ニャンタンも呆気《あつけ》に取られていた。

キリハラの突然の行動もさることながら、

（今の一撃……殺意が、あっただろうか？）

「キ、リ……ハ――」

ソギュードは血を吐きながら、腰の剣を抜こうと――

「もう、遅い」

言って、キリハラは目にもとまらぬ横薙《よこな》ぎを放った。

ソギュードの首が切断され――地面に、落ちる。

……ボトッ……

見開かれていた副長の目がさらに、広がっていき――

「え？……え？　あ……あ、ぁ……そん、な……ソ、ソギュード……ソギュード、様ぁぁあああ――――ッ!?」

爆発するように、副長は絶叫した。

「聞くが、アートライト姉妹はどこにいる？」

キリハラが、感情を爆発させた副長に淡々と尋ねた。

「な、ん……だと？」

「どこにいるのかと、聞いている」

震える声で、副長が問う。

「……な、なぜここで……あの姉妹の話、を？」

「？　そんなこと、オレの側室だからに決まっている……おまえはなぜ疑問形で聞いた？　意味不明と、言わざるをえない……」

「あ、姉のディ……ディアリス様は、ソギュード様と……将来を……誓い、合った――」

キリハラが舌打ちした。

「つまり――手つきか。姉の方は、価値が目減りしたな」

「き、貴様ぁぁ……勇者ともあろうものが、そのような……なんと下劣なッ！　くっ……よくも――よくも、ソギュード様をッ！　全員、戦闘態勢ぇぇッ！」

涙を流しながらも、鬼のような形相をしている騎士たち。

ニャンタンは――躊躇《ちゅうちょ》した。

今のタクト・キリハラの力は以前と比べものにならない。

到底、敵《かな》うとは思えない。

否、騎士たちもどことなくそれはわかっているのだろう。

彼らは実力者揃《ぞろ》いだ。キリハラの強さとこの場の危険さは、理解している。

が、怒りを押しとどめることができないのだ。

「ソギュード・シグムスは王の素質があったが、愚かだった……選択を間違えた。まあ、おまえたちが生き残ってマグナルにオレの風評被害をもたらしても……不快でしかない。つまり――死、あるのみ……」

金眼たちが前進を始めた。キリハラは、金色の光龍を発現させる。

「王命だ……一人を除いて――」

何匹もの金龍が、まるで大蛇の群れのように、キリハラの周囲で激しくうねる。

「皆、殺《ころ》せ」


殺戮《さつりく》が、終わって――白狼騎士団は今日ここに、壊滅した。

今、金眼たちが念入りに死体を〝処理〟している。

この場でたった一人生き残った人間は、ニャンタン・キキーパット。

それなりに慣れているはずの血のニオイ。

しかしなぜか、過去に経験した血のニオイの何倍も不快に感じられた。

キリハラはカタナを鞘《さや》に納め、

「おまえはヴィシスから生かして帰すよう念押しされている……運がよかったな。オレがヴィシスと協調路線を取っていることに、感謝の念を抱くといい……」

キリハラが一度、ニャンタンを下から上まで睨《ね》め上げた。

「おまえは有能かもしれないが……貧民街の出らしいな？」

ニャンタンは、張り詰めた表情でキリハラを見返す。

「それが、何か」

「やはり血が弱い……ゆえに、オレにふさわしいとは言えない。ふん……さっさと行け。あとで、おまえのことでヴィシスにごちゃごちゃ言われてもめんどくせーからな……もはやこの場に、おまえの役はない……」

「……それでは」

「ああ、それと――」

馬にまたがったニャンタンを、キリハラが呼び止めた。

「理解しているはずだが……このことはヴィシス以外のやつには他言無用だ。もし他言すれば、さすがのヴィシスのお気に入りでも――消さざるを、えない」

「………………」

「返事が、ねーな」

「……わかりました」

ニャンタンは早くこの場を離れたかった。今のキリハラからは特に不気味なものを感じる。話し続けていると、頭がどうにかなってしまいそうだった。

「最後に、ニャンタン」

「――なんでしょうか」

「今のオレはおまえを越えている……それだけは、認めていけ」

「……ええ。今のキミはすでに、私を越えています」

ふぅぅう、とキリハラは息をついた。

「それでいい」

4．ターミナス

俺たちは封印部屋を目指していた。

封印部屋は、大宝物庫の階層よりさらに一つ下にあるという。

今、その階層へ降りたところだった。

封印部屋へ向かっているのは、俺、セラス、ムニン。

他、狂美帝《きようびてい》とその護衛を含む連れが四名である。

禁呪を調べていた学者もそこにまじっている。

俺は歩を進めながら、狂美帝と会話を交わしていた。

「大誓壁《ナイトウオール》付近の金眼《きんがん》どもの異変だが、確認が取れた。主力のオーガ兵を始めとする大魔帝《たいまてい》の軍勢から、邪王素《じやおうそ》の放出がなくなっている」

「それが、大魔帝の死の証明になるわけですね」

「そうだ。これで女神勢力への抑止力が消えたことになる。だがその一方、ヴィシスを倒したあとの憂いがなくなったとも言える。つまり、大魔帝を倒すための鍵であったS級勇者の説得が絶対条件ではなくなった——前向きに、そう考えるべきかもしれぬな」

……大魔帝が死んだか。

少し気になるのは〝誰が倒したか〟だ。

十河《そごう》か、あるいは桐原《きりはら》か。

「いずれにせよここからは女神との戦いに専念できる、と」

「ああ。余もこれで、気兼ねなく東の軍に合流できる」

「ウルザ方面の戦いは、ネーアとバクオスが出てきたようですね」

「カトレア・シュトラミウスと、それの率いる聖騎士団。そこに黒竜騎士団と聞いた。しかし、チェスター・オルドと輝煌戦団《きこうせんだん》なら、防戦に徹すれば少なくとも膠着《こうちゃく》状態には持ち込めるであろう。その間に余たちが合流し——そのまま、一気にアライオンまで攻めのぼる」

狂美帝は声量を落とし、ちらと視線だけを斜め後ろへ滑らせた。

「その前に、ネーアとバクオスを味方に引き入れるのが最善だ。カトレアの方は、セラス・アシュレインにどうにかしてもらえそうか？」

「ワタシも、あの姫君と敵対するのは本意ではありません。セラス共々、最善を尽くしましょう」

「うむ、頼む」

セラスも、やはりネーア軍のことは気になっているようだった。しかし、

『魔防《まぼう》の白城《はくじょう》で再会した際、状況的に敵対し合った時のことは姫さまとすでに話し合っております。ですので、私のことはどうかご心配なく』

そう言っていた。

それは、あるいは俺に気を揉《も》ませないためのセラスなりの配慮だったのかもしれない。

ただ――今のセラスは以前と比べ、その辺りの覚悟が決まっているようにも見える。

「この封印部屋の件が終わったら、陛下と我々はそのまま東へ？」

「その予定だ。先の帝都襲撃が影響し遅れていたが、準備も整った。帝都を任せる予定のルハイトも、ようやく戻ってきたことだしな」

ルハイトには、ここへくる直前に顔を合わせた。

ホークの件はすでに、到着前に報告を受けて知っていたという。

ルハイトはこう言っていた。

『ツィーネ――陛下からこう言われましてね？　セラス・アシュレインはホークの死の責任が自分にあると気に病んでいたゆえ、あまりいじめてやるな……と』

彼は微苦笑し、

『さらには選帝三家《せんていさんか》のお歴々やカイゼからも、念入りに同じ忠告をされました。まあ、聞けばその件で彼女を責めるのも酷な話でしょう。まあ……生真面目ゆえに損をする性分ですね、彼女は。彼女も、被害者でしょうに』

ルハイトは最後にこう括《くく》った。

『ああ……彼の死を悲しんでいないわけではありません。ただ、気持ちの整理は帝都へ入る前につけてきました。彼を見込み、また、とても好ましく思っていたのは事実です。しかし、今回の反女神戦争は誰もが〝そうなること〟も覚悟していなくてはならない。犠牲を受け止める覚悟がないのなら、最初から戦争など仕掛けなければいいのです。もちろん悲しむ権利はある。けれどいつまでも悲しみに足を取られるな――そういうことです』

俺は記憶を引っ張り出すのを中断し、狂美帝に言った。

「陛下がルハイト殿にひと言、口添えをしてくださったそうで」

「口添えがなくとも問題はなかったであろうがな。あれは〝人物〟だ。余亡きあとの後釜に据える者としては、申し分ない」

そのルハイトとカイゼはここに同行していない。

今は城の一室で今後の方針を話し合いながら、各所に指示を出しているのだろう。

「ただ、こうなると対女神の力……禁呪の秘密を得ることが、さらに重要度を増したとも言える。過去の事例を考えると、勇者がこのまま東の戦場に加わるのもありえなくはない。元の世界への帰還をヴィシスが人質に取ることも、考えられる」

「つまり女神に頼らず元に戻る方法がある――その根拠を得るという意味では、封印部屋の秘密が鍵を握っているわけですね」

「その通りだ。余はそれを、確かめねばならない」

狂美帝が、足を止める。

「……さて」


くだんの封印部屋の前まで来たらしい。

彫刻の施された扉。

扉全体の雰囲気自体は、大宝物庫のものとよく似ている。

ただ、明らかな違いもある。

刻まれているあの彫刻は大宝物庫の扉には明らかになかったものだ。また、こちらの扉は大宝物庫の扉と違い、その中央の少し上に水晶が嵌《は》め込まれていた。

扉の水晶は大宝物庫の室内にあった照明パネルを想起させる。

よく見るとこの水晶も中心から外へ、放射状に水晶のラインがのびている。

するとムニンが、あっ、と何かに気づいた反応をした。

狂美帝は水晶に手で触れ、魔素を流し込んでいる。

扉のラインが青白く発光し始めた。

ゆらゆらした光。まるで、穏やかな日差しを反射する水面のような光り方だ。

狂美帝が言った。

「こうして光りはするが——開かぬのだ」

確かに扉が開く気配はない。

ムニン、と俺は声をかけた。次いで、あごで扉の彫刻を示す。

「さっき何か気づいたみたいだったが、読めるか？」

扉の彫刻にはなんとなく、見覚えがある気がした。

そう、感じが似ているのだ――禁呪の呪文書に記されている文字に。

狂美帝もムニンを見ている。

「余もこれは禁字と見ていた……読めるのだな、ムニン？」

「『ここに、刻まれし文字を読みし者……この扉を開く資格を有す――神にあだなす……意志、ある者として』」

ムニンがそう口にすると――かすかな振動のあと、扉が開いた。

おぉぉ、と学者が口を半開きにして見入る。

「ひ……開いた……あの、開かずの封印部屋が……」

感動に打ち震えているようだ。

ま、いわゆる〝開かずの間〟が独特の魅力を持つのはわかる気もする。

「陛下……まずは我々が。罠《わな》が仕掛けてあるかもしれませぬゆえ」

言って、護衛たちがランタンを手にする。するとセラスが、

「室内すべてを、くまなく照らせた方がよいかと」

言って、光の精霊で室内を照らした。

狂美帝は感心した顔になって、

「精霊の力か……なるほど、これはランタンよりも明るいな。見事だ」

「ありがとうございます、セラス殿」

護衛はそうセラスに礼を言って、

「では、陛下と蠅王《はえおう》殿はしばらくそこでお待ちを」

部屋の中に踏み入った。

俺も少し経《た》ってから、狂美帝に断りを入れて部屋へ踏み込む。

こういうところの罠探しは、それなりに経験がある。

広さは、元の世界の単位で言えば十五畳ってとこか。

正面の奥、そして左右の壁にも文字が彫り込まれている。

奥の壁の前には、青銅製らしき長机のようなものが鎮座していた。

机上には同じく青銅製の平らめな箱が三つ置かれている。

ただし、うち二つは蓋が開いていて空っぽのようだった。

他は……空の木棚や、蓋の開いた古びた木箱が部屋の四隅に設置されている。

そのまましばらく室内を探ってみたが、罠はなさそうに思えた。

手で合図し、狂美帝たちを招き入れる。入室した狂美帝は鼻を覆っていた袖を離し、

「……粉っぽさがないな。精霊の光を受けても、石粉が室内に舞っている感じがなかった。

カビ臭さもなく……無臭に近い。奇妙な部屋だ」

そうか。俺はマスクのせいか、その辺はあまり意識できてなかった。

「棚は空で、部屋の隅にある木箱も中身は空のようです」

俺が言うと、狂美帝は「ふむ」と興味深そうに唸《うな》った。

彼の視線が、卓上の二つの空箱へと移る。

「かつて何者かが部屋のものをいくつか持ち出したと考えるべきか――して、ムニン」

が、ムニンの反応がない。今度は俺が呼びかけてみる。

「ムニン？」

「――え？　あ、ごめんなさい……つい、意識が壁の文字に」

「そちはあれも読めるのだな？　なんと書かれているか、教えてもらいたい」

「え、ええ……わかりました」

ムニンは緊張の面持ちで視線を走らせ、壁の文字を追った。

「ええっと……そのまま読むと仰々しいので、わかりやすく言い換えてお伝えしますね。

また、余分と思われる情報も一旦省きます。ご安心を。何をお知りになりたいかは、事前に聞いておりますので。それから……文字が欠けたり潰れたりしていて、読めないところもあります。そこはご了承を」

そう前置き、

「まずはその奥の台に置かれた三つの箱ですが――そこには、禁呪の呪文書が入っているようです」

「二つは空のようだが……蓋の開いていない残る一つは、どうだ？」

狂美帝《きょうびてい》はそう言って、蓋の閉じた箱を開けるよう学者に指示した。

貴重な骨董品《こっとうひん》を扱うような手つきで、学者がそっと蓋を上げる。

出てきたのは、筒状の紙が一つ。

「呪文書か？」

「おそらくは」

「読めそうか？」

「お待ちを」

ものが古すぎると、触った途端に破損しかねない。

学者は冷や汗を流しながら、まさに骨董品を鑑定でもするような繊細な手つきで、呪文書を検《あらた》めた。ふぅぅ、と吐息を漏らす学者。

「……大丈夫そうです。強度に問題はないかと。おそらく素材が特殊なものなのでしょう。この結び紐《ひも》も、ほどいて問題ないかと」

ひと仕事終えた顔で言って、学者は呪文書を狂美帝に渡した。

狂美帝はそれを受け取り、

「この呪文書の読解はあとに回そう。ムニンよ、今度は左右の壁の文字を頼めるか？」

「あ、はい。左右の壁に刻まれているのは、高度な改良型の古代呪文……要するに、禁呪の呪文書に記されている文字列と同じものが、ここに刻まれているようです」

左右の壁に刻まれた文字列。あれにも、見覚えがある。

おそらく俺の持つ三つの呪文書の文字列と――同一のものだ。

「呪文書の文字は特別な刻印液で綴《つづ》られており、この壁の彫刻文字を読んでも禁呪を宿すことはできない……つまり、壁の文字はいわゆる〝答え合わせ用〟のようです。上の方が禁呪そのものの文字列で――」

スカートの裾を気にしながら、しゃがみ込むムニン。

「下のこのやや小さな文字列が〝こういう効果を持つ〟と記された……説明文と、その添え書きみたいなものみたい」

狂美帝が言った。

「禁呪の秘密が隠された部屋……真《まこと》だったようだな。わかりやすい要約に感謝するぞ、ムニン」

指示を受けた学者が禁呪の呪文書を手荷物から出す。

先ほどのものではなく以前から持っていた方だろう。

手にした狂美帝が、ムニンにそれを渡す。

「先に、こちらを頼めるか？」

「かしこまりました」

ムニンが壁の文字と呪文書を見比べ、視線を何度も往復させる。やがて、

「この呪文書は〝送還〟……勇者たちを元の世界へ戻すための、送還呪文です」

学者が〝やった〟という顔で狂美帝を見る。

が、狂美帝はまだ喜びを浮かべてはいなかった。

「たとえば……使用条件などは、書いていないか？」

「神族の刻んだ召喚、及び送還用の魔法陣があれば……神族でなくとも送還の儀を行うことは可能である、と。ただ、やはりわたしたち禁字族《きんじぞく》が必要になりそうです」

学者が〝やりましたな！〟という顔をする。

今度は、狂美帝もやや安堵《あんど》したようだった。

「先ほど手に入れた、こちらの呪文書も頼む」

「ええ、わかりました。まだちゃんと読める文字のところだと、いいのだけれど……えっと……」

独り言を呟《つぶや》きながら移動し、今度は逆側の壁に向かうムニン。

「ぁ——あったわ！」

ホッと胸を撫《な》で下ろし、ムニンは再び視線を忙《せわ》しなく動かす。

「この呪文書は……〝召喚〟——」

狂美帝の肩がピクッと反応した。

「邪王素《じゃおうそ》の影響を受けぬ者を、異なる世界より召喚する呪文――」

狂美帝がやや食い気味に、

「他には？」

「え、ええ……こちらも先ほどと同じで、魔法陣と禁字族が揃《そろ》っていれば召喚の儀は可能みたいです」

「他に必要なものは？」

「禁呪の会得には、青竜石《せいりゅうせき》……儀式を行うには根源素……あるいは、それに比するなんらかの力の源が必要になる……と」

学者の三度目の喜びがいよいよ、言葉となって口から飛び出した。

「陛下ッ」

「青竜石は、いくつあった？」

「十に満たぬほどですが……世界中からかき集めれば、他にもそれなりには集まるかとッ」

そういえば、と思い出す。

青竜石は、青眼竜《せいがんりゅう》ってヤツの死体が溶けたあとにたまに残る石のことだという。で、以前ムニンから聞いた話によれば、その青眼竜の主な生息地は大陸西に位置する山脈だった。なら、立地的に見てミラが青竜石を入手しやすかったというのも、頷《うなず》ける話と言える。

禁呪と関連している情報はすでに得ていて、青竜石も抱えていたのだろう。

俺の持つ〝無効化〟の禁呪は、発動時に青竜石を消費する。

が、召喚と送還の儀の発動に青竜石は必要ないのか……。

会得のために二つあれば十分、と。

しかも、向こうは向こうでちゃんと用意してあった。

であれば、今は俺から提供する必要はなさそうか。

と、

「そう、か――、……」

脱力するような反応を示す狂美帝。

というか、ふらりと倒れ込みかけた。俺は、後ろから両肩を支える。

「大丈夫ですか、陛下？」

「ん……すまぬ。いささか、気が抜けた」

狂美帝は俺の手の甲にてのひらを置き、すぐに自分の足で立った。

「実在を確認し、さらに、目的であった禁呪を手に入れた……賭けに勝った、と言ってよいな。ここで召喚と送還の禁呪を手中に収められたのは大きい。これは、S級勇者への大きな説得材料となろう」

そう、これは大きい。

大きすぎる——十河《そごう》への説得材料として。

「今後は女神に頼らず、我ら人の手だけで根源なる邪悪と戦っていくことができる。そこそが、余の最大の懸念点だったのだ。次に話の通じる神族が派遣されるなどという希望的観測は、次善策としてはあまり頼りたくないと考えていたゆえな。しかし……なるほど。これでは、あの女神が血眼《ちまなこ》になって禁じるわけだ……」

「ただ、クロサガの紋持ちが……」

喜びに水を差すようだが——結局、禁呪の発動を行えるクロサガの紋持ちがいずれ絶えてしまう危険を考えれば、持続性に問題は残るのではないか。

確か今、紋持ちはムニンとフギしかいないはずだ。

と、ムニンは俺の懸念を察したらしい。

「ふふ、そこは大丈夫だと思うわよ？　紋持ちは、これまでも一族の中から大体一世代に最低一人は生まれているから。もちろん、今後も続くかの保証はないけれど……病死もありうるしね。ただ、前例に従えば今のところ絶えたことはないの」

なるほど。

「分《ぶ》が悪すぎる、ってわけでもないのか」

「紋持ちは、族長に育てられて次の族長になることも多い……わたしとしては、別に紋持ちだからといって族長になる必要はないと思っているけれどね？」

苦笑するムニン。その苦笑の奥にはあの子――フギへの思いやりがうかがえた。

「…………」

つーか。

必要なものが三つとも、揃ってたんだな。

旅の終わりが、見える頃にではなく。

旅の始まりの、絶望的な環境の中に。

召喚、送還、無効化。

どれがどの禁呪の呪文書か知っていたかは、わからない。

が、廃棄遺跡にいたあの――大賢者アングリン。

死地に持ち込んでまで女神に渡すまいとした呪文書。

召喚と送還は今、狂美帝の手もとにもある。

しかし、狂美帝の手に〝無効化〟の禁呪はない。

……まったく、改めて心の底から感謝したい気分だ。

無効化の禁呪があるおかげで、あのクソ女神にたたき込める。

ハズレと断じられたこの状態異常スキルを。

――この手で――

自ら、復讐《ふくしゅう》を行うことができる。

狂美帝は呪文書の紐を縛り直し、

「しかし……女神自体を弱体化させられる禁呪は、なかったか。女神との戦い自体の勝率を上げられる禁呪があればよかったのだが、仕方あるまい。女神との直接対決は、説得し味方に引き入れたＳ級勇者と、アサギに期待するとしよう。そして蠅王《はえおう》……そちたち蠅王ノ戦団の働き、そして、そちの呪術にも期待している」

「はい。陛下のため、また最果ての国に住む大事な者のため……この世界の未来のため──ワタシも、死力を尽くしましょう」


地下から上へ戻り、俺たちは狂美帝と別れた。

迎賓館へ行き、これからの準備を始めねばならない。

まずは今のヴィシスの居所を突き止める。

どこへ行き、どう決着をつけるか。方針を決めていかなくてはならない。

女神の居所を知るのに最も有効な手は、やはりエリカの使い魔だろう。

俺たちが館へ戻ると、ピギ丸がピーピー鳴いて寄ってきた。

「エリカの使い魔が？」

鳥かごに、小鳥が鳴らせる鈴を入れておいた。

鳴らし方の規則性を用いていくつかの合図を決めてある。

今回の合図は〝急ぎ伝えたいことがある〟だった。最も、緊急ではなくその一つ下だが。

実はこの合図は前にも受けている。その時も急用だった。

俺たちは二階へ行き、使い魔のいる部屋に入る。

鳥かごから手早く使い魔を出し、文字盤を用意する。

もどかしそうに使い魔は走り回った。走る姿に、迷いが見受けられた。

負荷を承知で発声の方で伝えるべきか否か、という迷い。

俺たちは待った。ぎこちない言葉が、出来上がっていく。

〝魔群帯　北からミラ方面へ　金眼《きんがん》の魔物　人面種《じんめんしゅ》　大量移動　北方魔群帯〟

北方魔群帯。

魔群帯にて最も強力な金眼たちの棲《す》む領域。

かつて魔《ま》戦車《せんしゃ》に乗って、エリカの魔導具の力を借り通り抜けた場所。

通り抜けたのは半分——北方魔群帯の深部。

そこにいた金眼どもが、ミラへ向けて移動してきている？

〝北方魔群帯　魔物　人面種　死体も　たくさん　争った形跡〟

「つまり……あの口寄せの魔物が発動したのか？」
〝違う　統率　妙に取れている　そして見つけた　大移動している群れの中に　人間〟
「人間？」
〝その人間　魔物たちを従えている　そう見えた　何かの力を使って　操っている可能性高い　そう思う〟
「……人間」
〝聞いていた特徴　一致　タカオにも確認　こっちも　一致〟
使い魔が最初の二文字を表現した時点で、その人物が誰か予測がついた。
すべての文字が出揃《でそろ》い——答え合わせが、完了する。

〝キ　リ　ハ　ラ　タ　ク　ト〟

ほどなくして、狂美帝《きょうびてい》から呼び出しがあった。
マグナルの軍魔鳩《ぐんまきゅう》が伝書を運んできたという。
差し出し人は——桐原《きりはら》、拓斗《たくと》。

大魔帝はこのオレが討ち取った。

そしてオレは新たなるスキルにより、金眼どもを従える力を手に入れた。

魔族や魔物といった大魔帝の下僕たちは今、このオレに従属している。

いや、今や人面種すらこのオレの従属下にある。

現在、オレは魔群帯の魔物を下僕としてオレの軍勢に取り込みながら、魔群帯を突き進み、愚かな戦争を始めたミラ帝国を目指している。

オレの王威を示すために、まずはミラを滅ぼすこととする。

だが、慈悲がなくはない。

以下の条件を満たせば全面降伏を認め、真の王の支配下とする。

一つは、ミラが迎え入れた蝿王ノ戦団の蝿王を拘束し、このオレに引き渡すこと。

それは、完全な捕縛でなくてはならない。

もう一つは、セラス・アシュレインが間違いを認め、蝿王ノ戦団と完全に決別し、このオレに永遠の忠誠を誓うこと。

こちらは簡単すぎる。

ただ、返してもらうだけの話だからな。

元の鞘に納まる、というだけの話でしかない。

以上の条件が達成された事実をオレが確認できない限り、人面種どもを筆頭に、オレはオレの軍によるミラへの侵攻を継続せざるをえない。圧倒的にだ。

当然のように、期限も設ける。

真の王ならいつまでも待つのだと、大間違いに思われてはならない。

引き渡し場所は、オレさえ納得すればおまえたちが指定した場所でも許しを与える。

あえて断っておいてやるが、愚かなことは考えるな。

約束を違え、もしオレを出し抜こうとすれば、おまえたちは真のキリハラを知ることになる。

浅はかな愚行の先にあるのは、強力無比な後悔でしかない。

後悔したくなければ……命が惜しければ、救われたければ――この寛容と譲歩のかたまりでしかない完全なる王命に、従うしかない。今やオレは、事実、神にすら等しい存在となった。

わかるやつにはわかる。

オレはおまえを、許さない。

分不相応は正されなくてはならない。

オレがこの世界を正す。

すべてを、正しき姿へ。

新たなる北の地の王　桐原拓斗

軍議を行う一室に、俺はいた。
セラスとムニンも俺の両隣の席についている。
卓を挟んで対面の席には、狂美帝。その左右にはルハイトとカイゼが座っている。
狂美帝が伝書を置き、俺に問う。

「どう思う？」

「白状しますと……実は、ワタシはとある最果ての国の者との遠距離間における特殊なやりとりによって、魔群帯の事情をある程度なら知ることができます。特殊な軍魔鳩のようなものを用いているとお考えください。また、そのような能力の持ち主であると露見するとその者に危険が及ぶため、その者の素性や連絡手段を明かすことはできません。その者とそう固く約束しましたので。ただし、こうして得た情報を伝えることはできます」

本来、使い魔は大陸中に放たれている。だから情報を得られるのは魔群帯に限らないのだが、今はあえて〝魔群帯〟に止《とど》めておいた。

実際、エリカも意識を反映できるのは一匹に限られる。

世界のすべてを常時監視できるわけではない。

また、あえて〝その者〟は最果ての国の者としておいた。まあエリカもあの国を立ち上げた人物の一人なのだから、あながち間違ってもいまい。

狂美帝が「つまり」と俺に答えを求める。

「ええ、人面種を含む金眼の群れの大移動は――確認されております」

鋭い視線を俺に向け、カイゼが聞く。

「そいつらはミラへ？」

「はい、このままの進路で考えれば」

「しかも聞けば、その……深部である北方魔群帯の……」

「最も危険な金眼たちの棲む地域、とのことです」

陛下、とカイゼが呼びかける。

「大魔帝《たいまてい》はこのキリハラタクト――タクト・キリハラによって討たれたと見て、よさそうでしょうか？」

俺は、

「アヤカ・ソゴウが倒した可能性も残ってはいる。が、彼女が女神と共にアライオンを発《た》った日付の報告を見ても……余は今のところ、キリハラと見る」

「現状においては、ワタシもそう思います」

……大魔帝を倒したのは、桐原か。

思案顔で、カイゼが唸《うな》る。

「金眼を従属させる力、か……蠅王《はえおう》の話を聞く限り、信じるしかないようだな。まさか異界の勇者が、金眼を従属させる力を手に入れるとは……」

「タクト・キリハラの外見的特徴は、コバト・カシマから聞いています。そして、魔群帯内で目撃された魔物操作者と思われる者と、ワタシがコバト・カシマから聞いたタクト・キリハラの特徴は一致しています。ほぼ、キリハラで間違いないかと」

「……まずもってこの男、正気とは思えません」

言ったのは、しばらく黙っていたルハイトだった。

「所々がそうですが、特に後半……支離滅裂に思えます。〝新たなる北の地の王〟などと名乗っているのも、私には理解が追いつかず……何かこう……理性を逸脱した、偏執狂的なものを感じます」

桐原拓斗——俺が廃棄される寸前の記憶を、引っ張り出す。

さらには、修学旅行のバス内。

もっと遡って、学園生活をしていた頃……。

俺の知る桐原拓斗とは、確かに何か違う。

安《やす》と同じか。

異世界に来て——壊れたのか。

あるいは俺のように生来備わっていた〝何か〟が、引きずり出されたのか。

カイゼが、尋ねる。

「陛下……ミラへ北方魔群帯の金眼《きんがん》どもが向かっているのは事実のようです。いかがいたしましょう？」

「大魔帝の生み出した金眼らの邪王素《じゃおうそ》による影響がなくなったため、戦いやすくなったのは事実……しかしそれとは別に、人面種《じんめんしゅ》が脅威である事実は変わらない。ネーアやバクオスが出てきた東の対ウルザ戦に、先日の帝都襲撃による被害……ここに魔群帯よりの魔の軍勢となれば――いささか、厳しい戦いになるな」

ちら、と狂美帝《きようびてい》が俺とセラスへ視線を飛ばす。

「あの二人を差し出せば防げる、か」

ふっ、とルハイトが微笑《ほほえ》んだ。

「だが――」

狂美帝はどこかふてぶてしく頬杖《ほおづえ》をつき、

「余は、このような条件を呑《の》むつもりはない」

ええ、とルハイト。

「私も、同感です」

狂美帝は頬杖をついたまま、その切れ長の目を俺に向けた。

「蠅王は、今や対女神の戦力として欠かせぬ存在……ここでその場凌《しの》ぎの生《い》け贄《にえ》とすれば、最果ての国との同盟も失うことになる」

ですが、と難しい顔で腕組みするカイゼ。

「対応策はどういたしますか？　今、我が国にキリハラと魔の軍勢を引き受けるだけの余裕はありません。ようやく帝都へ集結させた虎の子の〝予備戦団〟を使っても、防ぎ切れるとは思えませんが……」

予備戦団。

ミラは、主に亜人を西部に隠れ棲《す》まわせているという。

大分前にミラとヨナトは亜人に寛容な国と聞いた記憶はあった。

亜人の多くは現在、最果ての国に隠れている。

また、大半のエルフは大幻術と呼ばれる結界の向こうに籠もっている。

しかし、豹人《ひょうじん》のスピード族のように外の世界に残った者たちもいる。

が、帝都で亜人を見かけたことはなかった。

ヨナトは殲滅聖勢《せんめつせいせい》の一員になるならばと、亜人を受け入れている。

聖勢《せいせい》の一員になればそれなりの待遇とのことだが、しかし、そう数は多くないと聞く。

で、一方のミラは亜人たちに隠れ里を与え、保護しているという。

なるほど——その方針は、禁字族《きんじぞく》を呼び込む意図もあったのだろう。

待遇はよいらしく、自発的にミラを訪ねる亜人はそれなりにいたそうだ。

そしてミラに保護される際、提示される条件の中に含まれているのが予備戦団への参加である。

来たる決戦の時、予備戦団は参集される。

特徴的なのは、その参集への拒否権があることだろうか。

正当な言い分だと認められれば、予備戦団への参加は免除されるらしい。

ただ、ミラが滅べば次は自分たちの番なのではないか——そう思うゆえか。

あるいは、最果ての国との同盟を結んだ話が広がったからか。

戦える者は、そのほとんどが今回の参集に応じたという。

そういえばこの頃、確かに城でも亜人の姿をぽつぽつ見かけるようになった。

ヨナトも聖騎兵《せいきへい》とかいう隠し球があったようだが、ミラにもそういう隠し球があったらしい。しかし――

「そうだな……予備戦団では、その軍勢の相手は無理であろう」

「操作能力を持つキリハラを――」

俺がぽつりとしゃべり出すと、三兄弟の注意が一気にこちらへ注がれた。

「――倒してしまえば、ミラへ向かう金眼たちも止めることができるのではないか……ワタシは、そう考えますが」

カイゼが苦い顔をして、

「だが、相手は大魔帝を倒した勇者だぞ？」

「では――ワタシの呪術ならば、いかがでしょうか？」

カイゼが言葉に詰まる。狂美帝が、息をついた。

「すまぬな……そちの口から、言わせてしまった」

「いえ、お気遣いなく」

そう――気遣いは必要ない。

なぜならこれは、蠅王が処理すべき案件と思ったからだ。
桐原拓斗《きりはらたくと》は、狂美帝ではなく蠅王に憎悪を向けている。
どうして憎悪の対象が蠅王だと思ったのか？
差し出せと要求している拘束対象が狂美帝ではなく、なぜか蠅王なのである。
また、ミラへ侵攻すると明示しているわりに、伝書内に狂美帝への言及が一切ない。
個人として言及しているのは蠅王とセラス・アシュレインのみ。
この二名に対し、何か執着があるのだ。
『オレはおまえを、許さない』
この一文の〝おまえ〟は、狂美帝ではなく蠅王のことだろう。
では、桐原は蠅王の何を〝許さない〟のか？
蠅王として、この世界で名が上がっていることを？
視線を隣へ移す。
あるいは桐原がほしがっているらしい——
「？」
セラス・アシュレインが、隣にいるからか。
……許さない、か。
文章から滲《にじ》み出るこの〝すべてを手に入れるに値する今の自分〟という、ドロドロとした筆圧。

「………」

使い古された死語で〝承認欲求〟という言葉がある。

他者から承認されたい。

注目を集めたい。

すごくなったはずの自分を、認めてほしい。

〝大魔帝を倒したオレは、誰よりもすごい〟

モブとしてずっと潜んでいたかった三森灯河《みもりとうか》。

正体を偽り、コソコソ飛び回っていた蝿の王。

桐原拓斗は——真逆。

承認欲求のバケモノ。

セラスあたりでも隣に置かなきゃ……自分の価値も、自覚できねぇってか。

幸不幸や価値の判断。

相対的……ってのはな。

悪くすりゃ人の精神を蝕《むしば》み、果てには殺すぜ——桐原。

俺は、言う。

「大魔帝を倒し、果てには金眼を従属させる能力を手に入れたことで、今のキリハラは全能感を得ているのでしょう」

一つ気になるのは、クソ女神の動きである。

桐原を始末していない。

今の桐原はヴィシスより強いのか？　存外、ヴィシスも手を焼いてたりするのか？

動きが見えない。裏にいるクソ女神の存在は、常に頭の隅に置いておくべきだろう。

この桐原暴走の局面で、あいつが何も動かないはずはない。

「彼はセラスを欲している。世界を救った自分には、世界一と言われる美貌を〝所有〟する権利があると思っている。そしてそのセラスを〝所有〟する蠅王が気に入らない……つまりこれは、ワタシがこの国にいることで起きている厄介ごとでもあります。ならば、ワタシが責任をもって彼を止めるべきでしょう」

「そこは認めるわけにはいかぬな、蠅王」

否定的に、狂美帝が言った。

「責任だと？　そちやセラスが原因のような言い方は認められぬ。そちたちを味方に迎え入れる決断をしたのは余だ。つまらぬことを言うな」

「ふふ……もちろん陛下ならば、そうおっしゃってくださると思っておりましたが」

「――ふん……意地の悪い男だ」

……へぇ。

狂美帝も、あんな顔をすることがあるのか。少し、面白いものを見た。

「ワタシとしても、本番である対女神戦の前にミラに沈んでもらっては困ります。女神のアライオンに対抗するには、ミラの戦力が必要ですから」

何より桐原が蝿王《はえおう》を憎んでいる以上、放置したら対女神戦でどんな横槍《よこやり》を入れられるかわからない。こんな危うい不確定要素は、早めに潰しておく必要がある。

「やれそうか、蝿王？」

「やるしかありません」

カイゼが光明を見いだした顔で、

「うむ。もし蝿王がキリハラとその軍をどうにかしてくれるなら……我々は、予定通り東の——」

バァン！

「悪いが、邪魔するぞい」

勢いよく、扉が開け放たれた。

選帝三家《せんていさんか》当主の一人、ハウゼン・ディアスだった。

彼の横から伝令が一人、蹴躓《けつまず》きそうになりながら入ってくる。

狂美帝は浮き足立つ様子もなく、

「合図があるまで入るなと言いつけてあったが……あのハウゼン・ディアスに入室の手伝

いを頼んででも報告したい事態、か。何ごとだ？」

「敗走です、陛下！」

「東の軍がか？　とすれば、我らも早く赴かねばならぬか。して、軍はどの辺りまで――」

「敵の混成軍は、ミラの国境を越える勢いです」

ガタッ！

反射的に腰を浮かせたのは、カイゼ。

「なんだと!?　あそこまで押し込んでおいてか!?」

ルハイトも眉根をきつく寄せている。いつもの柔和さがない。

「女王カトレアと今の黒竜騎士団が加わった程度で、そうなるとは思えませんが」

「となると――」

「アヤカ・ソゴウです！」

十河《そごう》綾香《あやか》が出てきた？

対人間のこの戦争に？

不確定要素――振れたか、そちらに。

俺が狂美帝を見ると、向こうもこっちを一瞥《いちべつ》した。

「参戦している勇者はアヤカ・ソゴウだけなのか？」

「今のところ、勇者は一人しか確認されておりません！　そして各将に加え、チェスター様が囚《とら》われの身に！　戦局は……そ、その勇者によって一変したとのことです！」

カイゼが両手を卓につき、

「馬鹿なっ！　大魔帝《たいまてい》や女神、あのシビト・ガートランドならともかくっ……勇者とはいえ、たった一人で戦局を左右するなどっ――」

ふと、言葉に詰まるカイゼ。

たった今、魔の軍勢を率いる勇者の話をしていたのだ。それを思い出したのだろう。

「ぐ……S級勇者、か」

伝令の口から、さらに場を騒然とさせる報告が続いた。

カイゼはもはや啞然《あぜん》としている。

「し、死者を極力出さないように戦っている……だと？　我が軍の各将は捕虜となり、こちらの兵には撤退を促し……撤退勧告に応じずに向かってくる兵は、可能な限り捕らえ……占領したウルザの各砦《とりで》に捕虜として、収容していっている……？　ば、馬鹿な……戦争、なんだぞ……？」

聞けば固有スキルが猛威を振るっているようだ。

十河綾香の生み出す銀の軍勢が、両軍の死者の増加を抑えているという。

食料もいらず、疲弊もなく、病気の心配もない。

死ぬこともない――スキル使用者である十河綾香のＭＰが続く限りは。

MPは、レベルアップせずとも睡眠で回復する。

狂美帝《きようびてい》が尋ねた。

「先日の白き軍勢とは、違うものなのか？」

これには、ハウゼンが答えた。

「今聞いたところですと、その銀の軍勢は先日の白いのとはまったくの別物のようですな。金眼《きんがん》ではないし、死んだ際の気味の悪いお手々繋《つな》ぎもないようですし……」

ふむ、とカイゼが情報を整理する。

「アヤカ・ソゴウから離れすぎると原形を保てぬらしい、か。確かに違うな。この前の白き軍勢は、主《あるじ》と思われる追放帝《ついほうてい》から離れてもかなりの広範囲で活動していた。こちらの活動範囲が狭い点という点は、まだ救いかもしれん。しかしその一方で、先日の白き軍勢と比べると殺して無力化するというのが難しい相手のようだ。さらに……戦っても先日の白き軍勢より手強《てごわ》い、ときたか」

伝令が口角泡を飛ばし、吐き出すように声を上げた。

「わ、我が軍の士気も下がっております！　シビト・ガートランドの再来……あるいは、それ以上だと！　聞けば……無茶苦茶です！　単騎でやってきて、例の銀の軍勢を出現させ……一直線に指揮官めがけて突っ込んでくるのですッ！　そして誰も——止められないのです！　１０００倍以上の人数をもってしてもです！　罠《わな》にもかかりません！　また、ミラの誇る数々の名高い戦士たちがアヤカ・ソゴウと剣を交えました！　しかし、誰一人としてまるで歯が立たないのです！　誰、一人としてです！　と、とある輝煌戦団《きこうせんだん》の者の話によれば、あれは勇者の特別な力というより……何か、戦う人間として……天性の……」

今さらながら、疑問がよぎった。

十河綾香の強さ……あれは、勇者としての力だけによるものなのか？

何か――あの委員長そのものが、異質に思えてきた。

青ざめ切った伝令は、その場に膝を突いた。

「恥ずかしながら……アヤカ・ソゴウについての報告を聞いているだけで、わ、私は……恐ろしくなりました！　何か、謀《はか》られているのではないかと……自分がこうしてしゃべっている内容ですらもはや、現実感が……」

「S級勇者……アヤカ・ソゴウ、か」

伝令に現実感がないとまで言わしめた報告を聞いても、狂美帝は落ち着き払った様子を崩していなかった。彼は、厳かに言った。

「今こそ、彼女たちの出番のようだ――アサギ・イクサバを呼べ」

「へぇ、あの桐原《きりはら》君がねぇ……大魔帝倒しちったんだ。ほーん」

手短に経緯を聞いた戦場《いくさば》浅葱《あさぎ》は、両手をこめかみにやって猫の耳みたいな形を作った。

「びっくりラビット」

……猫じゃなくて兎《うさぎ》だったらしい。

狂美帝は少し、感心したように息をついた。

「キリハラが大魔帝を倒したと聞いても、そちはほとんど感情を揺さぶられておらぬようだな。狼狽《ろうばい》されるよりは、いくらもマシだが」

呼ばれたのは浅葱一人で、鹿島《かしま》はいない。

ちなみに桐原の伝書そのものは見せておらず、あくまで内容を伝えるに止《とど》めた。実はあの伝書のことで少し気がかりな点があったので、狂美帝に頼んで俺がそうしてもらった。

「んー……まー倒すならS級の誰かだと思ってたからね。順当でしょ。で、自分が倒したってなったら……まあオレ様トップスピードで暴走してっても彼なら納得しますわ、ホンマ。女神ちんも案外、扱いに困ってんじゃね?」

ルハイトが言う。

「彼は正気を失っていると、我々は仮定しています」

「正気と狂気の境なんて誰が決めるんすかって気もしますがにゃ。正気を失っているとか言っとけば、自動的に無意識で納得してメンタル自己防衛完了するのが、自称〝まとも〟

さんたちのいつものやり口ですからのぅ。まーいいや」

けどさぁ、と続ける浅葱。

「大魔帝倒したってことは、超レベルアップしてんじゃない？　どういう要素でレベル上がってんのか今もって不明だけど、スキルもパワーアップしてるのでわ？」

「タクト・キリハラの方は、蝿王ノ戦団に任せることになりました」

「イんじゃないっすか？　魔帝第一誓とか剣虎団《けんこだん》をやっつけた無敵の呪術でなんとかしてくださいよォ――――ッ！　てな感じで。どのみち桐原君はアタシと相性悪いんスよ。アタシの奥の手だって、桐原君相手だとちょっと決められるか心配よ？　先日のゼーラじいさんとの違いは……確率の問題かなー。桐ちゃんはね――ひどく、気まぐれなんだよ。猫のごとく。あるいはそれ以上に」

気まぐれのせいで致命傷とかそりゃたまらん、と身震いする浅葱。

「一貫性があるようでない……常に結果が振れてて量子的、みたいな？　出たぁ！　ブームがすぎたドテンプレのシュレ猫つながり、みんな大好き量子論！　にゃははー」

頭痛を抑えるように額に手をやるカイゼ。態度を見るに、浅葱が苦手なのだろうか。

「リョウシロンはわからんが……陛下は君たちにアヤカ・ソゴウの説得を頼みたいと考えている。状況は、さっき聞いた通りだ」

「いっすよ?」

「……あっさりだな」

「だって蝿王ちんたちを除いたら、他にあの大正義ガールを止められるのはミラ的にはアタシらしかいないっしょ。で、蝿王ちんは桐ちゃん担なんでしょ？　じゃー消去法でアタシらじゃん」

狂美帝が尋ねる。

「説得の勝算は？」

「ある意味、ここにいる誰よりも高いかもねん」

そう、浅葱の言葉は正しい。十河綾香は――

「今の状況だと、アタシらはあの子の最大のウィークポイントと言っていい。あの子は、クラスメイトを殺すことは絶対にできない。絶対に」

重傷を負わせることもね、と浅葱は付け加えた。

「あの態度悪い上級男子トリオすら守りたいとか抜かしてたんですヨー？　しかもアタシらの中には綾香と絆《きずな》してるポッポちゃんがいる。そして今聞いた話だと……女神ちん抜きで元の世界に戻る方法、手に入ったんすよね？」

「アライオンの王城にある勇者召喚に使用された魔法陣と、大魔帝の心臓か、その中の邪《じゃ》王素《おうそ》を吸収した首飾りが必要だがな。後者は、キリハラが所持しているのを期待するしかない」

「桐ちゃんのことだから、自分が倒したって証明はしたいんじゃね？　だから、そこはしっかり所持してるんじゃないっすかね？　まーともかく女神ちんハブって帰れるなら、説得材料としては上等でしょ。委員長だって、あのパワハラ女神頼みなんてヤだろうし……」

「ただ、アヤカ・ソゴウ説得については一つ懸念がある」

そう発言し、カイゼはその懸念を述べた。

「説得に失敗し、君たちが普通に捕縛される可能性だ」

「…………まーといってもクラスメイト相手だ。傷つけんように、大事に扱ってくれるじゃろ。それに……そん時ゃ最悪――」

浅葱が自分のてのひらを眺める。

「すべてに恵まれた親ガチャ大成功の勝ち組お嬢様には……一度、アタシたちの世界までご降車願おーかにゃ？」

「まさか、あの力で殺すとでも？」

「さあ？　まー……最悪の事態になったら一考する、って話っすわ」

「…………」

卓の下――俺の膝上に軽く添えられたセラスの手。

指の動きを用いた真偽判定の合図。

浅葱の言葉は今のところ、すべて真実のようだ。

「とまあ、そんなわけでアタシらは暴走機関車と化したアヤカ担になりまショ」

「では、アサギたちは余と東へ向かう。それでよいな？」

「おり？　ツィーネちんも来るん？　鬼十河《そごう》がいるんぜよ？」

「向こうに回しているのはアヤカ・ソゴウだけではないからな。下がっているという兵たちの士気も上げねばならん」

こうして、浅葱は準備のため退室した――してもらった。

ちなみに去り際に、

『んじゃ桐ちゃんの方はよろぴくー蠅王《はえおう》ちん。あ、もし殺しちゃったら綾香《あやか》には秘密にしといた方がいいよ？　マジやばいから。つーかさ、セラスちん……マジで美人すぎねぇ!?　エロさもあるし！　胸やば！　アタシ……もしこの戦いで生き残れたら、セラスちんを元の世界に連れて行って……レイヤー界の頂点、目指すんだ……、――そんじゃばいびー、蠅王ちん』

と言い残していった。俺も、

『成功をお祈りいたします、アサギ殿。また必ずお互い無事に会いましょう』

と返しておいた。

蠅王の正体に気づいているかどうかは――やはり、わからない。

俺から見ても、つくづく演技の上手《うま》いヤツだと思う。

それから俺の隣にずっと黙って座っていたムニンだが、浅葱に気圧《けお》されていた。多分、これまでムニンの周りにはいないタイプだったのだろう。未知との遭遇、ってヤツだ。

それはそうと、

「………………」

おまえの方も成功を祈る——鹿島。

やれやれ、とカイゼが首を振った。

「どーも調子が狂うな、あの娘と話していると……」

さて。

スレイは回復した。

ピギ丸の最後の強化も終わった。

ムニンは禁呪を使える状態にある。

セラスの起源涙《きげんるい》による精霊進化も、完了した。

「陛下」

俺が呼びかけると、場の空気が元に戻った。

「アヤカ・ソゴウの方はひとまず彼女たちに任せる。タクト・キリハラの方は、ワタシたち蝿王ノ戦団が対処する。これでよろしいですね？」

「うむ」

「伝書を運んできたマグナルの軍魔鳩《ぐんまきゅう》……そのまま空に放てば、タクト・キリハラのもとへ届くと聞きましたが」

「よほどのことがなければ届くであろう。放った者が移動しても決められた〝巣〟さえ持っていればそこへ戻るようにできている。それが軍魔鳩だ」

俺は狂美帝《きょうびてい》に礼を言ってから、

「セラス」

隣のセラスに、呼びかける。

「新たなる北の王は、おまえをお望みらしい」

「──はい」

「俺は〝おまえを差し出す〟と返答する。そして実際おまえを、キリハラのところへ連れて行くつもりだ」

セラスは疑い一つない顔で、身体《からだ》をこちらへ向けた。

「我が主《あるじ》がそう命じるのであれば、私は迷わずその方針に従います」

「礼を言う。そして──」

俺はゆっくりと自分の喉もとに手をやり、

「この蠅王の首も、差し出す」

三兄弟は、口を閉じて黙っている。

もちろん、と俺は続けた。

「新たなる北の王を叩《たた》き潰すためのエサとして」

「すでに……絵を描いているようだな、蠅王」

「陛下には人員などをお借りしたく」

「ミラの存亡がかかっている。望むものを手配しよう」

「感謝いたします。では——」

俺は、狂美帝に必要なものを伝えていく。

……………さて。

ヴィシスも桐原にセットでついてくるかもしれない。

ならば、ムニンも連れていかねばなるまい。

それから……一つ。

気がかりなことがあった。

それは——桐原拓斗《たくと》が蠅王の正体に気づいているという可能性である。

『オレはおまえを、許さない』

もしあの文の〝おまえ〟が蠅王ではなく——三森灯河を差していたとしたら。

そう思うに至ったのには一応理由がある。

まず『オレはおまえを、許さない』という文章の、その一つ前にあった文章がやけに引っかかった。

『わかるやつにはわかる』――この一文である。

ここには〝オレはすでにおまえの正体を知っているが、ここではあえて書かないでおいてやる〟といったメッセージが、暗に含まれているようにも思える。

さらには『分不相応は正されなくてはならない』という一文である。

単に、蝿のマスクを被《かぶ》ったいち呪術師ごときがセラス・アシュレインを隣に置いているのは分不相応である、と言っているだけかもしれない。

しかし、もしこの〝分不相応〟が、E級勇者のことを差しているのだとしたら――

…………。

仮に――蝿王の正体を桐原《きりはら》が知っているとして、である。

では、桐原はどうやって蝿王の正体に辿《たど》り着いた？

俺の生存可能性を一体、誰から伝えられた？

ありうるとすれば――やはりヴィシスか？

とすれば……廃棄遺跡から俺が脱出したのが、ヴィシスにはもうバレている？

戦力不足に悩むヴィシスが、魂喰《ぐ》いを持ち出そうとした時にでもバレたか？

……いや、経緯はどうでもいい。

ともあれ、俺の正体が桐原にバレているという可能性——この可能性を、捨て置くわけにはいかない。

最悪の事態には、常に備えねばならない。

なぜ〝蝿王の正体に桐原が気づいている〟という可能性に、これほど俺がこだわるのか？

それは——もし気づいていたとすれば、まさに最悪の事態が起きかねないからである。

□

俺が廃棄される直前——

『消えるならさっさと消えろよ、E級《ゴミ》』

最後に俺がこの耳で聞いた、桐原拓斗の言葉。

伝書に綴《つづ》られていたあの文章。

あの時のおまえとは不思議と別人に思えるぜ、桐原。

皆、おかしくなっていく。

あの十河綾香が、対人間の戦争に参加していて。

おかしくなっていたといえば、安智弘《やすともひろ》もだ。

クソ女神の影響？
わからない。
俺だって、おかしくはなったのだろう。
この世界に召喚され――元の自分を、引きずり出された。
よくも悪くも、変わるしかなかった。
追い込まれたんだ、きっと俺たちは。
…………。
蝿の王――北の地の王。
……王、か。
少なくとも俺は、王の器《うつわ》なんかじゃない。
変装の元ネタがたまたま伝承の人物で〝王〟を冠していただけだ。
王？
王だって？
違《ちげ》ぇよ、桐原。
俺たちは、そんな大層なもんじゃねぇだろ。
王ってのは誰かのために働くもんだ。
が、俺たちは違う。

俺たちは……自己中心的で身勝手な――ただの、異界人だ。

…………ここが、――俺が。

おまえの終着駅だ――桐原拓斗。

◇【鹿島小鳩】◇

「チェスター以上の撒《ま》き餌《え》となると、皇帝、大将軍、宰相を除けば、まあ……選帝三家《せんていさんか》の当主しかいねぇわな」

そう口にしたのは、立派な栗毛《くりげ》馬に乗ったヨヨ・オルドである。

彼女の前には見晴らしのよい平原が広がっている。

ヨヨは騎士たちを従え、設《しつら》えた陣を背に平原を眺めていた。

その胸中は穏やかではないかもしれない。

何せ、オルド家の次期当主が敵に捕らわれているのだ。

ただ、傍目《はため》には動揺はないように見える。

鹿島小鳩《かしまこばと》は幕の隙間から顔を離し、身体の向きを変えてしゃがみ込んだ。

「……これで大丈夫なのかな、浅葱《あさぎ》さん？」

陣幕の裏で小鳩は不安を口にした。しゃがんだ戦場《いくさば》浅葱が膝の上で両腕を組み、

「〝あの選帝三家最強のオルド家当主、出陣！〟の情報はもう流してるから、大丈夫っしょ。まーさすがにここでツィーネちん出すのはリスク高いし？　一方のイケメン兄様たちは、帝都でお忙しやだからのぅ」

ヨヨ・オルド参戦の報が及ぼす効果は敵だけではない。

彼女の参戦は下がっていた味方の士気を著しく回復させた。

さらに、いよいよ狂美帝が直接指揮に加わると囁《ささや》かれている。

おかげで、ミラ軍に蔓延《まんえん》していた敗北ムードは今や払拭されつつある。

ただ、小鳩の最大の懸念は……

「そ、そっちもだけど……十河《そごう》さんの、説得のこと……」

「え？　あー、綾香《あやか》は来るっしょー。こっちのでかい指揮官級を拉致りまくれば、最低限の被害でミラとの戦争に勝てると思っちょるんやから。わははー。てか、敵を極力殺さずに戦争を止めるとか……平成の作品かっての！」

二人は、並んでしゃがみ込んでいた。

一応、彼女たちなりに陣の中で身を隠しているつもりである。

「しっかし、あの委員長が対人間の戦争に参加ねぇ……いよいよ、ぶっ壊れたかな？　ほらアタシ……召喚されて間もない頃、綾香はすぐ死ぬみたいなこと言ったじゃん？　綾香はこういうアホな危うさがあるからさぁ。ほらいるっしょ？　肩書きとか学歴とか立派なくせに、驚くほど頭悪い人。地頭が悪いってやつ？　委員長、そっち系だと思うんよねー……能力とか知識はあるけど、肝心の人間がわかってないってゆーか？　今までそこそこやれてたのは、やっぱ聖《ひじり》センセーがサポートに回ってたからだよ。まーそこはアタシも予想外だった。意外と人情家だったのよ、あのバケモン姉貴ちゃん」

「……十河さんはそんな猪突猛進《ちょとつもうしん》みたいな人じゃないよ……浅葱さん、間違ってると思う」

「むふー、だからポッポちゃんはアホなのよーん。てか、綾香んことになるともう必死やねー？　カワイイねー？」

「別に、そ、十河さんだから必死だなんて……ッ」

「……むかつくなぁ」

「え？」

その時、間宮誠子《まみやせいこ》がやって来た。

「ねぇ浅葱……ほんとに綾香と、やり合うの？」

苦笑してひらひらと手を振る浅葱。

「いや、単に説得して仲間に引き入れる予定なだけだから。バトル展開になるのは説得に失敗してこりゃだめだルートになった時よ。だいじょぶ、だいじょぶ。アタシのアレが決まればね。あの追放じーさんだって倒せたっしょ？」

「いや、けどさすがに相手は綾香だよ？　ほんと無理……あのじーさんは人間味なかったけど、綾香相手じゃいくらなんでも無理」

「……ふふふー安心しなよ。殺すまではいかんから。事故さえ起こらなけりゃね。つーか殺す必要なくない？　捕まえて、動けなくするだけでいいんだよ」

誠子の顔が安堵《あんど》に緩む。

「だよね？」

「そーそー、だからポッポちゃんも安心しなって」

「てか、ポッポさ」

誠子が言った。

「う、うん？　間宮さん、何？」

「ちょっと見えてんだけど、それ」

「え？　見えてるって……あっ！ぅぅ……」

小鳩は慌てて膝を完全に閉じ、スカートで隠した。

「ったくー、ポッポちゃんはやっぱり抜けとるなぁ……およ？」

にわかに陣幕の外が、騒がしくなった。

「来たかにゃ？」

幕の切れ目を手でよけ、外を見る浅葱。

従騎士が叫んだ。

「ヨヨ様、来ました！　お下がりください！」

意を決し、小鳩も覗《のぞ》き込む。

自分の心臓の鼓動がいやに大きく聞こえる。このまま弾《はじ》け散ってしまいそうだ。

まだここからだと、姿は見えない。
（十河、さん……）
ようやく会えるという喜び。
これから起こることへの不安。
自分はやれるのかという緊張。
この三つが胸の中で入り交じり、小鳩は呼吸が浅くなるのを感じた。
ヨヨが言った。
「ちっ……勇者とはいえ本気で娘っこ一人かよ。いや、違ぇ……なんだ、あれは……」
巨大な銀の球体が空に出現。水銀のかたまりのように見える。
瞬間――球体が爆散めいて飛び散った。それらが、人型を形成していく。
ミラ側の者たちは、予定通り撤退を始めた。こちらへ退いてくる。
「あっ――」
銀の馬に乗った彼女が、見えた。
(十河さん！)
気づくと、小鳩の背後に浅葱グループが集まっていた。
ぎゅうぎゅうのすし詰めに近い。
皆、気になるのだ。緊迫した面持ちが並んでいる。

みんなに外の様子が見えるよう浅葱が広げたので、幕の切れ目はもう大きな穴になっていた。

浅葱が言った。

「行くぞい、皆の者」

軽やかな足取りで飛び出す浅葱。小鳩がそれへ続き、さらに他の者も続く。

ヨヨは、こちらへ引き返してきていた。

「あとは頼んだぞ、女勇者ども！」

「お任せあれいっ。あ、人払いはよろしくです。綾香の神経、逆撫《さかな》でするだけなんで」

浅葱の横をそのままヨヨが通り過ぎていく。

騎士や兵たちもヨヨを追い、浅葱たちと逆方向へ進んでいく。

「おー来た来た……来たよ、十河綾香。懐かしの顔だ……おーい、いーいーんちょぉーっ！」

戦場にそぐわぬ弛緩《しかん》した調子で、浅葱が手を振る。

綾香の方も、こちらに気づいた。

「浅葱さん!?っ……無事だったのね!?」

綾香が、馬を止める。

遅れて銀騎士たちが来て、綾香の後ろで半円の壁を作った。

残る綾香の前方——残る半円の方角には、小鳩たち。

「十河さん！」

ぱっと綾香の顔が明るくなる。

「ぁ——鹿島さん！　よかった、あなたも無事で……」

その顔になってくれたことが、小鳩は嬉《うれ》しかった。

綾香が、浅葱グループの面々を見回す。

「みんなも……それに誰も、欠けてない……」

「この浅葱さんがついてんだから、誰も死ぬわけないっしょー」

「ありがとう、浅葱さん——本当に」

「てゆーかなんなの？　その銀の馬に騎士たち……委員長の固有スキル今、そんなんなってるわけ？」

「え、ええ」

後方の陣は今やもぬけの殻。

ヨヨたちにはあのまま離れた場所まで撤退してもらう。

それが、浅葱のオーダーだった。

「てか、そいつら出したままなのって……もしかして、アタシらのこと警戒してる？　こっちは綾香を信用して、うちら以外遠ざけたんだけどにゃー……切ないにゃー」

「あ……ごめん、なさい」

銀馬と銀騎士が、消えた。固有スキルを解除したのだ。

一応、小鳩には【管理塔《ディスクローズ》】で十河綾香のステータスが見えている。

（すごい……十河さん……）

補正値は、三森灯河《みもりとうか》の数値を遥《はる》かに上回っていた。

「んなことより委員長……ついに見つけたんだよ。女神ちんに頼らず、元の世界に戻る方法」

「え？」

「アタシらは、それを探していたと言っても過言ではない」

「それは、どういう……」

浅葱は綾香に、禁呪の話を伝えた。

「——そんなわけで、女神ちんはもうただの厄介な神おばさんってこと。つーかあの胡散《うさん》臭《くさ》さ全開のパワハラおばさんが、素直にアタシたちを元の世界に戻してくれるかねー？どう？　委員長は信用できんの、あの胡散臭い神様のこと」

禁呪による帰還方法のことを聞いた綾香は、驚いた反応をしていた。

ただそれが小鳩にはどこか〝実在したことに驚いた〟みたいな反応に見えた。

まるで、女神に頼らない帰還方法自体には、前から心当たりがあったかのような。

（それに、十河さん……）

女神に頼らず元の世界に戻れるのがわかったというのに、今の綾香は喜ぶどころか、何か釈然としない表情をしていた。

綾香が、躊躇《ためら》いがちに口を開く。

「あの、浅葱《あさぎ》さんたちは……ミラに捕まって……脅されて、私を説得するためにその話をさせられている……とかでは、ないのよね？」

「は？　女神ちんにそんなこと吹き込まれたの？　ははー女神ちんらしいリスペクトできるやり口ですなー。らしいらしい」

「……本当、に？」

「え？　信じられないの？」

「その……狂美帝《きょうびてい》さんや蠅王《はえおう》さんに、言いくるめられて……とか」

わずかに、浅葱グループにさざ波が立つ。

「女神ちんに何言われたか知らないけど……いいんちょは、アタシらより女神ちんを信じるんだ？」

「ち、違うわ！　ただ……狂美帝さんやベルゼギアさんは、人を説得するのが上手《うま》いと聞いて……」

「洗脳、と表現しないのはさすが委員長じゃな。で、その委員長の中じゃ狂美帝とか蠅王はそんなに悪党なんだ？」

綾香《あやか》は、そう思うに足る理由を話した。

その内容に、小鳩《こばと》は驚きを禁じえなかった。しかも、

（三森君の言った通りだ……自分が安《やす》君を殺したとか、ありもしないことを女神さまが十《そ》河《ごう》さんに吹き込んでる可能性がある、って……）

綾香の話が進むごとに、浅葱グループの面々のざわつきが大きくなる。

茅ヶ崎《ちがさき》篤子《あつこ》が、

「ま、待ってよ綾香!?　はぁ!?　安は知らないけど……第九騎兵隊が蠅王に命乞いしたあとで虐殺された？　だって、第九騎兵隊は——」

言葉を切って、浅葱を見る篤子。

「そだねー……そいつは事実と違うなぁ、委員長」

（そう、第九だけじゃない……第六騎兵隊の話も、三森君の話と違う。わたしたちのこともだ。やっぱり女神さまが、狂美帝さんや三森君が悪者になるように話してる……）

「でも——だ、だったら！」

綾香が声を上げた。

「証拠が……証拠が、ほしいの。私も浅葱さんたちを信じたい……守りたい、から」

「じゃあさ、どう証明すればいいのかにゃ？」

「それ、は……」

「女神ちんは証拠を見せたん？」

「証人が、いたわ」

「直接会ったん？」

「え？　それは……会っていない、けれど」

「でしょー？」

だけど、と綾香は俯《うつむ》いた。

「浅葱さんたちが、狂美帝やベルゼギアさんに言いくるめられている可能性も……否定、し切れないわ。ベルゼギアさんに至っては、その正体さえわからない……何か後ろめたいことがあるのかもしれない。最初は気にならなかったけど、今となっては……それも、信用できない要素かもしれない……」

「なら、アタシたちにおとなしく捕まれって？　で、話し合いで説得するってかい？　ていうか委員長さ……この戦争、人間とやる戦争なわけだよね？　委員長がそんなんに参加するなんて浅葱さんびっくりだヨ。どうしちゃったの？」

「私は……この戦争を、早めに止めたい。犠牲を少なくしたいの。救いたい人たちを、救いたい……そう、桐原《きりはら》君も！　今、彼を止められるのは私しかいないと思う！　救うのはきっと、私の役目なの！　だから……私がこの力で！　この手を汚してでも！　あの人が……言って、くれたの……完璧なんてものは存在しないけれど——最善を尽くすことならできる、って！」

「十河、さん……」

小鳩は、気圧《けお》された。綾香の強い想《おも》いに。

「…………………」

一方、浅葱は途端に黙り込んでしまった。

なんだろう、と小鳩は不安に思った。

あの顔……。

嫌な予感が、する。

にぱぁー、と浅葱が太陽のような笑みを浮かべた。

「わかったよ、委員長っ」

「え？」

「アタシは、委員長を信じる……ほれ」

出頭でもするみたいに、両手を差し出す浅葱。

「おとなしく捕まるからさ。まずは委員長と、別の場所でじっくり話そうと思う」

綾香が目を丸くし、そして——

「浅葱、さん」

「女神ちんは信じらんないけど……アタシ、委員長なら信じられるからさっ」

浅葱が、綾香に歩み寄る。

――だ、め。

小鳩の嫌な予感が、急速に膨張を始める。

走馬灯のように思い出されていくのは、浅葱の綾香に対する言葉の数々。

浅葱はおそらく、

（だめだ……浅葱さん、説得を諦めてる！　浅葱さんはこのままあの固有スキルを……十河さんに使うつもりなんだ！　そして、もしかしたら使ったあとで――）

ピタッ、と浅葱の動きが止まった。

「……あり？　綾香、あんた――」


「三森君なの！」


そのひと言に、皆の目が一斉に小鳩へ集中した。

ぽかんとした綾香の目も、やはり、小鳩へ向けられている。

「え？　三森、君……？　彼が……どう、したの？」

「ベルゼギアさんの正体は――三森君なの！」

「三森、君……？　ベルゼギアさん、が？」

浅葱も「は？」と目を丸くしている。

やはり浅葱は気づいていなかったのだ。小鳩が、蝿王の正体を知っていることを。

「だから……信用できないなんてこと、ないと思う！　わたし……直接、確認したから！」

小鳩は自分の固有スキルの能力を説明した。ところどころ、言葉に詰まりながら。

心臓が破裂するかと思うくらい、鼓動が大きく速い。

こめかみが緊張のあまりキィィインとなっている。息が、苦しい。

「や、安君のことも聞いたよ!?　安君は女神さまの命令で、第六騎兵隊の人たちに――」

安智弘《ともひろ》のこと、第六騎兵隊のこと――小鳩は、灯河に聞いたままを伝えた。

「だから三森君は、安君を助けたの！　今、安君は……安君の希望で一度、最果ての国で別れたって……安君は、十河さんに謝るために、アライオンを目指してるって！」

「ベルゼギアさんが……三森、君……そん、な……それに……安、君……」

綾香はその事実に衝撃を受けているようだった。

浅葱グループの面々も負けず劣らず、衝撃の波に呑《の》まれている。

「は……はぁぁあああ？　あの蝿王が三森!?　嘘《うそ》でしょ!?」

「小鳩、ついにおかしくなっちゃったの!?」

「で、でも固有スキルで確認したんでしょ!?　じゃあガチじゃん！」

「……にゃぁるほど。あん、時かぁ……最果ての国の交渉ん時、ポッポの血の気が引いてたのは……じゃあ、あの夜会ん時も……にゃる、ほどー……」

浅葱も驚いてはいたが、むしろ腑《ふ》に落ちた――そんな、感じだった。

にへらぁ、と小鳩を見る浅葱。半月のような目が、狐《きつね》みたいにつり上がっていた。

「だめだよ、小鳩ちゃん……小鳩は……バカでどんくさいポッポちゃんだろー？　それは違うよねー？　違うんだよなぁ……それじゃあ」

何か、不気味な感じがあった。しかし今はもう、小鳩は止まらない。

止まれない。

「だ、だから十河さん！　蝿王さんなら――三森君なら、信じられると思う！　三森君はね……」

たくさん人を、救ってきた。

これも灯河から聞いた話をほぼそのまま伝えた。

悪い人たちにつけ狙われて逃亡中だった、姫騎士の話。

道に迷い、利用され、虐げられていた亜人たちの話。

魔防《まぼう》の白城《はくじょう》でも、多くの人を救った。それは綾香も知っているはずだ。

「旅の目的は、女神さまへの個人的な復讐《ふくしゅう》だって言ってた……でもやっぱり、三森君は優しいから……女神さまのせいで虐げられてる善良な人たちがいるってことが、許せないいんだと思う……三森《みもり》君は、困ってる人がいたら、きっと……放って、おけないんだよ」

小鳩はふと、自分の家にいる元捨て猫のことを思い出していた。

「あのバスでの時も……小山田《おやまだ》君にいじわるされてた十河さんを……助けようと、したよね？」

気づけば小鳩は、泣いていた。

「信じられると、思ったの……三森君なら。少し雰囲気が変わったところもあったけど……ちゃんと、三森君だったんだよ？　あの怖い女神さまより、わたしは信じられるよ！　だからお願い十河さん！　わたしたちと一緒に戦って！　桐原君も、一緒に止めよう！」

「…………」

「わたし、ね……十河さんが、大好きだよ？」

「鹿島《かしま》、さん」

「だから十河さんが辛《つら》そうにしてると……わたしも、辛いよ……ようやく会えたのに……なんだか、こんな……ふぇぇ……みんなで笑って……元の世界に、帰りたいよぉ……」

綾香が、目を閉じた。

小鳩たちは待った。綾香の返答を。

「わかったわ」

「！　十河、さん……ッ！」

「私は桐原君を止める……三森君にも――直接会って、真意を確かめる」

「え？」

「三森君は、どこにいるの？」

「十河さ、ん……？」

「狂美帝《きょうびてい》はこちらに向かっていると聞いたけれど……じゃあ、さっき聞いたミラへ向かってるという桐原君は、一体、誰が止めようとしているの……っ？」

「そりゃあ、蠅王《はえおう》きゅんでしょ」

答えたのは、浅葱《あさぎ》。

小鳩は、現状への理解の追いつかない状態のまま、浅葱を見た。

「浅葱、さん……」

「桐ちゃんとは相性が悪いと判断してアタシらはこっち来たんで……桐原きゅんの担当は蠅王――三森君だよ」

「……………」

「場所を、教えてもらえる？」

何か、違和感が。

小鳩の胸に不安が湧いてくる。

自分は……説得に成功したの、だろうか？

想いは、伝わったのだろうか。

「そ、十河《そごう》さん……」

「ほい、地図」

浅葱が地図を差し出した。

それは、桐原拓斗《たくと》を呼び出した場所の地図だという。

「桐原君を止めるのに、委員長の力が必要かもしれない。だから地図をもらっといたんだ。説得が成功したら、つれてくつもりだった」

時間を確認する浅葱。

「まだギリギリ……大丈夫じゃないかな？　ここからなら、急げば間に合うかも」

綾香《あやか》は地図を受け取り、

「私の固有《こ》銀馬《ゆうぎんば》の速度なら、間に合うかもしれないわ。ありがとう、浅葱さん」

「どーいたしまして」

綾香は固有スキルで銀の馬を生み出し、またがった。

「蠅王さんが本当に、三森君なんだとしても……彼が桐原君を無事に止めてくれるかはわからない。だめ……これ以上、クラスメイトが死ぬのは——絶対に」

もう今の小鳩《こばと》には、その名を繰り返し呼ぶことしかできなかった。

「十河、さ……」

「ごめんなさい、すぐに出発しないと……大丈夫、私の指示がなければ進軍は止めるようにお願いしてあるから。だから、ミラの方もお願いできるかしら？　狂美帝に、休戦を願い出てもらえる？　私がいないと人が死んでしまう——もう誰も……もう、誰もッ！　私はッ！」

引き留める間もなく、綾香はそう言い残して駆け去った。

追いつくなど、到底不可能なスピードで。

「十河……さ、ん」

「ふいー、参った参った……ありゃあ、だめだ」

「浅葱さん……さっき、十河さんに……」

「んー？　ああ、使おうとしたよ？　アタシの【女王触弱《クイーンビー》】をね。けど、まー……」

無理っしょ、と浅葱は言った。

そういえば小鳩が蠅王の正体を明かす直前、浅葱は何かに気づいた反応をしていた。

「綾香はアタシらを信用してない」

「え？」

「すげぇ警戒してたんだよ……アタシが自分から捕らわれる振りをして近づいた時も。だから接触して固有スキルを決めるのは難しいと思った。いや……マジにどこにも隙がないんだもん、綾香っち」

綾香の駆け去った方角を、浅葱は見る。

「あの時点だけじゃない。ポッポちゃんが必死に泣いて説得したあとも、こっちを信じ切れてなかったねあれは。ずっと警戒してた。ありゃ、もうだめだ。どんだけ言葉を重ねても、だぁれも信じられなくなってる。小鳩ちゃんすらね」

「そん、な――」

虚脱の感覚が襲い来る。小鳩は落胆し、膝をついた。

「ありゃあもう壊れてるよ。何を信じたらいいかの軸が壊れちまってるんだなー。あんなのは、今のアタシたちの手には余る。無理だね。御免被《こうむ》る」

「じゃあ、浅葱さんは……」

「綾香を止められるのも三森君か桐原《きりはら》君だろうってことさ。アタシらには無理だ。任せちまおう。丸投げだ。だから、地図をやったのよん。ここからいなくなれーッ！ってね。んま、こっちの戦場のことを考えても、厄介だった勇者綾香を切り離せたのはでかい……てか、それよりさ小鳩」

「――――ッ」

にぃ、と浅葱が笑った。

「蝿王きゅんの正体……気づいてたんなら言ってくれればよかったのにぃ～？」

「ご、ごめ……ん。三森君に、黙っててくれ……って」

「らしくないよ。鹿島小鳩さん。アタシを欺《あざむ》くなんてのは本気であなたらしくない……全っ然、らしくない。聞くけど、あなた誰？」

「え？　あ……ごめ、ん……」

（――〝誰〟？）

ふふん、と飄々《ひょうひょう》とした空気を取り戻す浅葱。

「にしても……そっかぁ。三森君だったのかぁ。いや、可能性として万が一を考えなくもなかったんじゃがね？　んー、話してみて役に立ってくれそうだったから、正体はまあどうでもいいかなと思ったたってのも……でかいんだけど」

うーむ、と唸《うな》る浅葱。

「あの城の食堂で一対一で話した時〝あ、これは違うな〟って思わされちゃったんだよなぁ。マスクとボイスチェンジャーつきとはいえ、ちょっと浅葱さんも驚きだね……あの脱臭っぷりは。三森灯河《とうか》の要素なんて、ほんっと微塵《みじん》もなかったんだから。とんだバケモンがうちのクラスに潜んでたもんだよ。これぱかりは素直に――」

浅葱は感心したように、続けた。

「見事と言っておくよ、三森君」

◇【桐原拓斗】◇

　ミラへ送った軍魔鳩《ぐんまきゅう》が、返事を持って戻ってきた。

〝蠅王の首とセラス・アシュレインを差し出す〟

　伝書にはそう書かれていた。

　桐原拓斗は、魔群帯の南西付近で移動を一度止めていた。途中にあった遺跡の一つを一時的な寝所とし、ここでミラの出方を待っていたのである。

「狂美帝とかいうやつも、やはり我が身が可愛《かわい》いらしい。ミラのやつらに裏切られ、引き渡されることになったか……三森にふさわしい末路だ……まあ——」

　ミラからの伝書を、くしゃりと握り込む。

「このオレを舐《な》め、欺き——罠《わな》に嵌《は》めようとしていなければ、だが」

　卑劣な手を使って〝人類最強〟を殺した男だ。

「自らの死を偽装し、このオレを油断させるための策……三森という卑劣漢なら、ありうる」

　コキッ、と首を鳴らす。

「ともあれ……セラス・アシュレインさえ手に届く場所に来れば、あとはどうとでもなる。高みに達したこのオレを倒せるのは、もはやオレしかいない。仮に死を偽装してオレを騙《だま》そうとしていたとしても、所詮は小バエの悪足掻《わるあが》き……三森程度の小賢《こざか》しさが通用するほど、オレの社会は甘くない」

引き渡しは、ここからさらに南西のとある場所を指定してきた。

下僕に偵察に行かせたが、遺跡建造物の点在する地域のようだ。

金棲魔群帯《こんせいまぐんたい》は元々〝大遺跡帯〟の別称を持つ。

ゆえに、魔群帯内に遺跡的な建築物が多い。

まだ向こうは到着していない。

ミラからの伝書には、ご丁寧に到着予定の日取りも記してあった。

「時間をかけやがる……何か、企《たくら》んでいなければいいが。しかしすべて粉砕される。このオレの前では、摂理すら——砕け、ひれ伏す……」

ヴィシス、十河綾香、高雄《たかお》姉妹、戦場《いくさば》浅葱、安智弘《やすともひろ》……。

「どいつもこいつも頭《ず》が高すぎたな。安心しろ……このオレが正しい位置に、戻してやる」

遺跡を出る。

うららかな日差しの午後が迫っていた。そよぐ風に、さやさやと音を立てる木々。

王にふさわしい昼下がりであった。付き従っている魔族が、恐る恐る声をかけてくる。

「あの……我が王、本当によろしいのですカ？　駆けつけられる範囲で待機するとはいえ……一人で引き渡し場所へ赴くなど、無謀に思えてならないのですガ……」

「必要があれば呼ぶ。だが、万が一にも三森《みもり》が生きていてオレを嵌めようとしている場合……おまえたちは経験値《EXP》になる。特に何かの間違いで人面種《じんめんしゅ》でも殺された日には、あいつがレベルアップするきっかけにしかならない。オレの下僕のせいであいつが成長するなど、許される話ではない」

「左様ですカ」

「何より三森程度の相手をするのに人面種の力を借りなくちゃならねーほど、オレが弱いと思われては心外だからな……そもそも恐怖の象徴とか呼ばれてる人面種も、完全に名折れだった。有り余る下僕を盾として惜しみなく投入すれば、人面種どもに【金色龍鳴鎖《ドラゴニックチェーン》】をあてることなど悪いが簡単すぎた。弱い魔物を犠牲にし、強い人面種に入れ替えていく――わらしべ的定石だぜ……。しかも十河は倒すしか能がなかったが、オレは従属させられる。格上すぎる。そして人面種など、オレにとっては戦力でなく、予備の数合わせにすぎない。今のを聞いて、オレが人面種に頼る理由があるか？」

「……ございませン」

「最終的には従順なやつだけをそばに置くことにしたが……おまえはなかなか見所がある。王を識《し》れば、おまえもキリハラへと近づく栄誉を手にせざるをえない」

「ありがたき幸セ」

「大魔帝《たいまてい》を殺したオレを憎むか？」

「わかりませセン」

「安心しろ。いずれわかる。オレこそが──正解だったと」

現在、ミラへ差し向けていた魔物の群れは動きを停止している。

いわゆる休眠状態にあると言っていい。

スキルで支配下に置いた数がさすがに多すぎたか。

ある地点で、気になる程度には負荷がかかるようになった。

疲労するのである。

「さすがのオレも、無限ではなかったか……さすがでしかない」

合理的に考えた結果、必要な魔物だけを残して休眠状態にした。

特に、自分から離れている遠くの魔物はひとまとめにして眠らせておいた。

イメージとしては、一時的に接続を切っているような感覚である。ちなみに解除すると魔物は自由を取り戻し、また一々【金色龍鳴鎖】をあてなければ従属させられない。これが面倒なので、休眠状態にする必要があった。

そんな中、側近級だけは全員遠くにいても起こしたままにしてある。

「知性のある有能寄りはしっかり働かせねーとな……しかし、どんなに部下が有能でもそれを使う上が無能ではどうにもならない。つまり、オレでなくてはならない。まあ……弱者をぬるま湯につけといて、生かさず殺さずで限界まで使い潰し……利益を最大化できてこそ、真の強者らしいが」

これは親のホームパーティーの客が言っていた。

経済アナリストを名乗る男で、有料ブロガーとしてもSNS界隈《かいわい》で有名らしい。

「オレのいた国は怠け者や生産性のない弱者を甘やかしすぎた。そのせいで弱者を支えていた側が耐えられず、強者候補が次々と潰れていった……そして、最後は全体が衰退して終わった。弱者を切り捨てられねーとロクなことにならねーっていう、見本みてーな国らしい。そう、弱者とはまさに……大魔帝討伐になんの貢献もせず、強者の作ったぬるま湯でここまで生き残ってきた、あの役立たずの下級勇者どものことだ……」

「弱者の分不相応は悪、ですカ」

「おまえもわかってきたか。そう……分不相応は、許されない。あいつが隣にセラス・アシュレインを置いていたように。本来なら下流を這《は》うはずのあいつにセラスは使えない……仕えては、ならない」

桐原は、指定の日を待った。

暗い遺跡の中で彼は、虚空に向かって一人呟《つぶや》く。

「約束を完全に違《たが》えれば、オレは容赦なく人面種どもの眠りを解く……そうすれば、ミラは終わる。約束通り三森の首を差し出さなければ……わかっているだろうな、狂美帝《きょうびてい》……」

指定された日が、やって来た。

寝床にしていた建物を出ると、桐原拓斗《たくと》はてのひらを上に向けた。

舌打ちが漏れる。

「あいにくの雨……天は空気を読めないらしい。これじゃあ天も生き残れねーな、オレの世界じゃ……、――行くか……」

桐原拓斗は巨金馬《きょきんば》に乗り、指定場所に向かった。

予定時刻より早く到着した。桐原は下馬して巨金馬を走り去らせ、周囲を見回す。

「ここか」

先日寝床にしていた辺りより建物が多い。

桐原が瓦礫《がれき》に座っていると、

「我が王」

そこそこに目をかけている魔族がやって来た。

「偵察の首尾はどうだ？」

「ここへ向かうミラの者たちと思《おぼ》しき一団がございまス。あと一時間もすれば、ここへ到着するかト」

うんざり気味にため息をつく桐原。

「やれやれ……待たせやがる。いよいよセラス・アシュレインか——実物の」

「待ちますカ」

「こっちから出向くのはオレの摂理に反する。がっついてるようにしか見えねーからな……王としての振るまいが今、求められている」

「……御意」

　魔族は下がらせた。

〝最強の自分がこの局面で配下を連れている〟

　これは桐原《きりはら》の持つ強者の哲学に反する。時には、多くを従える王威も必要である。

　しかし今回は多勢に対し堂々と一人相対するからこそ、王威なのである。

「せっかくのセラス・アシュレインだというのに、初顔合わせで金眼《きんがん》どもが画《え》に入るのは興ざめだからな……オレの視界の価値が下がる……」

　雨足が強くなった。

　再び舌打ち。さすがに濡《ぬ》れそぼつのは見た目が悪い。

　建物の一つを見やる。

「入るか……、——」

　足を、止める。

「まさかあの建物の中……オレを誘い込み、待ち伏せもありうるのか？　だとすれば、小賢しい……だが、あいつならありえる。あいつは卑怯《ひきょう》な罠でしか戦えない……同情するぜ……」

迷わず、再びそこへ足を向ける。

「しかし、強者代表が逃げるわけにはいかない。卑劣なおまえと違ってな……わかるか？これが上級本質と下級本質を隔てる、絶対的な差だということを」

そして、もしあの中に三森灯河《とうか》が潜んでいるのなら。

罠に誘い込んでいるつもり、なのだろう。

例の呪術――状態異常スキルとかいうのを狙っているのに、違いない。

ふぅぅう、と息を吐く。

髪を後ろへ撫《な》でつける桐原。

――オレの狙いは、それだ。

桐原は心の中で呟く。

三森……もしそこにいるなら、撃ってくるのを許可してやろう。

おまえの――状態異常スキルを。

可能性を予測できているのか？

あえてオレがおまえの誘いに乗っているという、この意味を。

5. 虚偽と虚飾の行き着く果て

「――――、…………」
桐原拓斗が、建物の中に入ってきた。
金波龍《きんぱりゅう》とやらを出していない。
雨を気にして入ってきた……そう見えた。
俺は、天井に張り付いていた。
ピギ丸の新たな能力によって。
最後の強化剤は、地味だが、これもまた役に立ちそうな能力だった。
単純に言えばピギ丸が器用になった。
まず、粘着力が格段に向上した。
使い方によっては、垂直な建物の壁をのぼることもできる。
剣虎団《けんこだん》の時と違い、摑《つか》まるものがない場所でも問題ない。
ターゲットの頭上はさらに死角と化す。
他は、質量的な能力が上がった。
従ってロープ状になった時の長さや強度もかなり上がっている。
さらには分裂も可能となった。

分裂し、ピギ丸がそれを分身のように動かすことができる。

また、分身は武器にも形を変えられる。この分身や武器が破壊されてもピギ丸はダメージを受けない。本体にはダメージが入らないってヤツだ。

反面、分身は本体ほどの粘着力や巨大化能力は持てない。

あとは、硬度も飛躍的に増した。つまり武器として使用可能なほどの硬度を得た。

手もとに武器がなくとも、ピギ丸自体を武器として扱える。

そして、今……

「…………」

俺は、室内の四角にピギ丸で張り付き、息を潜めていた。

足音……。

近づいてくる。

桐原か。

あの時以来——形としては、再会。

平静は、保てている。

動揺はない。

闇の奥へ、桐原が、やってくる。

「…………」

入って、きた。

足音の位置。

俺のいる場所はそこから、完全に死角。

いる――桐原と、同じ部屋に。俺にはおそらくまだ気づいていない。

入った――射程、圏内。

「ピッ――」

先んじて分裂させ、別の場所に置いておいた小ピギ丸の鳴き声。

そこは、俺のいる方角とは真逆の位置。

桐原の意識はそちらへと――

「【麻痺性付与《パラライズ》】」


――ピシッ――――、……バキィン！――


ガラスの割れるような音が、した。

「【金色《ドラゴニック》】――」

確認のため、別のスキルを放つ。

「【暴性付与《バーサク》】――」

──龍鳴波《バスター》】」

──バキィン！──

同じだ。

あのエ、エフェ、エクト。

クソ女神の、あの【女神の解呪《ディスペルバブル》】と──

「【スロウ《遅性付与》】」

──バキィンッ！──

これも、効果を及ぼさない。これ以上はＭＰの無駄撃ち──【スロウ】を解除。

ドシュウゥゥ……

渦巻く金龍を纏《まと》う桐原。

うねるエネルギー体の金龍の群れ。

金龍の光が、一気に室内を照らし出し──

「残念……と、言わざるをえねーな。誘い込まれたのはてめぇだ──下級、本質」

ロープ状にのびたピギ丸が、部屋の壁に延びている。

そこには古びた窓がある。

古い鎧戸《よろいど》。

その鎧戸は、材木が腐って脆《もろ》くなっている。

隙間は前もって塞いでおいた。
外の光が入って、一筋でも、闇に光が注がぬように。
あの窓が、桐原から見えぬように。
ロープ状のピギ丸は、繋《つな》がっている——あの窓の外に。
鎧戸の隙間を埋めるように密着し、やはり、光が通らぬよう透明度をなくして。
なぜか？
すぐ外へ脱出できるように。

□

この前の追放帝《ついほうてい》の話を、狂美帝《きょうびてい》から詳しく聞いた。
〝女神から力を分け与えられた〟——そう言っていたそうだ。
できるのか、そんなことが。
ならば、と思った。
あの【女神の解呪】を分け与えることも、不可能ではないのではないか？
ヴィシスが蠅王《はえおう》の正体に気づき、もし桐原に俺の正体を教えていたなら。
何か画策する中で俺に桐原を殺させたいと、意図しているとすれば。

対策を練る――与えるはずなのだ。

もし、俺にあっさり桐原を倒されるとヴィシスが困るのなら。

そしてここにヴィシスが来ないとすれば〝それ〟は必須だ。

必要な措置だ――状態異常スキル対策。

こうくる確率は低いかもしれない、とも思った。

が、備えはしておくべきと考えた。

やはりしておくべきものだ……最悪の事態の、想定は。

▽

「くたばれ、三も――、……？」

「――ピギ丸」

ぐんっ、と強く引っ張られる感覚があって。

次の、瞬間――鎧戸が、粉々に砕け散った。

「ピッ、ギィィイイィィィイイイイイイ――――ッ！」

破裂したように、建物の外側へ弾《はじ》け飛ぶ木片。

鎧戸を粉砕し、俺は光ある外へ飛び出した。

細かな木片が雨に濡《ぬ》れ、宙に舞う中——

「小賢《こざか》しさの極致と……言わざるをえない。悪足掻《わるあが》きと言わざるをえない。下級本質の足掻きは……見ていて、目に、余りすぎる！　足掻くか——偽物が！」

何匹もの金龍を従えた桐原《きりはら》が建物の残った壁を粉砕し、飛び出してきた。

桐原自身も金のエネルギーに包まれ、加速している。

ドシュウゥゥゥッ！

刀を抜き放ち、桐原はその刃にも金色の波を纏わせた。

追いかけ——追いついてくる。

桐原に先行し、巨大な竜の集合体が牙を剝《む》いて襲いかかってくる。

引っ張る側のピギ丸を縛り付けておいた石の柱に、俺は到達。

着地し——柱を背に、構える。

「セ、ラ、ス」

光が、迸《ほとばし》った。

柱の陰から飛び出してきたのは、剣を構えたセラス・アシュレイン。

桐原が目を見開く。

「──セラス、アシュレインかッ」

セラスは、起源涙《きげんるい》によって進化した精式霊装《せいしきれいそう》を身に纏っている。

〝起源霊装〟

元の精式霊装に比べると各装甲やパーツが増加している。

元々あった形状が変化している装甲もある。

そして──光の精霊による高出力の精霊剣。

渦巻く光の束。

俺めがけ襲いくる金龍を、セラスが精霊剣で打ち払った。

まるで、荒れた海の大波同士がぶつかるような衝突音。

金龍にやや遅れて肉薄してくる桐原に、弾かれた金龍たちが合流する。

「ようやく……オレたちが出会ったか。ついにオレはあるべき正しさに近づいたらしい。

だが、しかし……」

桐原が俺を睨《にら》みつける。

さっき部屋から飛び出す直前、わずかに金龍の端が俺にかすっていた。

蝿王のマスクの前部が裂け、俺の顔が覗《のぞ》いている。

皮膚もかすかに裂けたのか、俺の顔を、一筋の血が伝った。

桐原の目は、憎悪に染まっている。

「下級本質を守るその態度……まだ、洗脳が解けていないらしい……まったく〝オレのもの〟をいいようにやってくれたな――」

俺は蠅王のマスクを脱ぎ捨て、桐原を見据える。

「三森……ッ」

「――桐原」

さながらヤマタノオロチのように、金龍が次々と襲い来る。

あのスキル……発動させておけばあとは自在に操れるタイプか。
あの大侵攻の時——東の戦場。その際に目撃されたスキルとも一致している。
「おまえが生きていたことが不快で仕方ねーぜ、三森《みもり》……」
桐原が手を動かす。
すると三匹の金龍が絡み合い、腕の動きに合わせて横薙《よこな》ぎに襲いかかってきた。
セラスは精霊剣でそれを受け、弾き返す。
同時、セラスは氷の盾を俺の周囲——宙に展開。
桐原が舌打ちする。

「ちっ──セラス、何をしている。なぜ三森を守る？　そこを、どけ……ッ」

勢いは衰えず、他の金龍がさらに襲いかかってくる。

「【パラライズ】

無効化のエフェクトはないが……金龍に、変化はなし。

金龍の方には効果アリとは、やっぱりいかねぇか。

他のスキルも試してみたが、やはり金龍には効果が及ばなかった。」

「…………」

しかし、状態異常スキル耐性を持った敵──女神以外で、ついに現れた。

浮遊する氷の盾が壁となり、俺を襲う金龍の攻撃を凌《しの》いでくれる。

バックステップで下がったセラスが、俺の近くにいた金龍を精霊剣で払いのけた。

セラスは腰を捻《ひね》り、そのまま前方から襲い来る金龍を精霊剣で捌《さば》いていく。

打ち合えている──威力は、申し分ない。

「今、このオレが救ってやる……もう安心していいぜ、セラス・アシュレイン。オレはおまえを救いにきてやったにすぎない……真の王が、来たらしい」

「……ッ」

セラスの後ろ姿から、動揺が感じられた。

虚偽でないのがわかり、混乱が生じかけているようだ。

「セラス、桐原の言葉にはまともに耳を貸すな。相手をとりあえず理解しようとするのはおまえの長所だが、同時に悪い癖だ——呑《の》まれるぞ」

「——ッ！　はい！」

セラスは応じ、素早い薙《な》ぎ払いで金龍を叩《たた》き返す。

動揺は消え去ったようだ。

桐原の攻撃の勢いが増す——が、セラスはそれをすべて鮮やかに捌いていく。

動くたび、セラスに付着した雨水が躍るように弾け飛ぶ。

正直言うと少し、背筋が震えた。

うねり迫る何匹もの金龍に、セラスはたった一人で対処している。

できている。

今までは天性の才に身体《からだ》がついていかなかったのではないか、と思った。

つまり、身体能力の方がセラスの〝こう動きたい〟という意識に対し、完全についていけていなかった。

しかし起源霊装を纏った今、身体能力が底上げされたことで、ようやく身体が完全な形でセラスの天性に追いついたのではないか。

恐るべきは、おそらくセラスは俺が動きやすいように考えて動いていることだ。

セラスの動きに合わせて俺は移動しているが、異様に位置取りがしやすい。

雨で滑りやすくなっている地面。

濡れた泥でぬかるんでいる場所もある。

が、セラスが足を取られる気配はない。危なげもなければ、油断もない。

こんな状況でなければ、しばらく見惚《みと》れていたいほどの足捌き。

申し分ない——頼れる、剣として。

あのスケルトンキングと戦ったミルズ遺跡で俺は思っていた。

剣がほしい、と。

これだったのだろう、と思う。

前衛——あの時、俺が欲した〝剣〟は。

「完全に三森のマインドコントロール下にあるらしいな……セラス。あれか……ストックホルム症候群。認めがたいが認めざるをえない話だ。オレはおまえを許せない、三森」

「今の私は、他の誰でもない……トーカ殿のッ——」

セラスが手もとで、精霊剣を持ち替える。

「トーカ・ミモリの剣です」

「——舐《な》めるな。同情、せざるをえない……なるほど、ヴィシスの言っていた通りおまえは箱入りの世間知らず……まだ摂理も知らない、温室育ちの美術品で確定せざるをえない。

やはりオレのいた国と同じく教育が根本原因……教育がクソすぎれば、すべてが台無しになる。今こそ王の教育を欲せ、セラス……ッ」

「あなたは私の王ではありません。私の王はトーカ殿、ただ一人です！」

「ちっ……待機させてある金眼《きんがん》どもとの接続を、完全に切るか……微細だが余計な消耗……すべての力を今ここにいる王へ、集約させる……」

言ってこめかみをトンと指で叩いたあと、桐原は、俺を睨み据えた。

「三森──おまえを心底、オレは許さない。ここより全身全霊で……完全無欠に、叩き潰す。知れ、摂理を」

「……セラス、桐原との距離を縮められるか」

「おそらく、あなたの望む距離まではどうにか」

「頼む」

「お任せを」

セラスが、前へ跳ぶ。

「ふぅう……ついに来たか──このオレに抱擁されに？　いいだろう……来い。なんだ、その戦意は……ッ、──【金色龍鳴剣《ドラゴニックソード》】──」

待ち受ける桐原の刀が、精霊剣と似たような金の光を帯びる。

あちらも高出力の金光剣か。

数秒間、目にもとまらぬ激しい攻防が繰り広げられた。

白と金の――衝突。

威力はほぼ互角か。ただ、やや桐原が押し負けている感もある。

セラスの戦術は小刻みなヒット&アウェイ。

その小刻みに繰り出されるセラスの攻撃を受ける桐原の剣撃も、かなり速い。

しかし、あれはステータス補正による速さに思える。

セラスのような技術――技がない。

多分、ごり押しでここまで来たのだ。だから金龍と同時相手でもセラスはやれている。

技がここに加わっていれば、わからなかった。

ただ、起源霊装状態のセラスでも、さすがにこの数の金龍と桐原を同時に相手取ってとなると――互角に持ち込むのが、限界か。

いや、今の桐原は大魔帝《たいまてい》を倒しているのだ。

つまりレベルがとんでもないことになっているはず。

セラスが互角に持ち込めていること自体、おそらく神業に近い。

そして俺は、

「――【フリーズ】《凍結性付与》ッ」

――バキィン！――

別のスキルなら何か変化はないかと、他の状態異常スキルを試す。

攻防の中に空隙を見出《みいだ》し、撃ち込んでいく。

が、試してなかった他のスキルもすべて無効化された。

「よくやった——もう距離を取っていい、セラス」

「はい！」

「……さて」

ここから、どう勝利への道筋を組み上——

「ふぅぅぅ……オレが、裁く……」

「————————」

桐原、こいつ？

「セラス、どのくらい……この拮抗《きっこう》状態を維持できる？」

「わかりません。しかし……向こうにこれ以上の奥の手がないのなら、最低でも30分はもたせてみせます」

「30分——上等だ」

「下級が……何をごちゃごちゃ囁《ささや》き合っていやがる？　セラスが、嫌がってやがる……」

なお勢いの翳《かげ》らぬ金龍を従えた桐原《きりはら》が、刀の切っ先をこちらへ向けた。

「恥ずかしくねーのか……三森」

「何がだよ、桐原」

「女の後ろにこそこそ隠れて、守ってもらって……」

「フン、んなもん男も女も関係ねーだろ。単なる適材適所ってヤツだ」

「黙れ……ただ守られるだけの者に王を名乗る資格はない。自らが動き王威を示せる者だけが王として認められるべきだ。つまりおまえは王失格。いいか？　漢字の〝王〟は、縦の一本線を左にずらすと〝E〟になる……わかるな？　だからおまえはニセモノ……おまえの本質は下級……所詮、E級勇者ということだ——どう、足掻《あが》いても……ッ」

「フン……そのE級勇者に今まさに手こずってるご立派な王サマは——どこの、どいつだよ？」

「三　森　」

桐原が、跳んだ。

金龍もそれに合わせて襲いくる。

一見、自動的に桐原を守っているようにも見える金龍。

ただ——呼応している？　あの金龍は、桐原の感情や動きに？

金龍の意識は自律的ではなく、桐原自身と深く繋《つな》がっているのか？

「分不相応が……おまえがこの世界で得たすべては本来、オレのもの……セラス、オレは大魔帝を倒した……おまえの世界を救った。だが、三森は何をした？　世界を、救ったか……ッ？」

「この方は——私を、救ってくださいました」

「ちっ、まったくもって手間のかかる女だ……、——そこをどけッ！　キリハラにより、これより世界を正常化する……」

金龍と打ち合うセラス。たまに桐原もまじってくるが、それも捌き切る。

「【パラライズ】《麻痺性付与》」

——バキィン！——

「？　無駄だというのが、わからないのか？　ふん……そうか。おまえの頼りはそのちっぽけなクソスキルしかないからな。……ああ、そうか。これは納得せざるをえない。つまり祈ってるのか……いつか、確率の壁を越えて効くと……確率に祈りを込めるのは、ギャンブルにしか己を託せぬ弱者の仕草だな……常に確率に翻弄され、裏切られ続けるのが、まさに弱者の証明。やはりおまえの本質は弱者の側でしかないことが、いよいよこれで証明された……だからこっちに来い、セラスッ」

「【パラライズ】、【パラライズ】、【パラライズ】、【パラライズ】——」

俺は、撃ち続ける。

無効化の音と、無効化のエフェクトも続く。

「【パラライズ】、【パラライズ】——【パラライズ】、【パラライズ】、【パラライズ】、【パラライズ】、【パラライズ】、【パラライズ】、【パラライズ】、【パラライズ】、

【パラライズ】――」

　すべてが――無効化の音、無効化のエフェクト。

「ちっ、自分は何もできないとセラスの前で弱音を吐くのが屈辱なんだな？　呪術で虚飾したその卑劣極まりないスキルに縋《すが》る姿……哀れが極まりすぎたな、三森《みもり》……ふぅぅぅ……」

　ククッと――俺は、嗤《わら》った。

「？　何が、おかしい？」

「気づいてねぇのか、桐原？　さっきからおまえ、少しずつ呼吸が乱れてきてるぜ……それに、その汗はなんだ？」

「――まさかおまえが……何か、足掻いたとでも？」

「動きが、な……鈍ってきてんだよ。少しずつな。わからねぇか？　そいつは、俺の状態異常スキルを受け続けることで――加速、している」

「…………」

「一見無効化されているようで……実はごくわずかに、効いてる、んだよ」

「なん、だと？」

「よくよく考えりゃあ、その【女神の解呪《ディスペルバブル》】はオリジナルじゃねぇんだ……なら――」

　つまり、

「あのクソ女神と完全に同等の効果を持つとも、限らない」

「ちっ……あの、役立たずが……」

「その、おまえの動きが鈍くなっていく感覚の正体……それは、俺のスキルの微弱な効果が積み重なって生まれたものだ。実際、呼吸が乱れ始めてる自覚はあるんだろ？　それに気づいた俺は、ひたすらスキルを撃ち続けていた。おまえの言う〝無駄〟じゃ、なかったのさ」

「ふん、だが腐っても固有スキル……ＭＰ消費は激しいのが摂理。レベルアップで回復はするが……それを見越したオレはそれをさせないために、経験値《EXP》になる金眼をあえてここへ連れてきてない……さて――どこまで続けられる、三森？」

「10だ」

「？」

「俺の状態異常スキルのＭＰ消費量は、たったの10なんだよ」

「馬鹿を言っている……固有スキルだぞ？　ブラフか……」

「なら……試してみるか？　おまえの方が手遅れになるまで――【パラライズ】ッ」

「――三、森――三森ッ」

桐原が、地面を激しく踏み込んだ。桐原と金龍の勢いが増す。

おそらく危機感を覚えたのだ。

時間をかければ自分が不利になる、と。

短期決戦に、切り替えてきた。

「来るぞ――ここが踏ん張りどころだ、セラスッ」

「お任せをッ」

最も激しく熾烈《しれつ》な攻防が、始まった。

さすがにセラスの呼吸にも乱れが出始める。

周りの空気が振動していると思えるほどの戦圧。

桐原の攻勢は、それほどまでに苛烈を極めていた。

さながら暴勢の化身。

俺は、スキルを放ち続ける。

放てば放つほど、桐原は焦りを濃くしていく。

「クク……しかし、桐原……」

「ふぅぅ……おまえの笑いはことごとく不快だ、三森ッ。極まりが、すぎているッ……

セラスに守ってもらっているという体《てい》たらくのせいで、余計にな……ッ」

「フン、大魔帝を倒したとか言ってたが……十河《そごう》でも、倒せたんじゃねぇのか？」

「……てめぇ」

「アライオン王城に大魔帝が襲撃をかけた時の話、聞いたぜ？　案外、十河に大魔帝を倒されそうになったから……おまえは慌てて十河を裏切って、大魔帝の側についたんじゃねぇのか？」

「三、森」

「クク……そもそも、旅の中で聞いたことなんざまるでなかったがな？　十河とか高雄《たかお》姉の評判は、聞こえてきたが。桐原……おまえの話なんて、まるで聞こえてきやしなかった
──【パラライズ】ッ」

「……嫉妬か？　そうか、煽《あお》りスキルだけ上げたか……無様すぎる」

「嫉妬だと？　クク……何言ってやがる。嫉妬してるのは、おまえの方だろ？　セラスを、手に入れた俺に──【パラ、ライズ】」

桐原のこめかみに、ピキッ、と太い青筋が浮かび上がった。

「殺せ──金龍ども。これは王命だ」

「フン、何が王だよ桐原……そもそもおまえ、元の世界じゃそんな感じじゃなかっただろ？　なんだよ、そのしゃべり方は……言い回しはよ？」

「王だからだ」

「王のはずなのに……自分は、すごいはずなのに。誰も──聞きやしなかったんだろ？　おまえの話なんて」

「────三、も……」

「だから少しでも普通とは違う言葉を選んで、個性を出そうとした——目立とうとした。他の勇者の目を、自分に向けさせるために。認識、させるために」

……ギリ、リッ……

軋《きし》む音が聞こえてきそうなほど、強く歯ぎしりする桐原。

「みも、り……ッ」

「桐原、おまえの正体はな……格差だ、強者だ、弱者だのと煽る……金儲《かねもう》け目的のくだらねぇ宣伝フレーズにのせられて……挙げ句、それに意識を支配されて……しかし、肝心の欲望と現実はまるで噛《か》み合わず……その果てに、最後はわがままなガキみてぇな暴走をひたすら繰り返してるだけの——」

「………………………………」

「ただのショボい自己中な虚飾野郎にすぎねぇんだよ、テメェは。で、いざ蓋を開けてみりゃあ人望もクソもねぇそんなメッキ野郎が……王だと？　ククク……笑わせてくれるじゃねぇか——なぁ、桐原ぁ!?　おまえもそう思うよなぁピギ丸ッ!?」

「ピギィィイイイイイッ！」

「……、三ぃぃいい森ぃぃいいいぃいいいいいいいいいいいいいいいいいいいいいいいいいいいいイイイイイイイイいいいいいいいいいいいいいいいいいいいいいい——————ッ！」

「来いよ、桐原」

「殺――

「――縛呪《ばくじゅ》、解放――」

――す！」

そう。

あの【女神の解呪】を打ち破る、たった一つの方法。

それは――

禁呪でしか、ありえない。

□

まず、引き渡し場所を目指しているミラの一団の中に、最初から俺とセラスはいなかった。

指定した引き渡し場所にまだ到着していない〝蠅王《はえおう》の首〟と〝セラス・アシュレイン〟は、狂美帝《きょうびてい》に頼んで用意してもらったニセモノである。

ニセモノを用意したのは、桐原《きりはら》に〝蠅王の首とセラス・アシュレインが来るのはまだ先の話だ〟と思わせ、気を緩ませるためである。

蠅王がミラ側に殺されたかのような情報を伝書に加えたのも、やはり桐原を油断させる効果を期待してのことだった。

結果はともかく、打てる手は打っておきたかった。

そして、本物の俺たちは待ち伏せをするため、指定の日時より早くここに到着していた。

元々、予定ではピギ丸の分身に物音か鳴き声を出させ、桐原を建物内へ誘い込もうと考えていた。

しかし、それをする前に気配が近づいてきた。

桐原が自分からその建物に入ってきたのである。多分、雨のせいだったと思われる。

雲と湿り気からいずれ雨が降り、どこか雨宿りする場所を探す可能性は考えていた。

ここについては、桐原を予定よりも自然な形で誘い込めたことになる。

このあと、状態異常スキルによる不意打ちが成功すれば終わる予定だった。

が、想定していた〝最悪の事態〟が起こる。

女神による状態異常スキル対策。

ただ、これは蠅王の正体に気づいているならありうる話とも思っていた。

いや、最悪だからこそありうると俺は考えた。

こちらにとって最悪、ということは。

逆に向こうからすれば、最善手なのだから。

実現可能なら是非ともやりたい手。

この最悪の事態の想定が、結果、命を拾う形になった。

こうして状態異常スキルが無効化されたあとどうにか建物から退避した俺は、ピギ丸ロープを巻き付けていた外の柱まで一気に飛んだ。

その柱の後ろには瓦礫《がれき》が積まれている。

事前にこの瓦礫の山を弄《いじ》り、俺は人が一人身を隠せる程度の空間を作っていた。

ぱっと見外からは、なんの変哲もない瓦礫の山としか見えないように作った。

そんな偽装を、綿密に行った。

そこに、必要となったらすぐさまフルパワーで戦闘を開始できるよう、起源霊装を身に纏《まと》わせた状態のセラスを潜ませておいた。

桐原の固有スキルの情報は聞いていた。

向こうが状態異常スキル対策をしてきたように、こちらもエネルギー体の金龍に対抗できる手段が必要になる。

光の精霊剣で打ち合うか、氷の浮遊盾で防ぐか。

質量があるならいけるのではないかと思ったが――実際、どちらもエネルギー体と張り合うことができた。

しかし、状態異常スキルが効かないとなればこちらも他の打開策が必要となる。

鎧戸《よろいど》を破って建物から脱出する時、ピギ丸が大きな鳴き声を上げた。

あれが合図だった。

ムニンへの――禁呪が必要になった、という合図。

ピギ丸が鳴き声を上げた時点から、別の場所で待機していたムニンがスレイで移動。

一定の距離まで来たら下馬し、そっと桐原の死角から近づく手はずになっていた。

近辺に桐原の従える金眼《きんがん》がいないことは、使い魔の報告で確認済み。

少なくとも、ムニンやスレイの行動範囲に姿は確認できなかった。

もちろん、ヴィシスの姿もである。

そして、ここからは禁呪が届く距離までムニンを桐原に近づけさせる必要がある。

では、ムニンを桐原へ近づけさせるには何をすればいいか？

桐原の意識を、感情を、徹底的にムニン以外のものへ向けさせる必要がある。

だが、桐原は変に冷静に見えた。

いや——冷静というか、ある種の異様さがあった。

言葉の言い回しに独特の奇妙さこそあったが、思考自体はかなり冴《さ》えているように見えたのである。不思議と、観察力も研ぎ澄まされているような感じがあった。

となれば、俺とセラス以外へのアンテナは完全に停止させなければならない。

そして途中、俺はあることに気づく。

桐原が時々する深い呼吸である。

疲労している？

あの数の巨大な金龍を操り続けるには負荷が大きい？

しかも——桐原はその負荷に関してだけは、あまり気に留めていない風に見えた。

平然と会話を、続けていた。

ここで俺は賭けに出る。

状態異常スキルの乱発である。

幸い消費ＭＰが少ないため何発でも使用できる。

状態異常スキルがわずかだが効いている、と思わせたかった。

状態異常スキルの蓄積が微少な効果を及ぼしている、と。

桐原は気づき始める。自分の動きが、鈍くなってきていることに。

〝長引けば長引くほど不利になっていく〟

俺がスキルをいつまでも使い続けられるとなれば、桐原は焦る。

早く叩《たた》き潰さねばと思う。

これにより、ムニンが近づく空隙を作ることができる。

もちろん、負荷の原因は俺の状態異常スキルの蓄積効果ではない。

実際は、まったく効いていなかったはずだ。

あの【女神の解呪《ディスペルバブル》】はやはり禁呪でしか破れない。

オリジナルでないがゆえに不完全なのだ、と桐原には言った。

が、実際はヴィシス自身の【女神の解呪】と遜色ないものだったのだろう。

前提は――崩れない。

ゆえに〝状態異常スキルが微妙に効いている〟というのは、ブラフでしかなかった。

だが、そのブラフによって〝早く三《み》森灯河《もりとうか》を倒さなければ〟と思うように錯覚させられたなら、目的はそれで達成されている。

桐原の意識は、ただ俺を倒すことに注がれていく。

セラスへの異常な執着もこれを後押しした。

この時、桐原の意識は俺とセラスが占有していた。

もう一つの気づきは、金龍の性質である。

金龍は、桐原の意識や感情に連動しているように見えた。

最も俺が恐れていたのは、自動的に使い手を防御するパターンである。

しかし、桐原の強烈な自我ゆえの性質だったのか。

金龍は、桐原拓斗《たくと》と深く連動している——観察から俺はそう読んだ。

ならば感情をさらに逆撫《さかな》でし、完全に意識と感情を俺へ向けさせる。

また、激情に駆られた桐原は、金龍たちを従えて半接近戦を仕掛けてきた。

もし身を隠しつつ遠距離からスキルをひたすら撃つような戦い方をされたら、また別の対処法が必要になっていたかもしれない。

この戦い——本来、ムニンは待機で終わらせたかった。

ヴィシスがここへ来ていないならなおさらである。

ムニンは、来たるヴィシスとの決戦において必要不可欠な存在。

禁呪使いの身の安全は絶対に確保しなくてはならない。

ゆえに桐原の憎悪を最大限に煽《あお》り、俺へすべてを集中させた。

意識も感情も――金龍ごとすべて。
錯覚、させる。
そして、最後にダメ押し。
桐原拓斗への〝最大の侮辱〟をもって――とどめに至る空隙《スキ》を、生み出す。
『おまえもそう思うよなぁピギ丸ッ!?』
あの時のピギ丸の鳴き声――あれが、二度目の合図だった。
ムニンへの〝今だ〟という。

▽

その時、雨が上がった。
半透明の鎖が、桐原の肌に浮かび上がる。
パァン、と何かが弾《はじ》けるような音が続いた。
それは、暗雲を打ち払うような音にも聞こえて。
そして、
「【パラライズ《麻痺性付与》】」
――ピシッ――ビキッ――

効いた。

禁呪はあの忌々しい【女神の解呪】を、消せる。

桐原の肌には、ぬらぬら光る何本もの鎖状の紋様が浮かび上がっていた。

なるほど。無効化の禁呪が効果を及ぼしているか否かは、あれで判断できるわけか。

「なかなか骨だったぜ、桐原……金龍まで巻き込んで、おまえをここまで激昂《げきこう》させるのは」

「三、もッ――、……ッ!?」

ブシュウゥ！

無理に動こうとしたせいだろう。

桐原の身体《からだ》から、血が噴き出した。しかし、ダメージはやや少なく見える。

ステータスのせいだろうか？

あるいは何か本能的なやばさを覚えて、動きをすぐに止めたか。

と――金龍が、消滅した。

消えたのはダメージのせいか、あるいは俺の【パラライズ】の効果によるものか、はたまた禁呪の効果なのか、それはわからない。

「消え、た？　オレ、の……ス、キル……いっ、たい……何、が……？　三、森……な、にをし、た……？」

桐原《きりはら》の後方に立って肩で息をしている女――ムニンには、まだ気づいていないようだ。

幸い雨音はムニンの気配や足音を薄めるのにも、ひと役買ってくれた。

そういう意味では、雨の上がるタイミングはギリギリだったとも言える。

口と目から細い血を流す桐原が、セラスを見る。

桐原が、片手を上げた。

ブシュッ！

無理に動いたことで、その腕から血が噴き出した。

「今、だ……セラ、ス」

「？」

桐原は――セラスに、命じた。

「三森、を……殺、せ……」

セラスが冷や汗を流し、一歩後ずさる。

「トーカ、殿を？　私が？　い、一体……何を……」

「オレ、の……王の戦い、を……見、て……目が覚めた、はず……それが……摂、理――キリハラ……この……オレこ、そ……が――」

「【スリープ《眠性付与》】」

桐原が白目になる。そして、そのまま目を閉じて眠りについた。

ぐらっと前のめりになり、うつ伏せで地面に倒れる桐原。

桐原を見下ろす。

……こいつ。

わなわなと、セラスがてのひらを口に添えて青ざめている。

「トーカ、殿……彼は今、本気で……おそらく〝そうなる〟と信じ切って、私に……本気で……」

セラスが怯《おび》えた理由もわかる。最後の言葉に嘘《うそ》偽りがなかったとわかったからだ。

「こいつの中には多分、こいつの世界がある……こいつの作り上げた世界がな。もしかすると……必死に戦い抜いた桐原拓斗の姿を見たことで、三森灯河に洗脳されていたセラスの目が覚める――こいつの世界では……そんな筋書きだったのかもしれない」

隙を生むために放った俺の煽り。

図星だったからこそ桐原はあれだけ激昂した。

――いや、本当にそうだったのか？

激昂したのは事実だ。

しかし……。

ひょっとすると……本来の自己像とあまりにかけ離れた、身勝手なイメージを俺に突きつけられ……つまり、俺の煽りを〝いわれのない侮辱〟と受け取り――激昂した？

そんな可能性も、なくはないのか？
わからない。
小山田《おやまだ》はわかりやすかったが、桐原は――わかりやすいようで、わからない。
浅葱《あさぎ》も桐原については、そんなことを言っていた。
なるほど――〝あいつ〟の分析の通り、か。
「……さて」
こいつは俺を殺しにきていた。
明確な殺意をもって。
殺意には、殺意で。
こいつは越えてしまった――一線を。
ルールはルール。
すでに【パラライズ】は、かかっている。
あと一手で、終わる。
俺は桐原に手をかざし――、…………なんだ？
「トーカ殿、何かがッ――」
セラスも気づいている。
突然出現した――この、神経がざわつくほどの重圧感に。

これ、は……

「――ムニン！」

「え？」

「こっちに来い！　急げ！」

「は、はいっ」

ムニンがちょうど、構えを取るセラスの背後に入るとほぼ同時に――

「だめ、殺させない」

そいつは、現れた――この場所に。

目にも留まらぬスピードで、そいつは俺に肉薄しようとし――

ギィインッ！

セラスが阻み、メイス状の武器を防いだ。ギリギリ、だったように見えた。

多分、セラスだから間に合った。

回避どころか、俺では防ぐこともできなかったはずだ。

……しかし。

来る方向が、わかっていて。

あのセラスが先んじて予測し、構えていて——これなのか。

「ぐっ⁉　あな、たは——」

「どいてください、セラスさん……ッ！」

切迫した目でそいつは、俺を見た。

「三森君、あなたは——ッ！　あなたは今、何を——ッ」

そいつはうつ伏せに倒れ伏す桐原を一瞥《いちべつ》し、

「クラスメイトに何を……何を、しようとしていたの……ッ⁉」

今の一瞥で、桐原に息があるのを確認したようだ。

ほんのわずかだが、そいつの刺すような空気がやや弛緩《しかん》したのがわかった。

が、どう取り繕っても。

直前——先ほどの俺は。

桐原にとどめを刺そうとしていたとしか、見えまい。

そして——そう見えたのは、間違ってはいない。

『こんなの間違っています！　三森《みもり》君はクラスメイトなんですよ⁉』

ああ、間違ってはいない。

もしここから俺がとどめを刺そうとしても、それはかなうまい。

他のヤツならともかく——この、相手では。

現れたそいつに対しても、状態異常スキルは撃てない。

放とうとした時点で、敵対行為と見なされる確率が高いからだ。

それにもし、あいつも【女神の解呪《ディスペルバブル》】を分け与えられていたら――あいつへの状態異常スキル発動は、最大の悪手となる。

さっきの攻撃と速度を見て、嫌というほど察した。

状態異常スキルを使おうとした瞬間、制圧される。

桐原に使おうとしても――こいつに、使おうとしても。

確実だ。

わかる。

そいつの目は、できると――やると、物語っている。

だから動くな、と。

わざわざ殺傷力の低そうなあの鈍器で、止めにくる。命を奪わずに。

この場で唯一対抗できそうなのはセラスだろう。

が、先ほどの戦いで著しく消耗してしまっている。

誰であろうとクラスメイトを絶対に守る――そう誓った、このS級勇者。

今この場であいつを力ずくで止められる者は、いない。誰一人として。

この重圧感……あるいは、これは――

もはや、その域なのか――――〝人類最強〟シビト・ガートランドの。

……やはりここで敵対の意思を示すのは、分《ぶ》が悪すぎる。

俺は桐原に手をかざしたままの姿勢で、その名を、呼んだ。

「……十河《そごう》」

そして――鹿島《かしま》。

これは、おそらく鹿島の決断による行動の結果としてここに繋《つな》がっている。

『鹿島が十河を守りたいと思うなら、そしてその時この情報が必要だと思ったら……俺の正体も含めて、今から話す内容を十河に明かしてもいい』

十河が嘘の情報などを吹き込まれて操られていた場合――つまり、クソ女神が蝿王《はえおう》を過剰な悪役に仕立てていた場合である。

その場合は、蝿王としてこれまで俺がしてきたことを鹿島が十河に伝える。

たとえば、安智弘《やすともひろ》を救ったこと。

安智弘が心を入れ替えてくれたこと。

その情報は十河への足枷《あしかせ》として機能するかもしれない。

ミラの者なら無理だろう。が、話し手が鹿島なら十河は聞く耳を持つのではないか？

説得に至らずとも――話くらいは、聞くのではないか？

そう考え、俺は鹿島にいくらか情報を明かした。

「三森君……どうして」

三森灯河《とうか》の生存。

鹿島から聞いてここへ来るまでに、それなりの時間があったはず。

当初の驚きと衝撃は減じ、気持ちの整理もある程度つけてきたのだろう。

もちろん最初に俺を目にした瞬間は、それなりに衝撃を受けた顔をしていたが。

……この場所は、鹿島が明かしたか。あるいは浅葱辺りが教えたか。

俺は言った。

「桐原《きりはら》がここに来た理由……あいつの目的は、鹿島から聞いたか？」

「……ええ」

悲痛そうに目を伏せたあと、十河は、毅然《きぜん》として顔を上げ直した。

「だから――止めにきたの。桐原君も、あなたもッ」

「……桐原は危険だ。こいつは邪魔だと感じた者を殺すことに対して躊躇《ちゆうちよ》がない。事実、俺も殺そうとした」

「だ……だからといって殺していい理由にはならないわ！　殺す必要が、あるの!?　勝ったのは三森君なのよね……？　ならそんなの、絶対におかしい。もう、決着はついてるんでしょう？　そう、安君みたいにッ……きっと、変われるはずよ！　柘榴木《ざくろぎ》先生だって変わってくれると約束してくれたわ！　なら桐原君だって、じっくり話し合えば……きっと！」

　安の話も、鹿島はしっかり伝えてくれたらしい。

「なあ十河……ここに至るまで、桐原にその〝話し合い〟は通じたのか？」

「それは……私の力不足が、あって――けれど、今の私は違う！」

　十河は決然と、

「今の私なら作れるっ……話し合うだけの時間を――この力で！　この力は、対話のための必須要素……私は、それを知ったの。対話を求める側に力がなければ……力を持つ人は〝真《ま》っ直《す》ぐな話〟になんて耳を貸してはくれない！　だから私……強くなったの！　話を聞いてもらうために！　ベルゼギアさんに――あなたにあの時、伝えたように！」

「対話する環境を作れたとして……本気で説得できると思うのか、この桐原を」

「桐原君の考え方に……私は、賛同できない。意見は……違うと思う。でも、弱い人の存在が強い人の足を引っ張るだけみたいな考え方は、間違ってる。誰かに弱者というレッテルを貼って見下したり、犠牲にしたり、切り捨てたり……そんなのは絶対、間違ってる！　力のある人は、力のない人に手を差し伸べて助けてあげればいい……力のない人だって、がんばればきっと成長できる。変われる。そして力のある人は、そのお手本にならなくちゃいけない。ううん……強いとか弱いって区別自体、そもそもよくないんだと思う。世の中にはただ、できる人とできない人がいるだけ……そしてその〝できる〟と〝できない〟は、人それぞれに違うはず。できない人をできる人が手伝ってあげて……できないことを互いに補い合って……できないと思い込んでいる人にも絶対〝できる〟ことが、何かあるはずだから。そうして思いやりを持って、足りない部分をみんなで埋めていけば……みんなが幸せになれる世界が、きっとくるわ！　だけど！　それを信じられない人がいるから！　信じられる世界に、していかなくちゃいけない！　変えていかなくちゃいけないの！　今、力ある人たちが！」

……委員長らしいな、と思った。

十河らしい考え方だ。正しい、どこまでも。そしてきっと――それでいい。必要なのだろう。世の中には、そういう考えの人間も。

なんと、いうか。

こういう人間がいなくなった時こそ、本当の意味でこの世の終わりな気もする。

問題はその理想を達成するために――誰がどこまで、現実的に手を汚すか。

「…………」

ともあれ……このままでは埒《らち》があかない。

条件が変わった。

桐原は――殺せない。

少なくとも、この場では。

殺そうとすれば、十河によってこちらが瞬時に制圧されるだろう。

十河は桐原を殺させない——絶対に。

何より、十河との敵対は避けたい。

女神を確実な敵と認識してもらえれば——味方にできれば、対女神戦を有利に運べる。

ここで桐原を殺せば、それはかなわない。

どころか……もし桐原を十河の目の前で殺したら、十河によってこちらが何か致命的な損害を被《こうむ》るかもしれない。つまり、十河が暴走するかもしれない。

ゆえに、桐原をここで殺すのはリスクが高すぎる。

しかしその一方で、桐原を生かすのもリスクでしかない。

これからの俺の復讐《ふくしゅう》にとって。

桐原をこのまま拘束し切れるか？

意識がある、という状態。

思考できる、という状態。

俺にはこれが危険に思える。

桐原拓斗《たくと》という〝気がかり〟がその状態でいること。

つまりはその状態にあることが、捨て置けないリスクなのだ。ならば——

「わかった」

「え？」

「桐原は今、俺の状態異常スキルで眠ってる。その傷は俺のスキルによるものだが、桐原が自分自身で負ったものでもある」

「桐原君が……自分自身、で？」

俺は、十河に【パラライズ《麻痺性付与》】の性質を説明した。

「三森君自身には……殺す気はなかった、ということ？」

「ああ」

十河は、葛藤するように唇を噛《か》んだ。

「聞いてくれ、十河」

「…………」

「状態異常スキルの中に【フリーズ《凍結性付与》】ってのがある……」

今度は【フリーズ】の説明をした。

そう、このスキルを使えば〝殺す〟には至らない。

死者ではなく生者に使えば、氷の中で３００日時間が止まる。

十河は、何かを必死に考えているようだった。

「死ぬわけ、じゃないのね？　それは……３００日経《た》てば解除、されるの？」

俺は懐中時計を取り出し、

「ああ、３００日だ」

俺は続ける。

「ただ【フリーズ】のステータス画面を証拠として十河に見せることはできない……俺以外に証明できるとすれば、特殊な固有スキルを持つ鹿島か、ヴィシスだけだからな」

ステータスはその二人以外、本人にしか見ることができない。

つまり、ステータスのスキル情報を十河に見せ、証拠とすることはできない。

「三森君」

「……ああ」

「私、嬉《うれ》しいの――あなたが、生きていてくれて……」

セラスは黙って構えたまま、動かずにいる。

ムニンも同じく、黙って成り行きを見守っていた。

ピギ丸も静かだ。

遠くで、スレイのいななきが聞こえる。

「…………」

「あの時、魔防《まぼう》の白城《はくじょう》で……私を助けてくれたのが、あなたでっ――」

「ああ」

「鹿島さんに話を聞いたわ……あなたはたくさんの人を助けるために、自分の手を……汚したのよね……？」

「そいつは……すべて、自分のためだ」

俺が、救われるためでもあった。

俺がしたいからやった。

だが十河《そごう》は──

「違う！　私は全然、違うと思った！　助けてる……安君だって、助けてくれたんでしょう？　あなたは、ただの冷酷な復讐者なんかじゃない！　クラスメイトを手にかけたりするような──そんな人じゃ、ない！　違う！　違う……違う！　あなたは……三森《みもり》、君は……ッ」

十河は何かを否定しようとしている。

けれど──できない。そんな風に見える。

今、十河が口にした言葉。それはおそらく──

「でも……でもね、三森君……どうしてあの時、教えてくれ──なかった、の？」

「…………」

「どうして？　私を……信頼してくれなかった、の？」

ついに堪《こら》えきれなくなった、とでもいうかのように。

十河の表情が崩れ──その目から、涙がとめどなく溢《あふ》れてきた。

「本当、なの？　本当に……白城で別れたあとのあなたは……今のあなたは、狂美帝《きょうびてい》さんに洗脳されているわけじゃないの？　鹿島《かしま》さんも、騙《だま》しているんじゃないの？　鹿島さんに嘘《うそ》を教えて……私を、操ろうとしているんじゃないの？　ううん、鹿島さんは信じられる……でも、鹿島さんはとっても素直な子だから……鹿島さんには失礼かもしれないけど……彼女みたいな素直な子なら……騙されてしまうかもしれないッ！　いいえ、もしかしたら鹿島さんは……浅葱《あさぎ》さんにも！　ねぇ、三森君っ……安《やす》君も本当に——殺してないのっ!?　本当にっ!?」

「アヤカど——」

口を挟もうとしたセラスを、俺は、手で制した。

「鹿島のことは信じられても……鹿島にその話をした俺のことが信じられない、か……」

わかっていた。

俺は、欺《あざむ》き続けてきた。

廃棄される時に庇《かば》ってくれた十河を……ずっと。

生きていることを伝えず。

暗躍していた。

だから——無理なのだ。

信じてもらいたくとも。

十河はセラスのように、真偽判定などできない。

自分で信じると判断したものしか、信じられない。

が、その判定する〝自分〟が揺らいでしまったなら――翻弄され、ズタズタになってしまったなら。

「もう……わた、しっ――」

瓦解するように十河は、ボロボロと濁流のように涙を流し――

「だめ、なのっ……ごめん、なさいっ。この世界に、来て……誰も彼もを信じ、られない……私、自信が、ないっ……この世界に、来る前から……この世界に来てからも……信用できるほど……あなたと過ごした、時間……少な、すぎる、からっ……だから、わた、し……三森君……三森、君を――」

十河綾香《あやか》に、俺を信じろという方が土台――

「私っ――三森、君をッ……、――信じ、られない……ッ！」

無理な話なのだ。

だから結局、これは。

「ではたとえば――この世界でそれなりの時間を一緒に過ごした私なら……信じても

らえたり、するのかしら？」

「……、——え？」

泣き崩れんばかりの十河が、ふと顔を向けたその先。

「ようやく会えたわね、十河さん」

「う、そ……ひ……」

ぶわぁ、と。

今度は違う種類の涙が、十河綾香の目に溢れた。

「聖さん……ッ！」

林から現れたのはＳ級勇者——高雄《たかお》聖《ひじり》。

鹿島と違って。

十河が信用していて、かつ〝簡単に他人から騙されないと思える人物〟。

絶対ではないが。

少なくとも俺より、信用される確率は高いだろう。

ふぅ、と。

俺は一つ、息をついた。

——間に合った、か。

十河が武器を手放し、駆け出す。

「聖、さん！」

飛び込むように、十河が高雄姉――聖に抱きつく。

「生き、て……無事、だったのね!?　私……私――ッ」

聖は微笑《ほほえ》むことこそなかった。

しかし、包容感のある表情で十河をそっと抱きとめる。

「会いに来るのが遅くなってしまってごめんなさいね、十河さん」

「……ッ、――ッ！……え、え！」

言葉にならない嗚咽《おえつ》をこぼし、十河は聖の胸で泣いた。

まるで、母親に縋《すが》りつくみたいに。

十河を抱きとめながら、聖が俺を見る。

俺は聖に一つ頷《うなず》き〝助かった〟と無言で礼を示した。

□

さっきの十河との会話中。

俺は【フリーズ】の説明をしながら、懐中時計を取り出した。
使い魔から伝えられた高雄聖のおおよその到着時間。
あれは、それを確認するためだった。
また、十河との会話の途中で聞こえたスレイのいななき。
あれは聖が来たことを知らせる合図だった。
ただ、安全が未確保なら黙って隠れていろ――スレイにはそう指示してあった。
大きな鳴き声を出せば、それを聞きつけた魔物がスレイを狙うかもしれない。
しかし、いななきがあった。
つまりスレイは、安全が確保されたと確信したのだ。
安全確保の確信を得たのは、高雄姉妹が近辺の魔物を排除したからだろう。
聖がここに来る、と先んじて十河に話すのはやめておいた。
十河は俺を信じない。
騙して罠《わな》にはめようとしている、と思う可能性は高い。
……到着にもう少しかかりそうなら、演技で時間稼ぎするつもりだった。

そう――高雄聖は、すでに目覚めていた。

〝桐原《きりはら》が魔の軍勢と魔群帯を進んでいる〟

あの報告を受けた時、急用の合図は二度目だった。

『実はこの合図は前にも受けている』

一つ前は、聖が目覚めたのを知らせるための合図だった。

目覚めたあと、俺は使い魔越しに聖とやり取りをした。

驚いたことが一つ——聖は、蠅王《はえおう》の正体が俺だと勘づいていたらしい。

廃棄遺跡には定期的に調査隊が来る。

そして、誰かが脱出したとわかる結果が出ていたそうだ。

聖は、女神が目にする前にその調査隊の報告書を目にしていた。

さらにその報告が女神に届く時期を極力遅らせるために、少し細工もしたという。

名は明かさなかったが内部に協力者がいる、と語っていた。

『時期を見れば、確率的には三森君の線が最も濃いと思ったわ。もちろん樹《いつき》以外には誰にも話していないけれど。ただ、そうであれば味方にできるかもしれないと考えていたの。

手札の一枚として』

意訳的に言えば、そういうことを伝えてきた。

俺たちは、互いの情報や意見をすり合わせていった。

結果、女神を倒すために協力するという方向で話がついた。

女神のことで、聖は様々な確証に近い推測を立てていた。

女神周りに関する聖の推測は、その大部分が俺と一致していた。

桐原の伝書が舞い込んできたあと、俺は再び聖にコンタクトを取った。聖は俺と比べればあいつの近くにいた時間が長い。桐原の能力などを詳しく聞けると思ったのだ。

が、得られた情報は——想定以上だった。

聖は桐原拓斗《たくと》という個人を驚くほど緻密に分析していた。

人格の特徴や、思考や欲望の傾向性など。それは、すさまじい分析だった。

おまえは桐原博士か、と思わず俺が呟《つぶや》くほどに。

最後に聖は、

『彼は言うなれば〝承認欲求のバケモノ〟よ』

と、説明した。

そう……今回の戦いで俺が桐原へ投げた煽《あお》り言葉の数々。

召喚後一度も会っていなかった桐原拓斗を、俺があれだけ知った風に煽れた理由。

それは、近くで観察し分析していた高雄聖による事前のサポートがあったからだった。

『あと……委員長のことで、相談がある』

俺はそう伝え、聖に相談を持ちかけた。

その中で〝魔群帯を抜けてこちらへ来てもらえないか〟と頼んでみた。

一度、高雄姉妹は魔群帯の深部までたった二人で到達している。

しかもミラへ向かう南西エリア――つまり最果ての国やウルザ方面である。

俺たちは一応そこを踏破している。未知の危機に遭遇する確率は低く思えた。

『そうね……十河《そごう》さんのこととなれば仕方ないわね。彼女には悪いことをしてしまったから。私は責任を感じるべきだもの。彼女を始末するための作戦となればもちろん乗れないけれど、救うための作戦となれば――いいわよ、それも乗ってあげましょう』

聖は了承し、

『幸いエリカさんやイヴさん、リズさんのおかげで身体《からだ》は回復したわ。エリカさんの貴重な調合薬が効いたのか、今は目も見える。私は彼女たちに助けてもらった。そして彼女たちは三森《みもり》君……心から、あなたに感謝している。身を案じている。なら、私がここで恩返しをしないという選択肢は、ありえないと思うわ』

俺は、最後に礼を言った。

『助かる、高雄聖』

『一応、謝っておくわ』

『何を？』

『私たちはあの時、十河さんのようにあなたを救おうとはしなかった。言い訳はしないし、何度繰り返してもあの場で私たちは行動を起こさないと思う。けれど、悪かったわね』

『……そんなことで謝るようなヤツだったんだな、高雄姉は』

『蝿王の評判と使い魔を通してのこの会話だけでも、こちらのあなたへの印象もかなり変わったけれどね。あと、フルネームで呼ぶのは字数の無駄』

▽

移動は、妹が休みながら固有スキルを使うと言っていた。

加速のスキルを使うのだという。

また、姉の方の固有スキルもルートのショートカットに使えそうだとか。

と、遺跡の建物の角から、息を切らせた女勇者が姿を現した。

「ぜぇ……ぜぇ……追い、ついたぁぁ……姉貴がアタシに任せた残りの金眼《きんがん》やら魔族も多分、始末できたぜ……で、姉貴……間に合った、のか？」

姉からそれなりに遅れて林から出てきたのは、高雄樹だった。

移動でかなり無理をしてきたのか、姉と比べ消耗がひどそうだ。

その後ろには、スレイがついてきている。

「お？　おぉ……てか、ほんとに三森だ。ほ、ほんとに生きてたんだな……で……桐原に、委員長？　はは……ここ……噂《うわさ》の蝿王三森と……S級勇者、勢揃《せいぞろ》いじゃん……ぜぇ……

ぜぇ……ふぅぅぅ……」

「お疲れさま、樹」

「あのさ、姉貴？　桐原さ……生きてんの、あれ？」

「大丈夫よ。生きてるわ」

「そこの委員長は……大丈夫なん？」

聖は睫毛《まつげ》を伏せた。

そして労《いたわ》るように、自分の胸に顔を埋《うず》めてしゃくり上げる十河の後頭部を撫《な》でた。

「もう、大丈夫よ……きっと」

俺は桐原の真上にあるゲージを見る。

まだ、時間はある。

「………」

三森灯河《とうか》。

ピギ丸。

セラス・アシュレイン。

スレイ。

ムニン。

十河綾香《あやか》。

桐原拓斗。

高雄《たかお》聖《ひじり》。

高雄樹。

「それじゃあ、少し――」

俺は瓦礫《がれき》の一つに腰をおろし、

「話を、しようか」

エピローグ

なんと心地のよいことか、とヴィシスは感動を噛《か》み締めた。
邪王素《じゃおうそ》に怯《おび》えなくてよい日々。
最近のヴィシスは、魔導馬《まどうば》を使い潰していた。
温存する必要はない。今は素早い移動だけが必要とされる。
ヴィシスは再び、マグナルへと舞い戻ってきていた。

△

アヤカ・ソゴウとの協力体制の話がついた後のことである。
マグナルの軍魔鳩《ぐんまきゅう》が、一通の手紙を携えてヴィシスのもとにやってきた。
〝我が帝《てい》の心臓の件で話したいことがある。端的に言えば、交渉をしたい〟
手紙を読んだヴィシスは、すぐに魔導馬でアライオンを発《た》った。
ヴィシスは手紙が届く前、大魔帝《たいまてい》の心臓の隠し場所を突き止める準備を始めるつもりであった。

探知用の神器の起動準備である。

ただ、その神器は精確な場所は示せず、漠然とした探知しかできない。

しかも起動には貴重な手持ちの根源素を消費する。

大魔帝の生死を判定する神器とは消費量が格段に違うのだ。

何より発動させると〝上〟へ一度連絡がいく代物《しろもの》である。

心臓を手に入れる前に今〝上〟から干渉されるのは、できれば避けたかった。

気が進まず、長椅子に寝そべって迷っていた時である。

魔族――側近級から、その手紙が舞い込んできたのだった。

▽

荒野を一人駆けていると、大誓壁《ナイトウオール》が見えてきた。

根源なる邪悪が現れた時、最初に栓をする要衝。

しかし今では砦《とりで》を守る者はおらず、死臭漂う巨大建造物でしかない。

そういえば、と思い出す。

ここマグナルといえば、白狼騎士団《はくろう》は全滅したようだ。キリハラによって。

「ニャンタンが無事戻ってきた点は、キリハラさんを褒めねばなりません」

白狼騎士団は好きにしていいが、ニャンタンは見逃すこと。

キリハラにはそう伝えてあった。

マグナルへ戻る途中、ヴィシスはニャンタンと出会った。

馬で移動するなら使用する街道や進路の予測は立てやすい。

期待通り、マグナルの国境線近くでニャンタンを見つけた。

ニャンタンは、そのままアライオンへ向かわせた。

「あれを半神族にして……今後、私の世話係にさせるのもいいかもしれませんねぇ」

完全ではないものの、思い返せばそこまで働きに文句はない。

少なくとも、他の無能に比べればよく働いている。

手駒を失いすぎた。今後、手足となって動く従順な駒がほしい。

とはいえ一からの関係構築も面倒だ。自分の気質をわかっている者がいい。

ここまで手駒を失うと、途端にその貴重さが実感されてきた。

ただ、短命種なのが難点である。ゆえに半神化を行う手間がかかる。

エルフなどの長命種をその位置に据える――それをもっと、前向きに考えるべきだった。

元々は、あの禁忌の魔女をそうしようと考えていた。

あれは使える。しかし、生意気だったので追放した。

あれ以来エルフに苛《いら》つくようになった。
ただ長生きできるだけの下等生物。神族とは違う。
だというのに、あの魔女を慕う者は多かった。神よりも。
殺せばよかった、と後悔している。
今もどこかで生きているのだろうか。
知ったことではない。自分がいる以上、この大陸に居場所はない。
朽ちればいい。息が詰まって。
「うーん、ですので……今のところはニャンタンが、私の側近候補ということで」
ここまで従順を通したのだ。もはや裏切りはありえまい。
人質の妹たちと好きな時に会えるよう、今後は取り計らってやってもいい。
「深すぎる女神の慈悲ですねぇ……、――あら？」
巨大な門。落とし格子が、上がっている。
そこに立っていたのは、一人の魔族。
金眼に紫色の身体。そしてツノ。
体軀《たいく》はヴィシスよりもひと回り大きい。
まさか魔族とこうして会話する日が来るとは、と感慨深く思う。
半分くらい消耗した魔導馬から下り、ヴィシスは魔族を見上げた。

「こんにちは、女神です♪　大魔帝の心臓のことで何かお話がある、とうかがってきたのですが……どういったことなのでしょう？」

邪王素を失った側近級。

こんなにも存在を小さく感じるものか、と驚く。

「キリハラが心臓を隠させた側近級をワタシは尾行し、観察してイタ」

「まあ！　なんですって!?」

「だから隠し場所を、知ってイル」

ここなのか――あるいは、さらに北の根源なる邪悪の地か。

珍しく胸が苦しいほどに高鳴っている。しかし、焦ってはならない。

「ですが、なぜ主人のキリハラを裏切るような真似《まね》を？　といいますか、できるのですね……いえ、てっきり反抗に類する行為はできないものかと」

「他の側近級や魔物はそうらしイ。いや、従属下に置かれた直後は皆、血の涙を流すほどあの男に抗《あらが》おうとし、悔しさに身を震わせてイタ。しかし……時間が経《た》つにつれて、反抗心そのものが薄れていったようダ。特に魔物は我ら魔族に比べ、そうなるのが早かっタ」

「恐ろしい力、ですね……自然に憎悪を抱けなくなっていくなんて。ただ今の話しぶりですと、側近級の方たちも反抗心は薄れているのですよね？　あなただけ違うのですか？」

「そのようダ」

側近級は名をゾハクと名乗ってから、

「誓鋭《せいえい》の上位三名が死んだあと……ワタシは、誰よりもその傍《そば》で我が帝をお支えしていたという自負があル。この想《おも》いが他の誰よりも強かったからこそ、他の者と違い、あの男への恨みを持続できているのかもしれヌ……」

ヴィシスは、思わず噴き出しそうになった。

魔族が愛やら想いやら言い出したのがおかしかったのだ。しかし、我慢した。

「ただ、それも次第に薄まっている感覚があル。ワタシはそれが怖イ。だからまだ、この恨みがワタシの中にあるうちニ……」

「せめてもの抵抗として、キリハラにひと泡吹かせてやりたい……と？」

「そうダ。あの男にとって、我が帝の心臓はソへの切り札なのだろウ？」

「いいのですか？　愛する大魔帝の心臓を、私に差し出してしまって？」

「我が帝の信頼を裏切り、そして殺したあの男……キリハラに、一矢報《いっし》いたいのダ」

本来ならこの魔族は大魔帝の死後、まともな知性を失い暴走しているはずである。

だが、キリハラのスキルでその速度が抑えられているようだ。

想いや知性。すべてが失われるのも、時間の問題なのかもしれなかった。

「そうですか……あなたの想いはわかりました。礼を言います。ふふ……天敵である魔族に心から礼を言うなど、初めてのことです」

本当にありがとうございます、とヴィシスは心の中でほくそ笑んだ。

「――確かにこれは、根源なる邪悪の心臓です」

本物で、間違いない。

「素晴らしい、です……これ、は……おぉ……過去、最大級の……なるほど、あれほどの軍勢を……巨大生物要塞を、生み出すだけはあります……ねぇ……」

心臓は大誓壁の中に隠してあった。

隠すなら、もっと北に位置する根源なる邪悪の地に隠すに違いない。

こういった思考を逆手に取ったわけだ。

否、単に隠した魔族の頭がそこまで回らなかっただけかもしれない。

「ですが、もっと他に隠し場所があったと思いますが……いえ、ある意味ではここだと見つけるのが大変だったかもしれませんねぇ。まさか、こんなところとは」

心臓は、砦の調理場に隠されていた。

調理場には腐りかけた穀物の詰まった木箱があり、心臓はその箱の底で眠っていた。

やはり魔族の頭が悪いだけかもしれない、とヴィシスは思い直した。

「そういえば、これを隠した魔族はどこに？」

「ワタシが始末しタ」

「それはそれは♪　……ええっと。それで、あなたはどうしますか？」

「約束してほしい……必ず、キリハラを倒すト」

「ええ、必ずその約束は果たしましょう。あなたの、本来の主人に誓って」

ゾハクは目を閉じ、両手を広げた。

「これ以上、我が帝への想いが消えていくのにワタシは耐えられそうにない……もはや、ワタシは己が存在している意――」

ズバンッ！

笑顔のまま振り上げたヴィシスの手刀。

すべてを言い終える前にゾハクは左右真っ二つに裂け、絶命した。

左右に分かたれたゾハクの半身が、汚れた石床の上に倒れ込む。

床にぶつかった死肉が、ドチャッ、と不快な音を立てた。

「はい、ご苦労さまでした♪」

アライオン王城――ヴィシスの私室。
ヴィシスは再びアライオンに戻ってきていた。

　このような短期間での往復移動は、魔導馬《まどうば》がなければ不可能だったであろう。

　ヴィシスの斜め後ろには、先にアライオンに到着していたニャンタン・キキーパットが控えている。

「残していた雑務は、ほとんどあなたがやっておいてくれたんですねぇ♪　んー、嬉《うれ》しいです。ああそれと……あなたの妹たちですが」

「！」

　さすがに強い反応があった。

「会わせて、差し上げようかと」

「……それは、いつ頃でしょうか」

　ニャンタンの声が、少し震えている。可愛《かわい》いものだ、と思った。

「そうですねぇ……近いうちに。それとも今日がいいですか？……ん？　何か聞きたそうですね？」

「いえ、何か……心変わりすることでもあったのかと」

「心変わり――心変わり、ですか。ふふ……まあここ数百年で最も気分がいいのは、事実ですねぇ♪」

「……白狼騎士団の、件ですが」

「あーあれですか！　現場にいたのですよね？　無事で何よりですー。ふふ、キリハラさんがマグナルの王になりたいというので……白狼《はくろう》騎士団の犠牲は、仕方がありませんでした。ソギュードさんの犠牲は人材的に痛手ですが……まあいいでしょう♪　これも大魔帝《たいまてい》の心臓を手に入れるために必要なことだったんです。まー許可をしたのは私ですが……最終的には、キリハラさんの意思ですし？」

「白狼騎士団が……犠牲になる必要が、あったのでしょうか」

「え？　あったんじゃないですか？……ふふ、ああもうごめんなさいニャンタンっ♪　今後あなたには、こういうきついあたり方はしちゃいけませんね♪　もう少し、仲良くやっていきましょう」

「……今後はいかがなさるのですか？　ミラとの戦争はアヤカ・ソゴウの活躍により、一転、戦況はかなりの優勢とのことですが」

んー、とヴィシスは軽妙に唸《うな》る。

「トーカ・ミモリがキリハラさんを殺して……そしてソゴウさんが、蠅王《はえおう》の正体に気づかぬままトーカ・ミモリを殺してくれれば、最善なんですけどねー……そのあと、ソゴウさんはどうしましょうねー？」

アヤカ・ソゴウを言いくるめるのは簡単だった。

普段の女神と違う真剣な話し方。

落差。

これがかなり効果を発揮し、言葉に重みと真実味を付与する。

洗脳の手管《てくだ》も用いてアヤカを言いくるめ、西へ向かわせた。

どうせもう大魔帝は死んだ。

なら最悪、壊れてもいい。

ヴィシスは一片の紙を指で摘《つ》まみ、眺める。

「それは？」

「ふふ、ヒジリさんがソゴウさんに託した遺言みたいです。あのヒジリさんのことだから、何かソゴウさんに指示を託してるんじゃないかと思って……ソゴウさんのお部屋を、こっそり漁《あさ》ったんです。そしたらこれを見つけまして……大切に隠してたんですね——こんなものを」

「………………」

「何があっても自分の気持ちに従って行動すれば、必ずみんなと一緒に元の世界に戻れる……みたいな寝言が書いてあります。これを書いていた時、多分ヒジリさんは自分の死を覚悟してたのですねー……んー、毒にも薬にもならない励ましの言葉ばかりです。炙《あぶ》り出しで隠された伝言が出現、とかでもないみたいですし……想い、とかいうのですかね？笑えてしまいます」

ヴィシスは紙片を丸め、放って捨てた。

「今回、勇者の皆さんはどうせ元の世界には戻れないので、今後〝素材〟として使ってあげるかどうか……んー難しい」

「ヴィシス様……あな、たは」

「ん？」

「あなたは何を……なさろうとしているのですか？」

「ふふ、それはまだもう少し……ヒ、ミ、ツ——です♪　ですが、いずれはっきりします。あなたは栄誉に思うべきですよニャンタン。あなたは、神である私に選ばれたのですからね♪」

◇【ニャンタン・キキーパット】◇

ニャンタン・キキーパットは女神の私室を辞去し、自分の部屋へ戻った。

ニャンタンは〝それ〟を手にし、深い息をつく。緊張を、吐き出すように。

そして――ヒジリ・タカオとのやり取り……指示を、頭の中で反芻《はんすう》していく。

『今のあなたならヴィシスからの信頼は厚いと思うわ。そう、私は以前あなたに頼みごとをしたけれど、それは〝女神の助けになる〟ことと念押ししていたでしょう？　だからあなたには〝女神を裏切っている〟という意識がなかった。ヴィシスはそこを見誤ったわけね。あなたに偽装した焼死体まで用意して、ヴィシスは私を探りにきたけれど……大丈夫、問題なく乗り切ったわ。むしろあれで、あなたへのヴィシスの不信感はすっかり消えたようね』

ヒジリはアヤカだけでなく、ニャンタンにも指示を記した文書を残していた。

『十河《そごう》さんにも私が別の伝言を残す予定よ。けれど彼女は、他者を欺《あざむ》くのがそう得意ではないから……多分、あのヴィシスを欺くことはできないでしょう。何か大事な指示を残しても、尻尾を摑《つか》まれる可能性が高い。そこでヴィシスの深読みは、悪いけれど十河さんに引き受けてもらって――本命としてあなたに動いてもらいたいの、ニャンタン・キキーパット』

ヒジリはどこまで、見通していたのだろうか。

『十河さんの弱点はアライオンに残ったクラスメイトたち……あとは、柘榴木《ざくろぎ》先生かしら。もし好機があったら、彼らをアライオン王城から逃がしてほしいの。もちろん安全に逃がせる機会があればでいい。あなたに頼みたいのは、もう一つの方が重要だから。これが成功すれば、以後、対女神の大きな切り札となるかもしれない。今この世界にいる、多くの人々の目を覚ますための』

ニャンタンは、もう一枚の紙を見た。

先ほどの紙と比べるとこちらは小さく、文字数もかなり少ない。

『ヴィシスに人質にされているあなたの妹さんたちの居場所は調べがついたわ。ここに記されている場所に軟禁されている。アライオンとそう離れていなかったおかげで、この目で確認してある。これは協力への見返りと考えてくれていい……いいえ、協力できなくとも……この情報は自由に使っていいわ。妹さんたちと、無事に再会できるといいわね』

「………………」

ニャンタンは手もとのそれをジッと眺めた。

紙に書かれていた通りの操作を行う。

出てきたのは——驚くほど鮮明な妹たちの写し絵。

ヒジリによれば、これは絵ではなく、現実をありのまま写したものらしい。

ニャンタンはその不思議な板を、そっと抱きしめた。
安堵《あんど》の波のあとに――ふと、胸によぎるものがあった。
（ニャキ……どうか、無事でいてほしい）
あの子が同行していた勇《ゆう》の剣《けん》が消息を絶ったという。
ならば絶望的なのか――いや、希望を捨ててはならない。
生きていると信じなくては。姉として。
必ず消息を追い、見つけ出す。
しかし、とニャンタンは不思議に思う。
一体これはどういう魔導具なのだろうか？
ヒジリから指示された場所に、それは隠されていた。
二つの奇妙な――スマホという名の平たい長方形の……。
なんだろうか、この材質は。
ヒジリは文章の中で〝スマートフォン〟と記していた。
妹のイツキのスキルで使えるようになっているらしい。
略して〝スマホ〟と呼ぶという。
他にも〝モバイルバッテリー〟というものも、一緒にあった。
ただ、これはヒジリとイツキの持ち物ではないそうだ。

彼女たちの持ち物はヴィシスが処分してしまった。

このスマホはヒジリが確保していた——遺物。

生者の持ち物よりも、死者の遺物の管理は甘い。

ヒジリはそこに目をつけた。

私物に目をつけられることを、ヒジリは読んでいたのか。

ヒロオカ、サクマ、カリヤ——皆、死んだ勇者たち。

今回与えられたスマホは、彼らのものらしい。

彼らには悪いけれど自分たちが使えるように弄《いじ》らせてもらった、とのこと。

ニャンタンは指示されたやり方でスマホを操作し、待った。

『——————、……白狼騎士団の犠牲は、仕方がありませんでした。ソギュードさんの犠牲は人材的に痛手ですが……まあいいでしょう♪　これも大魔帝の心臓を手に入れるために必要なことだったんです。まー許可をしたのは私ですが……最終的には、キリハラさんの意思ですし？』

スマホから流れてくる。

女神と、同じ声が。

『——————、……今回、勇者の皆さんはどうせ元の世界には戻れないので、今後〝素材〟として使ってあげるかどうか……んー難しい』

これは——録音機能、というらしい。
スマホを弄って録音時に鳴る音を消してある、と紙には書いてあった。
ニャンタンはヒジリからの手紙の一文に視線を落とす。
それは、この録音機能というものを用いることで何が起こせるかを記した一文だった。
『この録音機能の使い方次第によっては——』
ニャンタンは深く息を吸い込み、緊張を伴った息を吐き出した。
『ヴィシスは——この世界に住むすべての者を、敵に回すことになる』

あとがき

物語に存在したいくつかの軸に、今巻で、ある程度の決着がついたのではないかと思います。三森灯河《みもりとうか》、桐原拓斗《きりはらたくと》、十河綾香《そごうあやか》――この三人は、世の中に対する様々な物事への捉え方（あるいは向き合い方）が異なっているように思えます（ここに戦場浅葱《いくさばあさぎ》を含むか否かは、また難しいところです）。それぞれの選択と、それぞれの信念。そんな彼らの一つの帰結として、今巻はお読みいただけましたらと。一方で、セラスは精式霊装《せいしきれいそう》がパワーアップし、ドレス姿もお披露目となり、さらにはスイーツでご満悦な笑顔を浮かべたりと、ビジュアル的になかなか華やかで見応えのある巻にもなったのではないでしょうか。

ページ数の関係で短めとなりますが、ここからは謝辞を。セラスの他にも、ＫＷＫＭ様がたくさんの魅力的なイラストで今巻を彩ってくださいました。ありがとうございます。また、この作品に携わってくださっている関係者の皆さま、Ｗｅｂ版読者の皆さま、そして今巻を引き続きお手に取ってくださったあなたに、引き続き変わらぬ感謝を申し上げます。

それでは、いよいよ女神ヴィシスが本格的に動き出す次巻でお会いできることを祈りつつ、今回はこの辺りで失礼いたします。

篠崎《しのざき》　芳《かおる》

作品のご感想、
ファンレターをお待ちしています

あて先
〒141-0031
東京都品川区西五反田 8-1-5 五反田光和ビル4階
ライトノベル編集部
「篠崎 芳」先生係／「KWKM」先生係

OVERLAP

ハズレ枠の【状態異常スキル】で最強になった俺がすべてを蹂躙するまで 10

発　　行　2022年12月25日　初版第一刷発行
　　　　　2024年12月16日　　第三刷発行

著　　者　篠崎 芳

発 行 者　永田勝治

発 行 所　株式会社オーバーラップ
〒141-0031　東京都品川区西五反田 8-1-5

校正・DTP　株式会社鷗来堂

印刷・製本　大日本印刷株式会社

Printed in Japan ISBN 978-4-8240-0363-8 C0193

第10回 オーバーラップ文庫大賞
原稿募集中！
イラスト：冬ゆき
キミが物語の王様
【賞金】
大賞…300万円
（3巻刊行確約＋コミカライズ確約）
金賞……100万円
（3巻刊行確約）
銀賞………30万円
（2巻刊行確約）
佳作………10万円
【締め切り】
第1ターン 2022年6月末日
第2ターン 2022年12月末日
各ターンの締め切り後4ヶ月以内に佳作を発表。通期で佳作に選出された作品の中から、「大賞」、「金賞」、「銀賞」を選出します。
投稿はオンラインで！ 結果も評価シートもサイトをチェック！
https://over-lap.co.jp/bunko/award/
〈オーバーラップ文庫大賞オンライン〉
※最新情報および応募詳細については上記サイトをご覧ください。
※紙での応募受付は行っておりません。